Tous Continents

Collection dirigée par
Anne-Marie Villeneuve

Comme un intrus

Catalogage avant publication de Bibliothèque et Archives nationales du Québec et Bibliothèque et Archives Canada

Charbonneau, Jean
Comme un intrus
(Tous continents)
ISBN 978-2-7644-0944-2
I. Titre. II. Collection: Tous continents.

PS8605.H366C65 2011   C843'.6   C2011-940313-7
PS9605.H366C65 2011

 Conseil des Arts   Canada Council
du Canada   for the Arts

Nous reconnaissons l'aide financière du gouvernement du Canada par l'entremise du Fonds du livre du Canada pour nos activités d'édition.

Gouvernement du Québec – Programme de crédit d'impôt pour l'édition de livres – Gestion SODEC.

Les Éditions Québec Amérique bénéficient du programme de subvention globale du Conseil des Arts du Canada. Elles tiennent également à remercier la SODEC pour son appui financier.

Québec Amérique
329, rue de la Commune Ouest, 3ᵉ étage
Montréal (Québec) Canada H2Y 2E1
Téléphone : 514 499-3000, télécopieur : 514 499-3010

Dépôt légal : 1ᵉʳ trimestre 2011
Bibliothèque nationale du Québec
Bibliothèque nationale du Canada

Projet dirigé par Isabelle Longpré
Mise en pages : Andréa Joseph [pagexpress@videotron.ca]
Révision linguistique : Diane-Monique Daviau et Chantale Landry
Conception graphique : Célia Provencher-Galarneau
Photo en couverture : Photomontage réalisé à partir d'une photographie tirée de Photocase

Tous droits de traduction, de reproduction et d'adaptation réservés
www.quebec-amerique.com

Imprimé au Canada

Jean Charbonneau

Comme
un intrus

roman

Québec Amérique

Je me suis expliqué aussi la bizarre impression que j'avais d'être de trop, un peu comme un intrus.

Albert Camus, *L'Étranger*

Pour Adel,
I'll be forever grateful.

[mars 2011]

Les Jutra

Le rouge du tapis me donne le vertige. Ça et le flash des appareils photo des journalistes et des fans. Je me tourne vers Justine, qui me sourit. Ma femme est superbe dans sa robe de gala noire et avec son collier de perles. La pauvre, je lui écrase la main. À croire que je veux qu'elle me sauve de la noyade.

Une rangée de la salle, une des plus près de la scène, a été réservée pour les membres de l'équipe de *Comme un intrus*. Le producteur de mon film est déjà assis, de même que certains des acteurs, y compris celui qui a incarné mon père, en nomination pour le Jutra du meilleur acteur de soutien. Il ressemble tellement à mon père lorsque celui-ci avait trente ans que durant les auditions je sursautais chaque fois que mes yeux se posaient sur lui.

La cérémonie débute. Je me sens coincé comme une momie dans ce smoking ridicule qu'il faut porter dans ce genre de soirée, et ce damné nœud papillon m'étouffe. La compétition est féroce cette année ; mes chances de remporter le prix du meilleur scénario sont nulles, sans parler de celui du meilleur long métrage…

Une avalanche d'applaudissements déferle sur notre rangée. Le prix du meilleur acteur de soutien est décerné au sosie de mon père, son sourire une réplique exacte de celui de mon paternel. Je tente de me lever aussi, et je lui serre la main, et le voilà qui s'élance vers la scène comme s'il avait le diable au cul, ce qui fait rire la salle. Son copain est aux oiseaux (par amour), tout comme le producteur (Prix Jutra = $).

— Super, non ? me chuchote Justine à l'oreille.

Oui, oui. J'essaie de m'en convaincre. Mais je pense à ma mère qui a été si chamboulée en regardant le film, parce que l'acteur est le portrait de mon père, à cause des souvenirs pénibles que l'histoire a ravivés en elle. Au point où lors de la première elle été incapable de rester devant l'écran jusqu'à la fin de la projection.

Derrière et devant moi, j'aperçois plusieurs des grands noms du cinéma québécois – Denys Arcand, Xavier Dolan, Léa Pool, Denis Villeneuve, Alexis Martin. Certains des réalisateurs ont un film en compétition avec le mien. Qu'est-ce que je fous ici ? Je suis un imposteur...

« Et le Jutra du meilleur film de l'année 2010... *Comme un intrus* de Marcel Lacroix ! » Le tonnerre d'applaudissements me cloue sur place. Justine m'embrasse. Ses yeux sont remplis de larmes. Elle retire de la poche intérieure de mon smoking une feuille de papier pliée en deux, le discours que la veille j'ai rédigé à contrecœur. « Faut que tu sois préparé, voyons ! » Justine m'a dit. Je n'ai trouvé rien d'autre à écrire que les platitudes d'usage en pareille occasion, des remerciements surtout. J'arrive à m'extirper de mon siège. Le clone de mon père et le producteur du film m'envoient de grandes claques dans le dos. Je me dirige vers la scène.

L'ovation, enfin, cesse. Les projecteurs m'aveuglent. Je jette un coup d'œil au Jutra qu'on vient de me remettre, puis je me rends compte que je n'ai plus mon discours. Faut pourtant que je dise quelque chose...

— Merci. Merci à vous tous. Merci à tous ceux et celles qui ont participé à la création et à la réalisation de *Comme un intrus*. Malheureusement, vous êtes trop nombreux pour être remerciés individuellement. Merci surtout à Justine, ma femme, même si j'arrive pas à la voir à cause des projecteurs. Je t'aime, Justine...

Une salve d'applaudissements, suivie d'un silence complet. La foule attend la suite.

— Je me retrouve ici ce soir sur une scène, devant moi une salle remplie de créateurs : scénaristes, directeurs, acteurs, producteurs, etc. Pour vous tous j'ai une question : jusqu'où peut-on aller en tant qu'artiste ? Je m'explique. Mon film est une fiction, mais la plupart d'entre vous savez que l'histoire est basée sur certains événements que ma famille et moi avons vécus en 1965. Aussitôt que je me suis mis à écrire le scénario, l'idée de cannibaliser les membres de ma famille m'a rendu mal à l'aise. Plusieurs fois j'ai voulu abandonner le projet pour de bon, mais j'ai persévéré.

« De son propre aveu, l'auteur de polars James Ellroy a passé sa vie d'écrivain à exploiter le meurtre brutal de sa mère qui a eu lieu en 1958, alors qu'il était enfant. Les personnages qu'il a imaginés sont des tueurs, des paranos, des junkies, des mécréants de la pire espèce, des jeunes femmes victimes de la brutalité masculine. Ellroy a dit qu'il avait trouvé la façon de profiter de la mort de sa mère, d'en faire un spectacle pour vendre des livres. Tout ça, c'est de la provocation. Reste que le fond de vérité derrière ces paroles est bien réel. Et dans ses mémoires, l'écrivain britannique Graham Greene raconte que dès son jeune âge il s'est aperçu qu'il était capable de se transformer en observateur imperturbable du malheur des autres, et de l'utiliser comme matériau pour ses propres écrits. Il en est arrivé à la conclusion que chaque écrivain doit avoir un fragment de glace dans le cœur. Excusez mes références littéraires plutôt que cinématographiques, mais les romans ont toujours été aussi importants pour moi que les films. Ce qui est certain, c'est que je sais de quoi Ellroy et Greene parlent. Dans mon cas, en plus, il y a un côté pervers à la chose, en ce sens que j'ai été de façon directe une des victimes du malheur qui est tombé sur ma famille en 1965. Je me suis donc cannibalisé moi-même.

« J'ai rationalisé mon parcours en me disant que c'était une quête de la vérité. Je voulais savoir ce qui était arrivé aux membres de ma famille, ce qui avait mené aux drames. Mon père, mon oncle et ma tante ont joué un rôle de premier plan dans ma vie personnelle et artistique. Ces gens me hantent depuis l'âge de huit ans.

« Je m'en voudrais toutefois terriblement de ne pas m'excuser auprès de ma mère, parce que je sais que mon film lui a fait du mal. Et c'est là où je voulais en venir quand je vous ai posé ma question tout à l'heure. Tout ce que je peux dire en ce moment est : s'il te plaît, pardonne-moi, maman…

« J'ai une dette morale envers ma famille, et c'est pourquoi je lui dédie ce prix que vous m'avez octroyé ce soir. Cet honneur, je le dédie particulièrement à ma tante Florida, elle qui a rêvé de faire carrière dans le show-business. Mon film montre à quel point les rêves parfois se transforment en cauchemars, si vous me passez le cliché…

Je sens le regard de l'auditoire peser sur moi. Tout à coup, je suis à bout de souffle.

— Je… Je sais pas quoi ajouter à tout ça. Je… Merci.

Ça s'est passé en 1965

Les soldats sont déployés sur le divan du salon. La bataille est orchestrée et narrée par Francis, qui s'amuse aussi à produire les effets sonores avec sa bouche – les rafales de mitraillettes, les explosions. Francis a huit ans. Ces soldats de plastique sont ses jouets préférés, un trait que je lui ai transmis comme des gènes. Alors que je filme la scène de combat, Francis se tourne vers la caméra vidéo et y va de son plus grand sourire. Il est superbe, mon fils, avec son beau visage rond, ses yeux bleus et ses cheveux couleur de blé. Le portrait de sa mère. Dès ses premiers jours il a fait preuve d'une bonne humeur quasi constante, un bonheur inné. Et puis Francis est une petite créature innocente. Par là j'entends qu'il n'a jamais eu à endurer quelque misère que ce soit, qu'il n'a jamais été confronté au désastre, ni à la souffrance. Bien entendu, c'est ainsi que les choses devraient être. À l'âge de huit ans, normalement, tout ce qui devrait nous tracasser, ce sont les petites vacheries de la vie quotidienne, rien de catastrophique.

— Marcel, Francis! Venez!

C'est Justine, ma femme, qui nous appelle de la cuisine. Le petit déjeuner est prêt.

Hier soir, après que Justine s'est endormie, je suis resté longtemps étendu sur le dos, les yeux grands ouverts dans la noirceur de la chambre à coucher. J'ai vu mon père, alors qu'il était jeune homme, derrière le volant de sa voiture, sa nuque fraîchement rasée, ses cheveux taillés en brosse, ses larges mains, et je l'ai vu dans cette affreuse salle des visiteurs de la prison de Bordeaux. J'ai aussi vu ma mère qui pleurait dans l'autobus en revenant de la prison, enfouissant son visage dans son mouchoir et m'ignorant jusqu'à ce que nous soyons arrivés à notre arrêt, les autres passagers faisant semblant de ne pas la regarder, Dieu merci.

Et j'ai vu ces morveux qui me tourmentaient dans la cour d'école parce que mon père était derrière les barreaux – je pouvais aussi entendre les cris aigus et surexcités de ces petits monstres. Et je me suis souvenu de mon oncle Derby qui tentait de me remonter le moral à l'aide du sac de bonbons qu'il avait acheté en revenant du boulot : « Laisse pas ces vauriens te gâcher la vie, mon petit. »

J'ai pensé à Minou qui a refusé de m'accompagner à la prison pour aller chercher notre père lorsque je lui ai téléphoné la semaine dernière. Ma sœur demeure remplie d'amertume et de colère après toutes ces années.

Et j'ai pensé à maman dans son bungalow de Fort Lauderdale, assise là à fumer ses cigarettes devant la télé, son gros chat qui roupille en boule à ses côtés, et aussi à ma tante Florida, celle qui, d'une certaine manière, a été responsable de la déchéance de ma famille.

Et j'ai essayé de m'imaginer comment mon père allait réagir en sortant du pénitencier dans quelques heures. Allait-il sauter de joie ou se jeter par terre pour embrasser le sol ? Ni l'un ni l'autre, pas de doute. Et je me suis demandé comment il allait se comporter envers moi, s'il allait me serrer la main ou me faire un signe vague ou tout simplement m'envoyer un « Salut, fiston. » Et je me suis escrimé les méninges à savoir comment j'allais l'accueillir, ce que j'allais lui dire pour qu'il se sente bien, pour qu'il se sente le bienvenu.

Et j'ai imploré Jésus, Brahma, Allah, Yahvé, Zeus et tous les autres dieux de tous les panthéons de m'accorder ne serait-ce qu'une misérable petite heure de sommeil pour qu'enfin mon cerveau se taise, pour qu'il me fiche la sainte paix.

Pendant tout ce temps, je me tournais et retournais dans le lit comme si les draps étaient infestés de bestioles. Ce branle-bas a réveillé Justine et elle m'a demandé ce qui n'allait pas.

Question idiote, insultante même. Comment pouvait-elle ignorer ce qui n'allait pas ?

— Rien ! que je lui ai répondu, le ton coupant. Tout va. Comme sur des roulettes…

— Arrête, dit Justine, évidemment que je sais ce qui ne va pas. Ce que je voulais dire, c'est : est-ce que je peux faire quelque chose pour toi ?

— Non, merci, ai-je dit. Je m'excuse d'avoir élevé la voix. J'arrive pas à dormir. On dirait que j'ai une toupie dans le crâne.

— Pourquoi tu prends pas un somnifère ? demande Justine. Ta journée va être longue demain. Faut que tu dormes un peu…

— Bonne idée.

Je me suis rendu à la salle de bains et j'y suis resté un long moment. J'ai uriné puis je me suis planté devant le miroir, les dents serrées, immobile, cherchant des traces de mon père dans mes propres traits, avec le sang qui me battait dans les tempes. Plusieurs fois, au fil des ans, j'ai souhaité qu'il crève, mon père. Parce que je voulais me débarrasser de ce foutu fardeau, pour que tout rentre dans l'ordre, que tout soit tel qu'il devrait être, ainsi que je l'avais toujours rêvé. Mon père disparu, je serais enfin libéré. Mais c'est lui qui, cet après-midi, allait retrouver la liberté. Dans quelques heures à peine.

Je me suis arraché du miroir pour regagner la chambre à coucher. Je n'ai pas pris de somnifère ; ça me donne la nausée, ces trucs-là.

J'ai finalement trouvé le sommeil, pour me réveiller à l'aube, la pièce baignant dans la grisaille, et la première pensée qui m'est venue a été : qu'est-ce que je vais faire de lui ?

À la table de la cuisine, maintenant, Francis est tout fébrile alors qu'il me parle de la sortie que sa classe va faire à l'Insectarium de Montréal demain. Francis est fasciné par les insectes et autres bibittes du genre, et le mois dernier son projet d'école portait sur les tarentules.

— Papa, me débite-t-il, la prof nous a dit que l'Insectarium a des fourmis et des bourdons et des mantes religieuses et même des scorpions !

Il en met, le fiston, en partie pour faire *freaker* sa petite sœur, Isabelle, qui a peur des insectes.

L'enthousiasme de Francis me fait oublier mon angoisse, ne serait-ce que pour un moment. Tout de même, je touche à peine à ma nourriture.

C'est que depuis plus d'une semaine, cette journée me fout une boule dans le creux de l'estomac rien qu'à y penser. À une heure cet après-midi, mon père va sortir de prison. Et c'est moi qui vais le chercher. Mon père, il a passé les quarante dernières années en taule et, en imaginant sa sortie, j'ai brodé mille scénarios. Concevoir des scénarios, c'est ce que je fais dans la vie. Et aujourd'hui, la lourde porte du pénitencier va s'ouvrir devant mon père et, à l'âge de quarante-huit ans, non seulement je vais voir la version finale du scénario se dérouler, mais je vais moi-même jouer un rôle de premier plan dans l'histoire. C'est ce qui me fout une boule dans le creux de l'estomac.

Quarante ans, ça nous ramène en 1965, une autre époque. 1965, c'était deux années après l'assassinat du président américain John F. Kennedy, deux avant l'Expo universelle de Montréal et «l'été de l'amour» hippie, quatre avant l'atterrissage lunaire et le «pas de géant pour l'humanité» de Neil Armstrong. Lester B. Pearson était premier ministre en 1965. On pouvait acheter une maison pour douze mille dollars et une voiture neuve pour moins de trois mille. La mini jupe a fait son apparition en 1965, et le napalm a été utilisé pour la première fois au Vietnam. Les films à succès cette année-là : *Le Docteur Jivago*, *La Mélodie du bonheur*, *Goldfinger* et *Pierrot le Fou* de Jean-Luc Godard, un de mes héros. Au mois de mai, Cassius Clay passait le KO au champion des poids lourds Sonny Liston et, en août, 50,000 fous furieux s'égosillaient durant le spectacle des Beatles au Stade Shea de New York. En 1965, Winston Churchill est décédé, tout comme T.S. Eliot, Nat King Cole, Malcolm X et Le Corbusier. C'est l'année durant laquelle le Concile Vatican II s'est tenu, les émeutes raciales dans le quartier Watts de Los Angeles ont explosé et Ferdinand Marcos a pris le pouvoir aux Philippines.

Et au mois d'août 1965, le 21 pour être précis, mon père a été arrêté par la police de Montréal. J'avais huit ans.

[1965]

La fête

— Le party, viarge!
Mon père s'est souvenu de la fête organisée en l'honneur de son beau-frère en voyant l'armada de voitures devant le duplex de Philippe. Il a dû garer sa Rambler à un pâté de maisons plus loin. Il avait passé la journée avec des copains, espérant qu'ils pourraient lui refiler des tuyaux au sujet d'un éventuel boulot. Mais il n'avait récolté que du verbiage sur les sports et la politique et, en prime, un début de mal de tête après avoir ingurgité quelques bières de trop.

Tout ce qu'il souhaitait maintenant, c'était de se faufiler à l'étage pour faire un somme.

De la véranda, où je me trouvais, je l'ai vu venir sur le trottoir. Sa tête d'enterrement m'a d'abord incité à l'éviter. Pourtant, je l'ai interpellé : « Allô, Papa. »

Il m'a salué de la main.

D'autres invités se trouvaient sur la véranda, sirotant leur boisson ou grignotant des canapés.

Colette circulait avec un plateau à la main.

— Paul, dit-elle à mon père alors qu'il montait les marches, je suis contente que tu sois là. Viens te joindre à nous. Prends un verre, un canapé.

Mon père a pris un craquelin couvert de foie gras. Puis, il est entré dans la maison.

Je l'ai suivi.

Les invités avaient débordé de l'intérieur de la maison jusque dans la cour arrière, que Colette avait décorée de lanternes, de ballons et de serpentins. Ma tante était radieuse, paradant dans sa nouvelle robe payée cher et riant de bon cœur des taquineries et aux compliments qui lui étaient adressés.

Se déplacer au milieu de cette foule était difficile. Des gens étaient entassés dans le long couloir de la maison ainsi que dans le salon et la salle à manger. Les hommes étaient vêtus de chemises à manches courtes et de pantalons de toile, les femmes de robes de coton. Et il y avait aussi quelques poseurs d'Outremont qui se prenaient pour des personnages de *Gatsby le Magnifique*.

Mon père a inspecté les alentours d'un air sombre. « Je connais pas un chat ici, a-t-il cru bon de dire, et je veux parler à personne. »

Je ne savais trop quoi répliquer.

Nous nous sommes dirigés vers la cuisine à l'arrière de la maison, et là nous avons aperçu maman en compagnie de tante Denise et oncle Derby. Sans doute que Derby venait de raconter une de ses histoires parce que les femmes riaient sans retenue. Même ma petite sœur, Minou, assise sur les genoux de maman, se tordait.

J'ai demandé à mon père : « On va les voir ? Ils ont l'air d'avoir du fun. »

Il ne m'a pas répondu. Il regardait dehors par une fenêtre qui donnait sur le jardin. Debout, près d'une longue table couverte de plats, d'un bol de punch et d'un immense gâteau, Philippe portait un toast. Une trentaine de personnes au moins étaient rassemblées autour de lui.

Joe et Philippe se connaissaient depuis le temps qu'ils jouaient sur le même trio dans la ligue junior. Après le décès de son père à la suite d'une crise cardiaque, Joe avait abandonné le hockey pour s'occuper de l'entreprise familiale, et lorsque Philippe subit la blessure au genou qui mit fin à sa carrière de sportif, Joe lui offrit de venir travailler avec lui et devint, en quelque sorte, son associé. En tant qu'ex-joueur de la LNH, Philippe jouissait d'un statut qui impressionnait certains clients, ce qui était bon pour les affaires. Depuis le début des années 1960, le domaine de la construction était florissant à Montréal et la compagnie de Joe eut sa large part du gâteau.

Le groupe d'amis et de parents invités pour célébrer l'« importante réussite » de mon oncle Philippe savaient fort bien que c'était Joe qui avait négocié le contrat du Métro avec les hauts fonctionnaires de la municipalité et les bureaucrates du gouvernement provincial. C'était lui qui avait préparé le devis pour l'obtention du contrat de construction d'une station. Mais puisqu'ils étaient associés et que Philippe était une pseudo-célébrité et l'hôte de la fête, tous jouaient le jeu.

— *I'm no fool*, dit Philippe, *I know this contract happened because of Joe, my best friend. Without him, I'd be nothing...*

À la droite de Philippe, Joe souriait tel un bienheureux à entendre ces compliments, un verre de bordeaux tenu à la hauteur de la poitrine.

À travers la moustiquaire, mon père grogna entre ses dents :

— Parle donc français, tabarnak.

Philippe termina son discours en remerciant les invités d'être venus. Il engloutit son vin sous les applaudissements de tous.

Derby apparut derrière mon père et lui donna une tape dans le dos. « Une autre fête, hein ? lui dit-il. C'est tout ce que vous faites, vous, les mondains d'Outremont... » Il se voulait très drôle.

— Les événements sociaux, moi, j'en manque pas un... répondit mon père avec un clin d'œil.

Derby sourit.

— Et puis, Paul, c'est comment de vivre sous le même toit que Philippe ? Ça fait quoi, déjà, trois mois ?

— Mon vieux, si tu savais... Et à c't'heure que j'ai plus de job, je suis dans la marde jusqu'au cou. Pas moyen de déménager d'ici...

— Qu'est-ce que tu vas faire ?

— Je sais pas encore... Philippe m'a offert de travailler sur un de ses chantiers de construction. Mais je sais bien que l'idée derrière ça, c'est de m'humilier.

— Voyons donc, Paul...

— Non, je te le dis...

Le froncement de sourcils de Derby était un brin dubitatif.

— Jésus-Marie qu'il fait chaud ici-dedans, dit mon père. J'ai besoin de prendre l'air.

— Je te revois un peu plus tard, dit Derby.

Mon père ouvrit la porte moustiquaire de la cuisine et sortit.

Je sentais que quelque chose de terrible était sur le point de se produire, quelque chose qui allait tout faire chavirer. C'est pour cela que j'ai suivi mon père. Je ne pouvais m'en empêcher.

Non loin de la table couverte de nourriture, Philippe et Joe étaient assis sur des chaises de jardin blanches. On pouvait voir, même à distance, que Philippe était déjà passablement imbibé. La rougeur de son visage, notamment, en disait long.

Il signifia à mon père de s'amener.

Malgré sa réticence évidente, mon père s'approcha de Philippe et de son ami.

Louis était aux pieds de Philippe, grognant avec toute la férocité qu'un bichon frisé peut afficher.

Mon père marmonna ses félicitations mais ne tendit pas la main aux deux hommes.

Philippe fit comme si cela le laissait indifférent.

— Puis, le beau-frère, lança-t-il, paraît que t'as vécu une expérience particulière cette semaine…

Joe émit un rire à peine étouffé.

— Je veux dire ce face à face avec un fusil de chasse, ajouta Philippe.

— Qui t'a parlé de ça ?

— Marie.

— Marie a une grande trappe.

— C'est un de ces attributs charmants qu'on aime chez les femmes, surtout quand c'est pas la nôtre.

— Si tu le dis…

— Sérieusement, dit Philippe, raconte-moi ce qui s'est passé.

— Laisse-moi seulement te dire que quand cet enfant de chienne en haut de l'escalier m'a pointé son fusil de chasse dans le front, c'est toute ma vie qui m'a *flashé* devant les yeux.

Joe rit de nouveau.

— C'est quoi son problème, à lui ? dit mon père.

— Fais pas attention à Joe, dit Philippe. Il a déjà trop bu.

Mon père, qui n'avait aucunement envie de rigoler, s'écria :

— Dis à la tête carrée d'arrêter de rire de moi, O.K. ?

Philippe remua sur sa chaise, qui émit un craquement.

— Oui, bon… On se calme.

Il ne souriait plus.

— Dis-moi pas de me calmer. Dis-moi rien, ça sera mieux.

— J'en prends note, dit Philippe en adressant un sourire entendu à Joe.

Celui-ci eut un petit rire narquois.

Et mon père leur dit, en anglais cette fois: «*Fuck you.*»

Joe se cramponna aux accoudoirs et essaya de s'extirper de sa chaise, mais mon père lui appuya la main sur le front et le repoussa contre le dossier.

Philippe déposa son verre, se leva et dit:

— Garde tes sales pattes pour toi. Qu'est-ce qui te prend?

— Vous deux, dit mon père, vous êtes assis là comme des pachas, avec vos grands airs... C'est pas mêlant, s'il se relève, ton *chum*, je lui arrange le portrait. C'est-tu assez clair?

— Tu sais, Paul, je trouve ça de valeur que le gros avec le fusil t'a pas troué la peau l'autre jour. Dommage que Maliverne ait pas fait la job comme il faut.

— Qu'est-ce que tu racontes?

— C'est nous autres, face de rat, qui t'ont mis dans cette situation, dit Philippe. Le gars qui voulait te faire sauter la cervelle avec son fusil, il savait d'avance que t'étais là pour saisir son auto. Moi et «Chinois» Maliverne on a monté le coup. «Chinois» a téléphoné au gars pour l'informer que tu irais le voir tout en sachant très bien que le bonhomme était pas du genre à tolérer que quelqu'un parte avec son auto.

Pouvant à peine croire ce qu'il venait d'entendre, mon père toisa Philippe et, dans un excès de fureur, l'envoya d'une violente poussée choir sur la table de victuailles.

C'était une vision ahurissante – mon oncle étendu sur le gazon, couvert de punch et de nourriture. On aurait dit que tout s'était pétrifié, et tout ce qu'on pouvait entendre, c'était la respiration difficile de Philippe et la douceureuse musique de fond qui s'échappait des haut-parleurs.

Oncle Derby arriva alors sur la scène et dit:

— Paul...

— Toi, lui dit mon père, mêle-toi pas de ça.

Philippe parvint à se remettre sur pied et, titubant en direction de mon père, lui dit: «T'es chanceux que je sois soûl, mon salaud, sinon je t'en donnerais toute une.»

Moi, je désirais qu'ils arrêtent. Je n'avais que huit ans, mais je savais que nous étions au seuil du désastre. Je me suis précipité vers la maison. Peut-être que maman allait pouvoir intervenir si j'allais la chercher.

J'ai traversé tant bien que mal la maison remplie de gens pour enfin me retrouver dans le salon.

— Maman, viens! Viens! Papa et oncle Philippe… Viens!

Lorsque nous sommes arrivés dans la cour, maman et moi, Louis jappait et jappait, le corps tendu, montrant les dents. Tante Colette était agenouillée au-dessus de Philippe, étendu par terre, inanimé, et lui passait une main dans la chevelure. Puis elle cria, en direction de mon père: «T'es fou ou quoi?» Puis elle foudroya du regard les gens qui étaient là, immobiles, témoins passifs, y compris Joe, et dit: «Personne a essayé d'arrêter ça? Comment avez-vous pu…?»

Elle se tourna enfin vers maman. «Marie, dit-elle, appelle une ambulance!»

Maman était là, à mes côtés, se pressant la poitrine d'une main, cherchant à reprendre son souffle. Son visage était empreint d'une expression de déroute. Jamais je ne l'oublierai.

— Quelqu'un, faites quelque chose, pour l'amour du ciel! cria Colette.

Elle se tourna vers Derby: «Tu chasses cet animal de cette cour ou Dieu sait ce que je vais lui faire!» La voix de Colette était devenue un hurlement. «Je veux qu'il s'en aille!»

Derby émergea de sa torpeur et entraîna mon père jusqu'au banc sous l'érable devant la maison. Je leur emboîtai le pas et me réfugiai tout contre un buisson, là où personne n'allait me voir.

Mon père avait les deux mains sur les genoux et regardait devant lui.

Je touchai la photo de tante Florida dans la poche arrière de mon pantalon mais, cette fois, je ne ressentis pas l'effet bénéfique habituel.

— Qu'est-ce qu'il t'a pris? dit Derby. T'aurais pu le tuer.

Mon père arborait un air anéanti.

— Et c'est quoi, cette histoire à propos de Florida?

Mon père demeurait muet. Je croyais qu'il allait peut-être se mettre à pleurer, qu'un flot de larmes allait inonder son visage. Mais non, rien. Il continuait de se serrer les genoux, comme s'il voulait les broyer, à un point tel que ses jointures étaient devenues blanches.

Derby n'insista pas.

Les deux hommes restèrent assis pendant une éternité. Puis, au loin, on entendit la sirène d'une voiture de police.

Une vie agréable

Dans les mois suivant son incarcération, j'ai prié pour mon père le soir avant d'aller au lit, les mains jointes et pressées contre mon menton, ainsi que maman me l'avait appris. Mais bientôt mon esprit se mettait à vagabonder et je rêvassais au nouveau *Tintin* que mon oncle Derby m'avait acheté ou aux cartes de hockey que j'avais gagnées l'après-midi dans la cour d'école ou encore à la vieille dame au manteau élimé que j'avais aperçue à l'arrêt d'autobus, celle avec les deux sacs de Steinberg bourrés de vêtements à ses pieds, les cheveux en broussaille, et la peau vilaine. On aurait dit une sorcière. Je me sentais coupable de laisser tomber mon père en ne priant pas assez fort pour lui, mais je finissais tout de même par m'endormir.

Je pense à cela alors que je m'apprête à quitter la maison.

J'embrasse Justine et elle me dit :

— Ça va, Marcel ?

— J'ai la tête qui tourne, j'ai l'estomac noué, mes mains sont moites, mes genoux tremblotent et j'ai le cœur qui danse la claquette, mais sinon tout va très bien Madame la Marquise...

Justine rigole et ajuste ma cravate.

— Une vraie carte de mode, dit-elle. Pourquoi tu t'es mis tout beau, au fait ?

Je ne sais trop. Il est vrai que j'aurais pu tout simplement enfiler un *sweatshirt* et une paire de jeans, mais lorsque j'ai décidé de m'habiller, ce matin, j'ai mis la main sur mon costume de laine bleu, comme si j'avais rendez-vous avec un gros bonnet de Téléfilm Canada. De plus, je me suis rasé pour la première fois en quatre jours.

— Donne-moi tes lunettes. Les verres sont crottés.

Elle me fait le coup à tout bout de champ, Justine, me demander de lui refiler mes lunettes pour qu'elle puisse les nettoyer. Là, c'est avec la bordure de sa jupe verte qu'elle effectue le boulot.

— Tiens, dit-elle une fois le résultat jugé satisfaisant. Maintenant tu pourras voir ton père quand il va sortir de prison.

Je lui fais un sourire un peu forcé.

— T'as l'air mort de fatigue, ajoute-t-elle.

— Je suis une carte de mode ou j'ai l'air mort de fatigue? que je lui demande en riant.

Justine me serre dans ses bras et je hume son shampooing, cette odeur de lavande qui m'est tant familière, et je lui caresse les cheveux et la nuque, tout en me disant qu'aujourd'hui risque d'être une de ces journées où tout va chavirer, durant laquelle le cours même de mon existence sera peut-être bouleversé. À cette pensée, un vent de panique souffle autour de moi, et je suis certain que Justine peut sentir le battement de mon cœur contre sa poitrine.

— Qu'est-ce que tu vas faire de lui? me demande-t-elle subitement.

Je suis perplexe, je reste bouche bée, parce que je ne sais toujours pas. Je ne suis pas encore arrivé à concevoir le moment où je vais retrouver mon père aux portes de sa prison.

— Tu vas pas l'emmener ici, hein, Marcel?

— Je sais pas ce que je vais faire de lui. Où est-ce qu'il est supposé aller? Il a personne dans la vie et je pense pas qu'il a une place où rester. Il pourrit en prison depuis toujours…

— Je comprends tout ça, Marcel. Mais tu sais pourquoi il peut pas venir ici, non?

— Oui, je sais.

Je me doute bien à quoi Justine pense. Elle se dit que notre vie est agréable et que si mon père s'immisce dans notre quotidien, il va sûrement tout saccager. Et elle n'a pas tort, Justine. Mon père a la réputation d'être maître dans l'art de saboter sa propre existence, laissant derrière lui un tas de victimes, surtout les membres de sa famille.

Reste qu'il est impossible d'ignorer le fait qu'il s'agit de mon propre père, je ne peux rien y faire, et que je ne peux quand même pas l'abandonner au coin d'une rue au milieu de la ville ou le déposer à l'entrée de l'Accueil Bonneau. Vas-y, mon vieux, démerde-toi.

— Je t'avoue que je suis un peu surprise que lui et toi n'ayez pas parlé de ça l'autre jour au téléphone, me dit Justine.

— Bien, j'étais un peu beaucoup sous le choc quand il m'a annoncé qu'il sortait de prison. Ça m'a déboussolé pas rien qu'un peu.

Mon père m'a donné un coup de fil il y a quelques jours pour m'informer qu'on le libérait, et j'ai accepté d'aller le chercher.

— J'ai juste besoin d'un *lift* jusqu'à Montréal, m'a-t-il dit au téléphone. Et pis la *ride* va nous donner la chance de jaser un peu. De se retrouver...

De se retrouver, après quarante ans, oui... me suis-je dit.

— Je me demande si je devrais pas emmener Francis avec moi, pour qu'il puisse rencontrer son grand-père.

— T'es pas sérieux, Marcel! Je veux pas que Francis connaisse de près ou de loin l'ambiance d'une prison. Les murs, les barbelés, les tours, les gardiens: c'est hors de question. Francis est trop jeune. Souviens-toi de ta peur quand ta mère t'a forcé à l'accompagner à Bordeaux...

— Oui... N'empêche que c'est son grand-père...

— Quand ton père a commis ce meurtre, il a perdu ses privilèges de grand-père. Il n'existe plus. Désolée si je suis vache, mais j'ai le devoir de protéger mes enfants. Et aussi notre mariage... Ton père a toujours semé le désastre autour de lui. C'est toi-même qui l'as toujours répété. Tout ce que je te dis, Marcel, c'est pour notre bien à tous.

Je fais un signe d'approbation.

— Écoute, Marcel, poursuit Justine d'une voix plus douce, va chercher ton père et parlez, lavez votre linge sale, faites ce que vous avez à faire aujourd'hui. Mais après, c'est fini, et les choses reviennent à la normale. On a trop à perdre pour que tu te laisses prendre dans les filets de ton père. Il est toxique, cet homme-là, et je veux pas que les enfants y soient exposés.

J'essaie de lui sourire et me dirige vers la sortie.

— Bye, les enfants, que je crie. Papa s'en va au travail.

Francis et Isabelle sont dans la salle de télé au deuxième, pas d'école aujourd'hui à cause du mauvais temps, youppilaye !

Sur le seuil de la porte je dis à Justine : « Tu sais, t'as raison. Mon père a pas d'affaire ici... »

Justine effleure ma joue droite du doigt.

— Merci, dit-elle, simplement.

— Bon. J'y vais...

Il a plu hier, plu toute la journée, et ce matin il fait −5° C. En quelques heures nous sommes passés de la pluie battante à une température de −5. Alors j'imagine un peu l'allure pittoresque qu'aura Montréal ce matin : verglas, grisaille, neige sale. Le bordel général. Ce matin à la radio on a annoncé que les écoles de la région étaient fermées à cause des mauvaises conditions routières et que l'heure de pointe avait été un cauchemar.

— T'es certain que tu veux t'aventurer sur les routes ? me demanda alors Justine. Ça risque d'être dangereux.

— J'ai pas vraiment le choix. Je peux quand même pas appeler mon père pour lui dire de prendre un taxi...

Il avait déjà un casier judiciaire, mon père : tapage nocturne, coups et blessures, vol qualifié. Tout ça quand il était adolescent, avant et après l'école de réforme. Et durant le procès, l'avocat de la Couronne a plaidé que l'attaque de mon père était un acte de vengeance prémédité. Si bien qu'une fois trouvé coupable, mon père en a pris pour trente ans, sans possibilité de libération conditionnelle. Et en prison, il a poignardé un autre détenu au cou et a envoyé à l'hôpital le gardien qui est intervenu. Mon père a toujours juré que c'était l'autre type qui lui était tombé dessus et qu'il n'avait pas eu l'intention de blesser le gardien. Oui, bon... Tout ce que je sais, moi, c'est qu'il n'est pas facile d'accorder le bénéfice du doute à mon paternel. Quoi qu'il en soit, la rixe lui a valu une augmentation de sa peine de dix ans.

J'en étais venu à croire qu'il n'allait jamais sortir de sa prison, mais voilà qu'aujourd'hui, comme ça, on le libère...

[1965]

On pend la crémaillère

Se remémorer des souvenirs d'enfance quarante ans plus tard n'est pas chose évidente. C'est un peu comme de tenter de recréer un rêve long et confus ou d'exprimer comment se vit une dépression nerveuse. Mais j'ai lu quelque part que le cerveau des enfants est une caméra qui prend des photos et emmagasine le tout pour fin de référence future. Et ce qui est bien, avec la mémoire, c'est qu'on peut en faire ce qu'on veut ; c'est une matière malléable à souhait. À vrai dire, je me souviens clairement de plusieurs événements qui sont survenus durant l'été 1965. Sinon, ce que je sais provient des anecdotes racontées par maman, tante Colette, mon oncle Derby et mon père, surtout, via des lettres écrites en prison.

Tout a commencé, comme c'est souvent le cas, par un coup de fil. Lorsqu'elle a appris que tante Colette et oncle Philippe venaient d'acheter une maison à Outremont, maman, ne sachant que penser, s'est mise à rigoler. Avec ses maisons à plus de cent mille dollars, ses écoles privées, ses parcs impeccables, ses boutiques de vêtements griffés, Outremont, à l'époque, était l'Eldorado pour les Canadiens français de la classe ouvrière.

— Imagine, Paul, dit-elle à mon père une fois le téléphone raccroché, Outremont…

D'emblée, tout ce qu'il avait trouvé à dire, mon père, c'est que la nouvelle lui donnait mal au ventre.

— La *business* de Philippe roule à plein et il est riche comme un voleur, ajouta-t-il. Reste qu'il m'énerve avec sa grande boîte, ses grosses bagues et sa bagnole de parvenu. Avec son château à Outremont, il va nous faire chier encore plus, prends-en ma parole…

Maman non plus n'aimait guère le mari de sa sœur. Il était brillant, mais également fort en gueule et, parfois, carrément arrogant. Et puis il buvait trop.

Mais nous avions été invités à pendre la crémaillère, et il était hors de question de refuser, avait-elle dit. D'autant plus que toute la famille allait être là.

— Si seulement Florida était toujours avec nous, ajouta maman. Elle aurait été si contente pour Colette…

Mon père lui prit la main.

— Marie, commence pas avec ça…

Tante Florida était décédée l'été d'avant, et personne ne voulait me dire ce qui lui était arrivé. Et puis il n'y avait pas eu de funérailles. Lorsque quelqu'un meurt, on va à ses funérailles – tout le monde sait ça. J'ai posé la question à mon père, et il m'a répondu que c'était des affaires de grandes personnes et pas les miennes. Même chose de la part de maman.

— Un jour, me dit-elle, quand tu seras plus vieux…

Belle explication… Moi, les adultes, ils me tombaient sur les nerfs avec leurs salades de parents qu'ils gardaient pour eux-mêmes.

J'avais huit ans en 1965. Huit ans, tu parles d'un âge moche ! C'est l'âge où tu veux tout savoir mais, en même temps, tu as peur de ce que tu risques d'apprendre. Un âge où presque tout ce qui sort de la bouche des adultes n'a aucun sens, pareil pour ce qu'ils font. C'est comme vivre au sein d'une étrange tribu venue d'un autre continent.

En chemin vers Outremont, la tension était à couper au couteau dans la voiture. Rien de nouveau – mon père, il avait un pit-bull enragé à l'intérieur de lui. Il détestait sa «maudite» job de vendeur d'assurances dans les quartiers populaires entourant les *shops* Angus. Il détestait le fait que nous devions vivre dans un «maudit» appartement minuscule au-dessus d'un restaurant chinois sur la rue Ontario et que certaines fins de mois, il n'arrivait pas à payer le loyer à temps et devait donc finasser avec le propriétaire. Dieu qu'il détestait ça !

Ça me fait tout drôle de penser qu'il n'avait que trente et un ans à l'époque, presque deux décennies plus jeune que je le suis maintenant.

— J'espère que le *partner* de Philippe sera pas là, dit mon père.

— Je pense pas, dit maman, Colette m'a dit que c'est juste la famille qui est invitée.

Mon père tira une bouffée de sa cigarette.

À cause de la chaleur, toutes les vitres de la voiture étaient baissées.

— Philippe aurait jamais dû aller en affaires avec ce gars-là, dit mon père.

— Comment tu peux dire ça ? Joe a pratiquement sauvé la vie de Philippe quand il a fait sa dépression. Et ils font de l'argent comme de l'eau avec leur *business* de construction…

— Ouais, mais veux, veux pas, Joe, c'est un Anglo.

— Recommence pas avec ça, Paul. Je t'en supplie. Tu casses les oreilles de tout le monde avec tes histoires d'Anglos et de politique… Philippe a pas vendu son âme au diable, quand même.

Mon père brandit sa cigarette et dit : « C'est *exactement* ce qu'il a fait. »

Maman s'est mise à ricaner tout en secouant la tête. Elle n'allait plus gaspiller un seul mot au sujet de la marotte de son obtus de mari.

Mon père, faut lui donner ça, finit par rire lui aussi.

Moi, j'étais fébrile à la pensée de voir la maison de Philippe. Mon père avait utilisé le terme « château » et je me représentais un bâtiment sorti tout droit du Moyen Âge.

Je me suis tourné vers Minou pour voir si elle était aussi excitée que moi. Ma sœur avait six ans. Son vrai prénom était Sylvie, mais mon père s'est mis à l'appeler Minou peu après sa naissance à cause des petits sons aigus qu'elle poussait tout le temps, tel un chaton. Le surnom lui est resté.

Minou avait les cheveux d'un blond roux et les yeux aussi grands que ceux de la poupée de chiffon qu'elle trimballait partout avec elle. La poupée avait la bouche continuellement humectée à cause des becs fréquents de Minou. Maman tentait bien de lui faire cesser ces embrassades, disant que c'était une habitude dégoûtante. Chaque fois, Minou lui rétorquait : « Mais maman, je l'aime, ma poupée ! »

Minou et moi nous nous entendions comme la plupart des frères et sœurs à nos âges, c'est-à-dire un peu comme chien et chat. Dans la voiture, par contre, c'était le calme, étant donné que mon père avait la mèche courte et la voix tonitruante.

En route vers Outremont, Minou était dans son coin et murmurait à l'oreille de sa poupée. Quand on a huit ans, une petite sœur, c'est un peu idiot.

Mes parents se tenaient tranquilles depuis un moment. La circulation, autour de nous, devenait plus dense et le vacarme m'empêchait d'entendre ce qui jouait à la radio. Mais, au moins, mes parents avaient cessé de se disputer.

Alors que la vieillissante Rambler Ambassador 1958 de mon père négociait une courbe raide de l'avenue du Parc, maman s'est retournée vers nous.

— Les enfants, regardez, la croix du mont Royal.

Si Paris avait sa tour Eiffel, New York l'Empire State Building, et Rio sa gigantesque statue du Christ, Montréal se satisfaisait d'une croix métallique de cent pieds de hauteur sur le mont Royal. Remarquez, par une belle soirée claire, la croix illuminée au sommet de la montagne faisait un effet pas banal.

— C'est beau, dit Minou en bâillant.

— Et de l'autre côté de la montagne, dit mon père, c'est Westmount. Là où les têtes carrées vivent. Les Anglos. Ceux qui ont les manoirs et les chars de luxe. Et le pouvoir, bien entendu.

— S'il te plaît, dit maman, commence pas encore avec ta fichue politique.

— Les enfants doivent être au courant de ces choses-là. On est comme des Nègres dans notre propre pays.

— Je t'en prie, Paul, pas aujourd'hui…

Après un haussement d'épaules, mon père quitta l'avenue du Parc en prenant à sa gauche une rue bordée d'arbres dont les longues branches s'étiraient au-dessus de nous pour former un dôme de végétation.

— On est arrivés! s'exclama maman. Outremont!

Des familles de Juifs hassidiques se baladaient sur les trottoirs. Par une fantaisie de l'histoire, Canadiens français et Juifs hassidiques s'étaient retrouvés côte à côte dans ce quartier, deux peuples diamétralement différents, sauf pour leur ferveur religieuse.

— On devrait être plus comme eux autres, dit mon père en les montrant du doigt. Ils se tiennent ensemble, ces gens-là. Ils sont fiers de qui ils sont.

Il jeta son mégot par la fenêtre et ajouta :

— Mais je dis pas qu'on devrait s'habiller pareil, par exemple. Regardez-les donc avec leurs gros vêtements et leurs chapeaux de fourrure en plein été. Et leurs couettes boudinées ! Même les enfants sont accoutrés de même, ça se peux-tu ?

— Ils sont tellement étranges… dit maman.

Elle avait dit cela comme s'il s'agissait d'êtres venus d'une autre planète. Mais je suppose que pour nous, en ce temps-là, les Juifs hassidiques, c'étaient un peu ça.

— Pas surprenant qu'il y en a qui les aiment pas, ajouta maman. Mais je suis certaine que c'est des gens bien. Ils ont l'air propre…

Moi, je regardais ces garçons de mon âge courir dans leurs chemises blanches empesées, leurs pantalons noirs et leurs souliers en gros cuir, et je sympathisais avec eux. Maman avait décidé de nous mettre sur notre trente-six, Minou et moi – une robe fleurie avec un collet à froufrou, des rubans dans les cheveux et des souliers en imitation de cuir verni pour ma sœur ; un petit habit à culottes courtes et un nœud papillon pour moi. Ce damné nœud papillon, je l'avais en horreur.

Nous avons continué pendant encore quelques minutes et mon père a dit : « C'est là, Marie, non ? »

Il a pointé un duplex en briques rouges avec une véranda blanche et un érable géant qui montait la garde dans le parterre. La Lincoln d'oncle Philippe trônait au milieu de l'allée double, énorme et scintillante dans le soleil, tel un vaisseau spatial.

— Oui, dit maman en jetant un coup d'œil sur son bout de papier, c'est bien l'adresse.

La maison, on ne pouvait le nier, était de taille considérable, mais les tourelles, les créneaux, le pont-levis et les oriflammes claquant au vent – où était tout ça ? Ce n'était pas un château, ça, misère…

— Oubliez pas vos jouets, nous dit maman après que mon père eut garé la voiture.

Au gré de ses caprices, maman avait les cheveux noirs, blonds, d'un roux qui tendait vers le rouge vin. Ce jour-là, ils étaient châtains et coiffés dans une forme qui s'apparentait à un nid de guêpes. Pour s'extirper de la voiture, maman dut se tordre le cou afin de ne pas démantibuler sa coiffure. Le fait qu'elle était enceinte de sept mois ne facilitait pas les choses. Parfois, mon père lui mettait la main sur le ventre et disait que bientôt elle serait si grosse que les gens allaient croire qu'elle cachait un ballon sous sa robe. La plaisanterie me faisait rire chaque fois.

Mon père ouvrit le coffre arrière pour récupérer la caisse de Molson et la collation que nous avions achetée en route.

Tante Colette nous accueillit à la porte en arborant le sourire de quelqu'un qui vient de gagner le gros lot. Elle étreignit maman et embrassa mon père sur les deux joues. Étreindre et embrasser étaient de mise dans notre famille. Nous entrâmes dans le vestibule.

Colette montra la nourriture et la bière : « Je vous avais dit de rien apporter. Et toi, Marie... toute belle dans ta grossesse. » Elle toucha le ventre de maman du bout du doigt.

Puis, à l'intention de Minou et de moi, elle ajouta : « Bonjour, les enfants. Vous êtes beaux comme des cœurs tous les deux. »

Ma sœur et moi restions cois.

Avec son physique éléphantesque, sa peau laiteuse, ses lèvres rouge vif et ses yeux si grands qu'ils semblaient tout engloutir, Colette était une créature un peu effrayante. Et puis elle dégageait un mélange d'odeurs de tabac, d'eau de toilette et de café instantané.

Je retins mon souffle alors qu'elle m'embrassait.

Les mains de ma tante s'agitaient au rythme de son énervement :

— Venez, venez, entrez !

Une cascade de jappements nous fit tous sursauter. Cela provenait du bichon frisé planté au milieu du couloir, une espèce de bestiole poilue et hyperactive.

— Jésus-Marie, murmura mon père entre ses dents.

Au salon, une voix cria : « Louis ! Viens ici ! Tout de suite ! »

Le chien laissa échapper un dernier aboiement avant de détaler, ses griffes grattant le plancher de bois.

— Je veux jouer avec lui, dit Minou.

— Plus tard. Avant, tante Colette va nous faire visiter sa belle maison.

Colette rayonnait.

À vrai dire, la maison n'était pas piquée des vers : hauts plafonds, planchers en marqueterie, boiseries en chêne. Un couloir traversait la maison et aboutissait dans une cuisine spacieuse avec salle de bains adjacente. La salle à manger, sur la gauche, comptait un foyer et des portes françaises qui s'ouvraient sur le salon. À droite du couloir se trouvaient deux pièces, une grande chambre des maîtres et le bureau de Philippe.

Je ne pouvais faire autrement que de penser à notre appartement, sa minuscule cuisine, la chambre à coucher que je partageais avec Minou et au salon rempli à craquer avec la radio, un *chesterfield*, un lit ouvrant pour mes parents et le piano droit que maman avait hérité d'une grand-tante.

Tous étaient au salon: oncle Derby et tante Denise, oncle Gérard et tante Laure, oncle Philippe. Ils se levèrent à notre arrivée.

Là encore, accolades et embrassades.

Pendant ce temps, le bichon frisé ne cessait de japper. Jusqu'à ce que Philippe lui crie: « Louis, assis! »

Louis mit fin à son manège et se colla le derrière sur le parquet.

Philippe dit à mon père: « Il se prend pour un doberman. »

Mon père ne sourit même pas.

— J'aime pas les chiens, m'avait-il dit la dernière fois que nous avions vu Louis, ils sont bons rien qu'à manger et à japper.

— Il est tellement mignon, s'exclama maman.

— Pourquoi t'as appelé ton chien Louis? demanda mon père à Philippe.

— À cause de Louis Armstrong, répondit Philippe. C'est mon musicien préféré.

— Mais ton chien, il ressemble pas pantoute à Louis Armstrong; il est tout petit et en plus il est blanc.

— Mais qu'est-ce que tu racontes? Le chien a pas à ressembler à Louis Armstrong pour que je décide de lui donner son nom.

— J'imagine. Sinon, aurait fallu que tu l'appelles Madame de Pompadour. Et je gage que ton chien peut pas chanter *Oh When the Saints Go Marching In* non plus, renchérit mon père.

Philippe dut en rire. « Paul, des fois je me dis que t'as des nouilles à la place du cerveau. »

Il y avait un panneau de bois de cerisier qui couvrait un mur entier du salon et dans lequel trônaient des tableaux, quelques portraits de famille, les trophées de hockey de Philippe et un buste en marbre. J'ignorais qui était ce personnage, mais je me disais qu'il devait être joliment important pour qu'on en fasse une statue. Le panneau comportait aussi des rayons garnis de livres. Il n'y avait pas de livres chez nous, à part une vieille copie du *Nouveau Testament*. Le moins qu'on puisse dire, c'est que mes parents n'étaient pas de grands lecteurs. Le jour suivant une élection, un procès sensationnel ou le dernier match pour la coupe Stanley, mon père achetait le *Montréal-Matin*. De plus, cinq ou six copies de *La Sélection du Reader's Digest*, datant du début des années soixante, étaient empilées sur le plancher de la salle de bains. Mais des bouquins... S'il n'y avait pas eu l'école, les livres auraient été des objets inconnus pour moi.

Néanmoins, ce qui a attiré mon regard avant tout fut le tableau au-dessus du bar. Je voulais toucher le jaune vif du sable de l'arène, le noir luisant du pelage du taureau déchaîné, le gracieux *torero* dans son costume à fil d'or, la cape virevoltante.

— Pas trop pire, ta cabane, dit mon père à Philippe en jetant un œil autour de lui. Son ton était moqueur.

Pour toute réponse, mon oncle y est allé d'un sourire narquois.

Mon père attrapa la Molson offerte par Philippe et s'installa dans un fauteuil en cuir comme s'il lui appartenait. À intervalle de quelques secondes, machinalement, il s'étirait pour secouer sa cigarette au-dessus d'un cendrier monté sur une base de cuivre. Il avait encore les bras et les épaules d'un boxeur, mon père. Du temps où lui et maman firent connaissance, il était un poids moyen prometteur. Il avait fait des combats non seulement à Montréal, mais aussi à Toronto et, à une occasion, à Détroit. Dans l'album de notre famille se trouvaient des photos de lui dans la posture traditionnelle, avec les gants de boxe levés de chaque côté du visage.

S'il avait grossi d'une bonne trentaine de livres depuis, concentrées juste au-dessus de la ceinture, il avait gardé la prestance d'un type auquel il vaut mieux ne pas se frotter.

En peu de temps, les femmes se sont regroupées d'un côté du salon, les hommes de l'autre. J'allais de part et d'autre, espérant ainsi grappiller des bouts de conversations intéressantes.

Oncle Derby et tante Denise avaient un fils dans l'Armée canadienne, en service quelque part en Allemagne.

Philippe et Colette, eux, n'avaient pas d'enfants.

Quant à Gérard et Laure, ils avaient deux enfants, Éric et Claude, des jumeaux âgés de douze ans, identiques en apparence ainsi qu'en bêtise. Ils avaient les mêmes petits yeux bruns trop rapprochés, la même chevelure brun foncé, la même stupide fossette au menton. Deux petits baveux de la pire espèce, qu'ils étaient. Ils se bagarraient sans cesse et se faisaient un devoir de diriger leur agressivité envers quiconque était en leur présence, moi inclus. Une chance, mon oncle Gérard travaillait pour la mine de Noranda, et lui et tante Laure et les deux monstres vivaient en Abitibi, si bien qu'on ne les voyait que rarement.

Tante Laure me dit:
— Les garçons jouent dehors, tu sais. Si tu regardes un peu alentour, tu vas les trouver.
— Non, je lui répondis, je veux rester dans la maison.
— Mon Marcel est un solitaire, expliqua maman. Il aime mieux être seul que de jouer avec les autres.

Ce n'était pas la raison. Je ne voulais pas jouer avec Éric et Claude parce que si ça se trouvait, ils s'amusaient présentement à essayer d'attraper un chat pour ensuite le martyriser.

Maman était assise sur le bout du divan, une tasse de thé en équilibre sur son ventre.
— J'aimerais donc que tu fasses pas ça, lui dit tante Colette.
— Pas de problème. J'ai l'habitude.
— Mais qu'est-ce qui va se passer si le petit donne un coup de pied?
— Ça n'arrivera pas. Il est trop bien élevé.

Les femmes se mirent à rire.

Oncle Derby s'avança vers maman en gesticulant pour attirer son attention. Le vrai nom de mon oncle était Kazimierz Kasprzycki. Personne ne pouvait prononcer son nom quand il est débarqué au Canada en 1948 après que les communistes eurent pris le pouvoir en Pologne. Il portait toujours le chapeau melon qu'il avait trouvé sur le bateau transatlantique lors de sa traversée. À cause du chapeau, Kazimierz est devenu Derby et le nom lui est resté. Et c'est toute une vie qu'il avait menée, mon oncle. Au cours de la Seconde Guerre mondiale, il s'était joint à un groupe de partisans qui lançait ses opérations à partir du maquis et, en 1945, il s'est enrôlé dans un régiment formé de réfugiés polonais qui a participé à la destruction du Troisième Reich. Il fut alors témoin du cataclysme, de l'indescriptible souffrance des populations civiles, les enfants allemands, les femmes, les vieillards, hagards, affamés, fous de peur à cause des bombardements, de l'invasion venue de toutes parts, des massacres, des viols. Bien sûr qu'ils ne méritaient pas de vivre cet enfer, comme me le dit un jour mon oncle, personne ne méritait un tel sort, du moins pas les civils. Mais Leningrad, Auschwitz, Varsovie – quelqu'un devait payer pour cela, et c'est la population allemande qui régla la note.

Il était gentil, Derby, et poli, et son français était excellent malgré la persistance de son accent slave.

— Ta bedaine, dit-il à maman, elle me fait penser à l'histoire qu'un de mes amis m'a rapportée il n'y a pas longtemps. Il est gérant d'un magasin Steinberg et m'a raconté qu'une femme a tenté de voler une dinde congelée. Elle a camouflé la dinde sous sa robe en faisant semblant qu'elle était enceinte…

Maman et mes tantes avaient déjà le fou rire, connaissant les anecdotes loufoques de Derby, et attendaient la suite.

— J'invente rien. La femme est debout et fait la file à la caisse avec seulement un pot de beurre d'arachide et deux bananes qu'elle allait payer, croyant pouvoir sortir du magasin avec la dinde sous sa robe. Mais les choses s'éternisaient à la caisse. Probablement une vieille madame qui cherchait sa monnaie au fond de son sac… Pendant ce temps, la dinde dégelait et la femme devenait nerveuse. Encore de longues minutes d'attente et la dinde continuait de dégeler et le devant de la robe de notre bonne femme « enceinte » commençait à être mouillé. C'est comme ça qu'ils l'ont pincée une fois qu'elle est arrivée devant la caissière.

Maman et ses sœurs se tordaient.

Derby m'ébouriffa la tignasse et, pince-sans-rire, alla rejoindre les hommes.

C'est alors que Colette confia à ma mère :

— Marie, il faut que tu saches que maman, elle aussi, est supposée venir ici aujourd'hui.

— Quoi ! Pourquoi tu me l'as pas dit avant ?

— Parce que si tu l'avais su, tu serais pas venue.

— T'as bien raison… Je peux pas croire…

Laure ajouta en soupirant :

— Toi pis maman, vous allez vous bouder encore combien de temps, hein ?

— Pose-lui la question à elle, lui répliqua maman aussitôt. C'est elle qui a tout commencé.

— En passant, dit Colette, je me demande bien ce qu'elle fait. Elle devrait déjà être ici.

— Elle a peut-être oublié, dit maman. Ou peut-être qu'elle a décidé que ça valait pas la peine de se montrer la face. La connaissant...

— Ou peut-être qu'elle était pas capable, ajouta Denise. Vous savez, son diabète...

— Oui, confia Laure. Moi et Gérard on lui a offert de venir avec nous mais elle aime mieux prendre un taxi. Je me demande pourquoi...

— Je peux pas croire que tu l'as invitée, insista maman à l'intention de Colette. Et qu'en plus tu m'as rien dit.

Ma tante émit un léger toussotement tout en consultant sa montre.

— Bon, faut m'excuser. J'ai des choses dans le fourneau.

Colette sortit de la pièce de son petit trot, ses cuisses frottant l'une contre l'autre dans un bruissement qui me donna la chair de poule. J'imaginais ma grosse tante passant au travers du plancher alors qu'elle se dirigeait à l'autre extrémité du couloir, pareille à un personnage de dessins animés que je regardais le samedi matin à la télé. Mon père m'envoya un sourire de connivence et remua les sourcils. J'ai dû me retenir pour ne pas éclater de rire.

Philippe se leva. Il était le dandy de la famille. Cette journée-là, il portait une impeccable chemise blanche, le col ouvert, des pantalons soigneusement pressés et des chaussures à bouts pointus importées d'Italie. Contrairement à ses beaux-frères qui tous avaient les cheveux coupés en brosse, Philippe préférait une chevelure épaisse sur le front et lissée vers l'arrière, gominée à la Chet Baker.

— Une autre bière quelqu'un ? demanda-t-il à la ronde, ou autre chose à boire ? Un coup de rouge, peut-être. J'ai du fort. Derby ? Paul ? Gérard ? Les gars, vous voulez un scotch ? Mesdames, je peux vous offrir quelque chose ?

Il écrasa sa cigarette et se dirigea vers le bar. Il se versa une généreuse quantité d'alcool et sortit des bières d'un mini réfrigérateur.

— Et toi, jeune homme, me demanda Philippe tout en me tapotant l'épaule, veux-tu une bière ? Ou peut-être une tequila, *Señor Cuervo* ? C'est bon, la tequila...

Je ne savais trop quoi dire.

Maman me fit un clin d'œil : « Oncle Philippe aime bien taquiner », me dit-elle.

Des bruits sourds provenaient de l'appartement à l'étage. On aurait cru que quelqu'un là-haut marchait avec des souliers de plomb.

— Eh, maudit ! dit Philippe. Ce tapage-là me rend fou. C'est comme ça chaque jour que le bon Dieu amène. Le bonhomme habitait déjà ici quand j'ai acheté la maison. Il vit seul mais il reçoit des amis tous les jours et chaque fois c'est un cirque au-dessus de nos têtes.

— Voilà pour vous, les enfants.

C'était Colette qui revenait avec du Coke et des chips pour Minou et moi.

Rapidement, mon père et Philippe s'engagèrent dans leurs habituelles discussions sur le hockey, peu leur importait que la saison ne débute qu'en octobre. Ils pouvaient parler de hockey à l'année longue. La religion catholique, la politique et le Canadien de Montréal, c'était la Sainte Trinité du panthéon culturel des Canadiens français du temps.

— J'haïs dire ça, affirma mon père, mais je pense que Toronto va encore gagner la Coupe cette année.

— Mais non, répliqua Philippe, c'est au tour de Montréal. Tu vas voir. Je sais de quoi je parle…

— Bon, ça y est, interrompit mon père.

— Quoi ?

— Tu vas nous dire encore une fois que t'as joué pour les Black Hawks de Chicago.

— Oui monsieur, en 1953.

— Mais seulement deux ou trois *games*, et puis après ils t'ont *flushé* de l'équipe. T'étais pas exactement Stan Mikita.

— Commencez pas, les gars, dit oncle Derby.

— Ils m'ont pas « *flushé* », comme tu dis… Ils m'ont laissé aller quand je me suis déboîté un genou. Tu sais ça aussi bien que moi mais tu continues de prétendre le contraire.

Philippe se pencha vers moi.

— Je me suis même battu une fois contre « Rocket » Richard, au Forum, dit-il. Ah ! mon vieux, il était malin et dur, ce gars-là. Ce soir-là, il avait la rondelle et comme il passait à cent milles à l'heure à côté de moi, je lui ai sacré un coup de bâton sur une cheville. Fait qu'il s'est tourné vers moi avec l'air d'un tueur et il a laissé tomber les gants.

— Combien de fois encore tu vas nous casser les oreilles avec celle-là ? dit mon père. C'est une histoire usée à l'os. En plus, le Rocket t'a sapré toute une volée.

— Ouais, mais si j'étais toi, je dirais pas un mot au sujet de quelqu'un qui s'est fait donner une volée. Tu te rappelles un certain Alberto Evangelista ?

Mon père étreignit sa bière et la pressa sur le bras du fauteuil.

C'était presque littéralement un direct à son endroit. L'événement auquel mon oncle faisait allusion était un combat qui avait opposé mon père à un boxeur peu connu, originaire de Porto Rico, Alberto Evangelista. Le combat avait eu lieu à l'aréna de Verdun. Mon père avait entamé le combat en lion, mais son adversaire s'était acharné sur ses reins avec des poings lourds comme des pierres. Mon père avait pissé du sang durant plusieurs jours après sa défaite. Il n'est jamais remonté sur le ring par la suite.

— Ose plus jamais parler de ça, Philippe, dit mon père. Tu m'entends ?

— De toute façon, précisa Philippe, c'est à ton fils que je parlais, pas à toi.

— Mais lui aussi, mon fils, il les connaît par cœur, tes « exploits », lui rétorqua mon père.

— Ah, oui ? Regarde-lui la grandeur des yeux, à ton fils, et dis-moi qu'il n'est pas impressionné.

— Philippe, tu nous fais ch–

— O.K. les gars, ça va faire !

C'était la première fois que j'entendais Derby élever la voix.

— Jésus, dit-il, vous vous conduisez comme si vous aviez plus de problèmes que le pape.

Philippe se mit à rire et lui dit : « Mais qu'est-ce que tu connais des papes, toi ? T'es Polonais... Laisse le pape aux Italiens. »

Derby eut un mouvement de recul, jouant à celui qui est insulté. « Un jour, dit-il, il va y avoir un pape polonais. Et il sera le plus grand de l'histoire de la Sainte Église catholique. Prenez-en ma parole. »

Tout le monde se mit à rire, à tel point qu'on aurait pu croire qu'Olivier Guimond en personne avait fait irruption dans la pièce. Un pape polonais, non mais...

Philippe s'adossa dans son fauteuil. Il portait une imposante alliance et une bague à diamants à l'auriculaire droit. Après avoir vidé son verre, il récupéra le glaçon qui s'y trouvait et l'envoya glisser sur le plancher. Louis fonça sur le cube, le happa avec ses dents et se mit à le croquer bruyamment.

Minou était excitée et dit :

— Moi aussi je veux lancer des glaçons au petit chien.

— Philippe, dit Colette, s'il te plaît, fais donc pas ça. C'est une mauvaise habitude…

Philippe bouda un peu, ce qui fit rire mes tantes et mes oncles.

La table à café était couverte de bols débordant de chips, de bretzels et de bonbons durs. Les sucreries étaient rares chez nous ; maman n'aimait pas nous voir bouffer des cochonneries.

Moi, je planais au-dessus des bols. Jusqu'à ce que mon père, sans avertissement, me donne un claque sur le poignet.

— Mange pas tant de nananes, Marcel ! Essayes-tu de vider tous les plats ?

J'ai porté la main à ma poitrine.

— Frappe-pas le petit comme ça, dit Philippe.

— Je l'ai pas frappé, je lui ai juste donné une petite talo… Et pis, d'abord, t'es qui toi, pour…

Colette intercéda : « Pour l'amour, vous allez pas encore recommencer, vous deux. Vous êtes pire que des enfants d'école, ma foi du bon Dieu. »

Elle s'efforça de rire et ajouta : « Philippe, j'ai besoin de ton aide dans la cuisine pendant une minute. »

Philippe suivit sa femme.

— Viens ici, chéri, me dit maman alors que j'allais quitter la pièce à mon tour. Je voulais explorer la maison. Maman dénoua mon nœud papillon et, alléluia, déboutonna mon col.

— Tiens, dit-elle, tu vas être plus confortable comme ça. Ton sac de jouets est dans ma sacoche, là, dans la cuisine.

Alors que je sortais de la pièce, j'ai entendu maman dire à ses sœurs : « C'est drôle. Il n'y a pas si longtemps, il était toujours dans mes jupes – maman, maman, maman. Mais maintenant, il est indépendant comme un petit homme. C'est une nouvelle phase qu'il traverse, que je me dis… »

Première étape de l'exploration : la chambre à coucher et son lit immense. J'ai pressé le matelas avec mes deux mains en m'imaginant un peu le fun que j'aurais en sautant sur ce trampoline. Mais je n'osai pas. Je me suis plutôt dirigé, à pas de loup, vers la commode et j'ai entrouvert le tiroir, tout en essayant de ne pas penser à ce qui se passerait si mon père me prenait en flagrant délit. Je pouvais entendre les rires et un brouhaha de voix provenant du salon, les jappements du chien suivis du « Louis, tais-toi ! » de l'oncle Philippe, puis le tintement d'une fourchette que l'on frappe contre un verre à vin, et la voix de l'oncle Derby : « J'aimerais porter un toast... »

Rien de bien intéressant.

Avec précaution, mes doigts ont effleuré les articles que contenait le tiroir : un paquet de cigarettes, une boîte d'allumettes, quelques billets de banque, des photos.

Le réveille-matin sur la table de chevet faisait un tic-tac d'enfer dans le silence de la chambre.

J'ai retiré une photo.

C'était ma tante Florida, la sœur de maman décédée l'année dernière.

Florida avait été ma favorite parmi toutes mes tantes. Quand elle venait nous rendre visite, ce qui n'arrivait pas souvent, elle nous apportait des cadeaux à ma sœur et à moi. Puis elle nous attirait à l'écart et nous disait : « Vous pouvez prendre tout le petit change dans ma sacoche. Voyons combien j'ai. » Il y avait une abondance de pièces de cinq et de dix cents, résultat de pourboires qu'elle recevait comme serveuse dans un restaurant du centre-ville.

— C'est notre secret à nous, qu'elle chuchotait à Minou et à moi.

C'était une de ces rares occasions quand ma sœur et moi échangions des sourires complices.

Je me souviens encore de la voix de ma tante, la plus belle que j'aie jamais entendue. Florida était aussi chanteuse dans les boîtes de nuit. Mes parents allaient l'écouter parfois le samedi soir. Maman a ri lorsque je lui ai demandé si je pouvais y aller aussi. « Tu peux pas venir avec nous dans un club, mon amour, t'es trop petit. » Ce soir-là, le câlin de maman me fit l'effet d'une gifle.

— Qu'est-ce que tu fais ?

Le cœur m'est monté dans la gorge et j'ai presque laissé tomber la photo, mais j'ai eu le réflexe de l'enfouir dans mon veston. En me retournant, je me suis appuyé sur le tiroir pour le fermer, mine de rien.

C'était Minou qui se tenait dans l'embrasure de la porte, les deux poings calés aux hanches. Les petites sœurs, c'est toujours en train de t'espionner.

— Je vais dire à papa que t'étais ici, dit-elle.

— Mais je faisais rien! Je regardais, c'est tout. Je m'ennuie ici, avec les grands.

— Moi aussi, je m'ennuie. Je voulais jouer avec Louis mais il s'est sauvé. Maman veut que tu t'occupes de moi.

— Avant faut que j'aille aux toilettes. Pis après, je vais aller te rejoindre au salon, pis on va jouer, O.K.?

Minou s'en retourna dans le couloir en sautillant.

Comme si j'avais vraiment l'intention de jouer avec elle, ha!

J'ai examiné la photo à nouveau. Tante Florida portait une robe longue à paillettes et chantait dans un volumineux microphone comme dans le *Lawrence Welk Show* – mes parents adoraient cette émission. Les yeux de ma tante étaient clos et elle avait le sourire d'un ange.

Que lui était-il arrivé à tante Florida? Pourquoi était-elle morte? Comment se faisait-il que personne ne parlait plus d'elle?

J'ai bien refermé le tiroir de la commode et je me suis dirigé vers le bureau de travail de mon oncle, la pièce d'à côté. J'avais hâte de découvrir les trésors qui se trouvaient sûrement là. Mais la porte était fermée à clef.

Navré, j'ai décidé d'aller plutôt à la cuisine.

J'ai figé sur le seuil.

— Je déteste comment il traite ses enfants...

Oncle Philippe s'interrompit en m'apercevant.

— Salut, jeune homme, qu'il me dit.

— Je veux prendre mes jouets dans la sacoche de maman.

— Mais oui, mon chéri, vas-y, me dit Colette. La sacoche est là, sur le comptoir. Ensuite, s'adressant à Philippe: «Tiens, apporte ça au salon. Et, Philippe, s'il te plaît, bois pas trop...»

Il la fixa du regard, ne fit aucun commentaire et sortit avec son plateau.

J'ai récupéré mes soldats en plastique du sac à main de maman et me suis installé dans un coin de la pièce, là où le comptoir rejoignait le mur, un endroit idéal à la fois pour jouer et pour espionner les conversations des adultes.

« Si vous voulez que Marcel se tienne tranquille, disait toujours maman, mettez-le dans un coin de la pièce avec ses soldats en plastique. Il va passer des heures dans son propre petit monde. »

La cuisine était remplie de bonnes odeurs émanant du four. Mes soldats prirent position au sommet d'une colline, dans l'attente du passage d'un convoi ennemi, tout comme dans les films de guerre à la télé avec Steve McQueen et Burt Lancaster – des noms américains exotiques et excitants. Colette chantonnait alors qu'elle préparait des champignons farcis et autres délices. Les soldats lancèrent des grenades sur la route, puis déferlèrent sur la colline à la course pour tuer tous les nazis à coup de baïonnette. Les grosses jambes de Colette se déplaçaient du comptoir au four, puis à la table, pour revenir au comptoir, ses souliers martelant le plancher de linoléum. Un seul soldat n'a pas survécu à l'attaque, l'héroïque capitaine mort quand un méchant nazi, SS par surcroît, lui lança lâchement un couteau dans le dos avant d'être tué lui-même. Les autres nazis furent tous massacrés.

— Tout va bien ? C'était maman qui s'informait tout en se dirigeant vers la salle de bains.

— Oui, dit Colette. C'est tiguidou.

— Tu sais, depuis que je suis enceinte, j'ai toujours soif. Ça veut dire que je bois des tonnes d'eau et ça veut aussi dire que je passe mon temps à la toilette.

Colette s'esclaffa, et puis elle dit : « En passant, j'aime tes cheveux. »

Maman se taponna la coiffure, sourit et se rendit à la salle de bains. Quelques instants plus tard on entendit la chasse d'eau et le jet du robinet. Puis il y eut un long silence. La porte de la salle de bains s'ouvrit enfin.

— Colette, où est-ce que t'as trouvé ça ? La voix de maman était chevrotante.

Je me suis penché de côté pour voir de quoi elle parlait. Maman tenait une figurine en céramique.

— Je cherchais de l'aspirine dans ton armoire à pharmacie et... la statuette de sainte Anne de maman...

— Ben, dit Colette, c'est Florida qui l'avait. Je sais pas comment elle s'est ramassée avec… Après sa mort, je l'ai trouvée dans ses affaires pis je l'ai apportée chez nous. Si tu la veux…

Maman étreignit le petit objet comme si c'était une sainte relique.

— Non, non… C'est juste qu'en voyant la statuette, ça m'a ramenée à notre logement de la rue Saint-André. Je sais pas pourquoi, mais j'ai pensé beaucoup à notre enfance dernièrement. Peut-être que c'est parce que je suis enceinte… J'ai souvent des images de ce temps-là qui me reviennent. Je nous vois tous autour de la table en train de manger les biscuits au chocolat que maman achetait une fois de temps en temps chez Oscar. C'était tellement bon, j'ai encore le goût dans la bouche. C'était la fête… Tu te souviens?

Maman caressait la figurine du bout du doigt et dit: «Cette maison est si belle, Colette. Si seulement Florida était ici, elle serait heureuse pour toi. Tu sais, ça fait déjà plus d'un an qu'elle est morte et j'en reviens toujours pas.»

Colette esquissa un geste dans ma direction.

Maman sursauta et dit: «Oh, je savais pas que tu étais ici, mon grand.»

Elle eut un petit sourire forcé et essuya furtivement ses larmes.

Tante Colette saisit deux plateaux: «O.K., dit-elle, au salon tout le monde.»

Maman déposa la figurine sur la table et me caressa la nuque.

J'aurais voulu trouver quelque chose à dire qui la rende moins triste, mais j'étais à court d'idées.

Je mis mes soldats dans leur sac et me rangeai derrière les femmes.

Au salon, les adultes poussèrent des Oh! et des Ah! en voyant la nourriture.

Les plateaux furent vidés subito et le vin et la bière coulèrent à nouveau.

Durant tout ce temps, ça discutait sans arrêt entre les adultes:

— Colette, tu m'as pas dit qu'un prêtre devait venir bénir la maison?

— Oui, le père Vallières…

— C'est délicieux, Colette. T'es un véritable cordon-bleu…

— Comment vont les affaires, Philippe?

— Je me demande ce que fait maman…

— Ce dont notre pays a besoin, c'est d'un homme du calibre de John F. Kennedy...
— Je ne sais pas ce qu'elle fait. Je lui ai téléphoné de la cuisine il y a quelques minutes et elle n'a pas répondu...
— Cette chaleur, je vous le dis, ça me tue...
— Kennedy ? Pourquoi pas Khrouchtchev, tant qu'à faire... ?
— À sept mois, t'es toujours fatiguée. Ton corps manque d'énergie tout le temps...

Malgré les fenêtres ouvertes, l'air de la maison empestait la fumée de cigarette.

Mon oncle Derby se rendit jusqu'à la télévision et dit : « Cette chose-là est plus grosse que mon auto. »

Il exagérait à peine ; le téléviseur-système de son de Philippe faisait bien cinq pieds de longueur, supporté par des pattes coniques, avec des boîtiers à haut-parleurs de chaque côté de l'écran du téléviseur, des boutons brillants pour changer les chaînes et ajuster l'image.

Philippe observait son beau-frère d'un air amusé.

Derby souleva le couvercle gauche de l'appareil.

— Un phonographe stéréo de RCA Victor... Rien de trop beau pour la classe ouvrière, hein ? C'est quoi, le disque que tu as là-dedans ?
— Sarah Vaughan, je pense, dit Philippe.
— Excellent choix, approuva Derby. Quoique moi, je préfère une polka polonaise. Il y a rien de plus beau qu'un air de polka joué très vite à l'accordéon.

Ce qui fit rire le clan, l'accent de Derby rendant la plaisanterie encore plus drôle.

Derby souleva l'autre couvercle. « AM et FM radio stéréo à haute-fidélité, mesdames et messieurs. » Il s'accroupit devant l'écran du téléviseur et passa un doigt sur la bordure.

— Combien de pouces ? Dix-neuf ?
— Vingt-trois.
— Couleur ?
— Couleur, *yes sir*...
— Ça donne quoi d'avoir une TV couleur, quand presque toutes les émissions sont en noir et blanc ? commenta mon père.
— Pas pour longtemps, dit Philippe. Le *Ed Sullivan Show*, par exemple. Il va être en couleurs cet automne.

— Ed Sullivan est laid comme un pou en noir et blanc, dit mon père, je voudrais pas lui voir la bine en couleurs.

Contrairement à Philippe, Derby la trouva drôle. Il alluma l'appareil.

La Lutte Grand Prix était en ondes, en noir et blanc. Johnny Rougeau et le méchant Abdullah the Butcher s'en donnaient à cœur joie dans l'arène.

— La lutte, dit Philippe, c'est arrangé avec le gars des vues. C'est cave. À moins d'avoir des nains dans l'arène. Si vous avez des nains qui se battent, là c'est du sport avec un grand S.

Mon père, Derby et Gérard se moquèrent de lui et le traitèrent de snob d'Outremont.

Abdullah the Butcher brandit une fourchette jusque-là dissimulée dans une de ses bottes et il la braqua devant le nez de Rougeau. Il avait la dégaine d'un bouledogue enragé et son front était couvert de sang. Tout autour du ring, les spectateurs étaient au bord du délire, et mon père et mes oncles encourageaient les lutteurs – « Envoye ! » et « Fesse ! » et « Arrange-lui le portrait ! »

— Hé, Philippe ! dit oncle Gérard après que le combat fut terminé (et remporté, évidemment, par Rougeau), je prendrais bien un autre gin ! La voix de mon oncle était déjà mal assurée à cause de l'alcool.

— Simonak, Gérard, dit Philippe en riant, tu vas me ruiner !

Tante Laure interpella Philippe de l'autre extrémité de la pièce :

— S'il te plaît, donne-lui plus rien à boire. Il est déjà pompette.

— Je suis pas soûl, dit Gérard. C'est le reste du monde qui est trop sobre.

Ce qui fit rigoler Philippe. « J'aurais pas pu dire mieux ».

Il y avait quantité de commentaires du genre qui sortaient de la bouche des adultes et que je n'arrivais pas à comprendre – les mots qui se voulaient d'esprit, les railleries, les propos à double sens.

Après le combat de lutte, sur l'écran de la télé, une blonde demoiselle en minijupe et chandail moulant paradait devant une voiture de luxe.

— Regardez-moi la poupoune, dit Gérard. Elle ressemble à Brigitte Bardot.

— Mais non, dit mon père, Brigitte Bardot est ben plus sexy que cette fille-là. Rien à voir…

— Tout le monde est gaga de Brigitte Bardot, dit Derby. Mais si vous voulez mon avis, l'actrice la plus sexy, c'est Gina Lollobrigida. *Mamma mia...*

— Je t'en prie, Derby, arrête, dit Philippe. Chaque fois que j'entends le nom Gina Lollobrigida, ça me démange dans le bas du ventre.

Les quatre s'esclaffèrent.

Ces hommes, ils semblaient tellement sûrs d'eux, tellement forts et sans craintes. Comme j'avais hâte d'être une grande personne pour enfin me sentir ainsi, moi qui n'arrivais pas à oublier ce qui s'était produit plus tôt dans la cuisine : les pleurs et les allusions mystérieuses de maman au sujet de son enfance et de tante Florida.

Mon père me scruta et j'évitai son regard, espérant qu'il n'allait pas me demander ce qui me troublait. J'avais toujours l'impression qu'il pouvait lire dans mes pensées. Mais par bonheur il ne dit rien.

Et maman, qui sait pourquoi, décida à ce moment d'y aller d'une annonce : « Minou était dans le concours de jeunes talents à son école cette année. Elle a chanté *À la claire fontaine* toute seule. C'est vrai, hein, ma chouette ? »

Ma sœur fit la grimace.

— Vous auriez dû la voir, continua maman. Minou a une voix d'ange. Elle pis moi, on a pratiqué tous les soirs pendant presque un mois. J'étais au piano et elle chantait. Pis un professeur de musique est venu lui donner des leçons de solfège à la maison toutes les semaines. Pis maintenant je lui montre à jouer du piano.

— Pourquoi tu chantes pas pour nous, Minou ? dit tante Denise. Ça nous ferait plaisir !

Maman mit la main sur l'épaule de Minou.

— Quelle belle idée !

— Je veux pas chanter, murmura Minou.

— Pourquoi pas ? demanda maman.

— Y a pas de piano ici. Je peux pas chanter si y a pas de piano.

— Voyons, Minou, c'est rien qu'une excuse, ça...

— Je veux pas chanter, j'ai dit.

J'étais impressionné par le courage et l'entêtement de ma petite sœur.

— Ça donne quoi de payer des leçons si elle veut pas chanter ? commenta mon père.

— Bah ! dit Philippe, laissez la petite tranquille. Elle veut pas être un petit singe savant. Bravo, fillette.

Il tituba jusqu'au bar et se prépara un autre verre.

Maman roulait des yeux et mon père fulminait.

Ne s'adressant à personne en particulier, tante Laure dit : « Que j'aimais donc ça aller voir Florida chanter. Elle était tellement *glamour* ! »

L'atmosphère de la pièce se modifia brusquement, comme à l'approche d'un orage.

— Parlons pas de ça, murmura maman, s'il vous plaît.

L'agitation dans mon estomac reprit de plus belle, et des pensées et des questions commencèrent à tourbillonner dans ma tête, alimentées par les secrets et par les allusions entendus depuis des mois. Je ne pus me retenir et laissai échapper : « Qu'est-ce qui est arrivé à tante Florida ? Elle est morte comment ? »

Maman se tourna vers mon père avec un air désespéré, puis vers Derby. Ni l'un ni l'autre ne vint à son secours.

— Mon chéri, m'expliqua maman, ta tante a rendu l'âme quand Notre Seigneur Jésus l'a appelée à Lui. Les anges l'ont emmenée au ciel.

Derrière le bar, Philippe dit : « Non mais, pour une fois j'aimerais que vous arrêtiez de dire "rendu l'âme" en parlant du suicide de Florida. Si on pouvait appeler un chat un chat, rien qu'une fois ? On est dans les années soixante, il me semble, pas au Moyen Âge. »

Philippe me regarda en plein dans les yeux.

— Marcel, ta tante a pas été appelée vers Dieu…

— Ta boîte, Philippe, dit mon père.

Philippe l'ignora.

— …elle a avalé…

— Philippe, ferme ta gueule ! a hurlé mon père.

Je me suis mis à pleurer. Maman nous prit, Minou et moi, dans ses bras :

— Écoutez-le pas, mes amours.

Mes tantes et Derby étaient assis sans un mot, et Gérard, ivre mort, ne pouvait que se balancer sur sa chaise.

Le visage de mon père était pourpre et ses mains tremblaient. J'ai cru qu'il allait se jeter à la gorge de Philippe.

Tante Colette se précipita entre les deux hommes.

— S'il vous plaît… dit-elle.

— Ramasse nos affaires, Marie, gueula mon père, on sacre le camp d'ici !

— Non, faites pas ça, supplia Colette. Derby, dis quelque chose… Philippe… ?

Maman mit une main sur le bras de sa sœur et dit : « Je pense qu'il vaut mieux qu'on s'en aille maintenant. »

Au retour, dans la Rambler, nous étions tous silencieux. Sur la banquette arrière, à côté de moi, Minou dormait, sa poupée dans les bras. Je pressai mon front sur la vitre fraîche de la fenêtre de l'auto. Je n'avais pas bien saisi ce qui s'était passé chez mon oncle, ce que j'avais entendu mais, apparemment, un acte odieux avait été commis, qui avait éclaboussé toute la famille.

Maman poussa le briquet du tableau de bord, alluma une cigarette pour mon père et une pour elle. Sa coiffure avait perdu son aspect sculptural ; des mèches retombaient sur son cou. Elle tourna le bouton de la radio, passa d'un bulletin de nouvelles à une femme qui chantait en anglais d'une voix profonde et veloutée, une voix qui, j'imaginais, était comme celle de tante Florida. Je mis la main dans la poche de mon veston et sentit la photo de ma tante que j'avais prise dans le tiroir.

[1965]

Saint Michel et le dragon

La rue Ontario traversait le quartier Ville-Marie d'est en ouest, les rangées de maisons interrompues que par des intersections : rue de la Visitation, rue Panet, rue Plessis, rue de Champlain. Invariablement, il y avait un commerce quelconque au rez-de-chaussée – une épicerie, un restaurant, une taverne – et des familles qui s'entassaient dans les logements à l'étage. Au deuxième, on trouvait aussi des chambres louées à la semaine par des célibataires, hommes ou femmes, souvent tombés dans la dèche, ou alors des travailleurs venus de l'extérieur et employés dans les usines de Molson Brewery, RJR Macdonald, Canada Cement, Canadian Vickers, ou comme débardeur au Port de Montréal. Des prostituées utilisaient aussi ces chambres dans l'exercice de leur profession. Ces édifices étaient rectangulaires, dépourvus d'esthétisme, sans âme. On aurait dit que les constructeurs de ce secteur de la ville s'étaient concertés pour concevoir un environnement démoralisant. Il n'y avait aucun bac à fleurs, pas d'arbres. Pour voir de la végétation, on devait monter vers la rue Sherbrooke, la traverser et, ainsi, accéder au parc La Fontaine. Sur les trottoirs, les piétons devaient zigzaguer autour des déchets, des bouteilles brisées, des crottes de chien, des crachats. Des automobiles étaient alignées de chaque côté de la rue, d'énormes machins capables d'accommoder les familles nombreuses souhaitées par les bonzes de l'Église catholique – Allez et reproduisez-vous, ma belle gang de brebis, *amen*. Plusieurs de ces voitures étaient des reliques des années 1950 : Hornets, Bel Air, Furies. De grosses bagnoles *Made in Detroit* pourvues d'ailerons à n'en plus finir.

— Il y a quelque chose qui va pas, dit mon père.

La circulation était anormalement lente sur Ontario, et les gens du voisinage se comportaient de façon bizarre. Normalement, on voyait des mères de famille marcher d'un pas pressé avec deux ou trois enfants à la traîne. On voyait des clochards quêter de la monnaie ou des cigarettes. On voyait des adolescents se bousculer, fumer et injurier les clochards. On voyait des groupes d'hommes se diriger chez eux après avoir consommé quelques bières à la taverne, certains parlant plus fort que nécessaire. C'était ça, le tableau normal du coin.

Mais, là, la plupart des gens se hâtaient vers la rue Papineau, attirés qu'ils étaient par un nuage noir. Il y en avait même qui couraient, par crainte de rater le spectacle.

Nous habitions rue Ontario. Glacial en hiver, notre logement était comme l'intérieur d'une voûte en été. Les odeurs ambiantes provenaient de la graisse rance, des *egg rolls* et de l'encens que les propriétaires, M. et Mme Wah, faisaient brûler à longueur de journée dans le restaurant du rez-de-chaussée. Et si on devait attribuer une couleur particulière à la tristesse, ce serait celle du papier peint de notre salon. Mon père, rien que de penser à ce logement minable qu'il arrivait à peine à se permettre, ça lui foutait une migraine.

Quand vous avez huit ans, vous pouvez percevoir ces choses.

— Qu'est-ce que tu veux dire, dit maman, quelque chose qui va pas ?

Elle était restée silencieuse cette dernière quinzaine de minutes, fumant, écoutant la radio et regardant dehors sans rien voir, rêvassant, réfléchissant à ce qui était arrivé plus tôt au cours de l'après-midi, à l'arrogance de Philippe (bien qu'elle n'était pas tout à fait fâchée que la vérité ait enfin fait surface, que quelqu'un ait eu l'audace « d'appeler un chat un chat », comme il avait dit), se rappelant le dernier tour de chant de Florida au club Zabo, la succession de chansons telles des vagues déferlant sur une plage, quelques jours à peine avant sa mort.

— Là-bas, dit mon père.

Deux voitures de police étaient garées de travers au milieu de la rue. Un agent, à grands mouvements, dirigeait la circulation soit vers le nord en direction de la rue Sherbrooke, soit vers le sud, du côté de Sainte-Catherine. Derrière lui s'élevait un entonnoir de fumée. L'odeur de brûlé s'engouffra dans la Rambler dès qu'elle fut arrêtée.

— Vous pouvez pas continuer, dit le policier à mon père. Circulez !

— Mais on vit là, nous autres, au-dessus du restaurant chinois.

La tête du policier eut un mouvement de recul.

— Oh... Stationnez votre char et allez parler au capitaine. Probablement qu'il vous cherche.

Le policier dit à son collègue de déplacer sa voiture de patrouille pour nous laisser passer.

— Je le savais, dit mon père, c'est notre logement.

Devant nous se trouvaient trois camions de pompiers, des équipes au travail et aussi des voitures de police, les gyrophares déchaînés. Une foule de badauds s'étaient agglutinés sur le trottoir.

— Mon Dieu Seigneur, articula maman avec peine.

— Je gage que c'est ce maudit restaurant, dit mon père. J'ai toujours pensé que ç'allait arriver un jour ou l'autre.

Mme Wah avait embauché un assistant cuisinier la veille. C'était un jeune homme, un garçon en réalité. Mme Wah s'était probablement dit que l'enthousiasme compenserait le manque d'expérience. Il avait une peau magnifique, ce garçon, et un sourire Ultrabrite comme dans les pubs à la télé. C'est sans doute un peu beaucoup pour cela que la dame l'avait engagé.

Le matin de l'incendie, M. Wah s'était rendu au marché Jean-Talon pour acheter des légumes frais. Il allait revenir suffisamment tôt pour mettre tout en ordre et participer au service du soir. Sa femme et le nouvel assistant cuisinier pouvaient bien se débrouiller sans lui au cours de la période morte de l'après-midi.

Vers quinze heures, l'assistant cuisinier était seul dans la cuisine et s'affairait à préparer du poulet au sésame alors que la patronne s'occupait de la caisse, du téléphone et des clients à l'avant. Tel qu'entendu, l'assistant cuisinier ne devait pas faire grand-chose par lui-même à la cuisine, du moins le premier jour. Mais du poulet au sésame, c'est quand même pas sorcier...

L'assistant cuisinier prépara le poulet exactement de la même manière que Mme Wah le lui avait enseigné. Il versa de l'huile dans une poêle et y mit des morceaux de poulet. Mais il fit surchauffer la poêle et l'huile prit feu. La flamme, en produisant de la chaleur, fit en sorte que l'huile se vaporisa, une réaction qui se traduisit par encore plus de combustibilité. Malgré son énervement, l'assistant cuisinier se rappela qu'un début de feu dans de l'huile peut s'éteindre avec une poignée de bicarbonate de sodium. Sauf qu'au lieu d'utiliser du bicarbonate, c'est de la poudre à pâte qu'il lança dans la poêle. Or, la poudre à pâte est inflammable, et le feu s'est étalé sur toute la surface de la cuisinière, puis du comptoir. En deux temps trois mouvements une fumée épaisse remplit la pièce. L'assistant cuisinier, toussant, fit sa deuxième sérieuse erreur quand il empoigna un pichet d'eau. Dès que l'eau vint en contact avec l'huile surchauffée, elle activa la flamme. Le jeune homme, affolé et hurlant, attrapa la poêle – Grave Erreur Numéro 3 – pour la lancer dans la ruelle. Mais la poignée était brûlante, il ne put que laisser tomber la poêle sur le plancher. Les flammes se répandirent à la grandeur de la cuisine. L'assistant cuisinier fut brûlé aux mains et aux bras, mais il parvint à se réfugier dans la ruelle. Pendant ce temps, le feu se propageait aux armoires et se faufilait dans la hotte de la cuisinière. Les flammes léchaient maintenant les murs et les rideaux.

Dans la salle à manger à l'avant, Mme Wah et un client qui attendait son poulet au sésame perçurent la commotion venant de la cuisine et virent le ruisseau d'huile brûlante sous les portes battantes courir vers eux. Le client jeta un regard à la dame et, illico, se précipita vers l'extérieur. Mme Wah voulut se rendre dans la cuisine mais fut arrêtée sur le seuil par un mur de feu. Elle fit demi-tour et s'enfuit hors du restaurant.

Le feu, une fois bien installé dans la salle à manger, consuma les nappes sur les tables, le papier peint en faux velours sur les murs, les meubles, les lanternes de papier suspendues au plafond. Je préfère ne pas penser à ce que les flammes ont pu faire aux poissons exotiques dans l'aquarium près de la porte d'entrée.

Bientôt, l'incendie se propagea au plafond pour, ensuite, envahir notre logement à l'étage.

Mon père arrêta la Rambler le plus près possible des voitures de pompiers. « Restez ici, nous dit-il. Je reviens tout de suite. »

Il s'alluma une cigarette et se dirigea vers le sinistre.

Maman se mit à prier alors que Minou et moi restions assis en silence. Des particules noires flottaient autour de la voiture comme des papillons et la senteur âcre de la fumée nous prenait à la gorge. Malgré cela, je baissai la vitre de la voiture et me passai la tête par l'ouverture.

Le bruit des torrents d'eau se déversant des boyaux d'incendie et frappant avec force contre l'édifice en flammes était assourdissant. Les pompiers s'activaient en diable, se servant de boyaux, de haches, d'une grande échelle.

De temps en temps, on entendait un officier aboyer des ordres. Des voisins et des curieux demeuraient rassemblés sur les lieux, certains craignaient que l'incendie se propage à leur logement, mais tous étaient incapables de résister à l'attrait du spectacle infernal. Les policiers s'affairaient à les tenir à distance raisonnable.

Un pompier courut jusqu'au trottoir, fut pris d'une quinte de toux violente, puis vomit. Son casque protecteur en métal dégringola sur le pavé.

Mon père bouscula des gens dans l'espoir de s'approcher du restaurant. Mais un policier l'intercepta, puis un autre.

— C'est mon appartement qui brûle! cria mon père.

L'édifice émettait une sorte de gémissement, comme s'il agonisait. Des flammes compactes, de couleur orange, jaillissaient par les fenêtres dont les vitres avaient été pulvérisées.

Les policiers, deux armoires à glace, immobilisèrent mon père.

— Il est trop tard, monsieur, dit l'un d'eux. Vous pouvez plus rien faire.

Les bras pendants, mon père observait le travail des pompiers. Leur but, à ce stade du sinistre, était de prévenir la propagation des flammes. Trop souvent, dans ce secteur de la ville, un seul foyer d'incendie se traduisait par une réaction en chaîne qui privait dix, vingt familles de leur logement et les précipitait dans une misère pire encore que celle qu'ils vivaient tous les jours.

M. Wah, de retour du marché, faisait les cent pas sur le trottoir en face de son restaurant, se grattant le crâne comme s'il était infesté de fourmis. Il s'arrêtait à tout moment pour invectiver sa femme. Les injures étaient lancées en chinois et cela, en plus du ton agressif, me terrifiait. La pauvre femme était assise sur le bord du trottoir, ses mains couvrant son visage, les épaules secouées par des sanglots.

L'assistant cuisinier? Il fut trouvé dans la ruelle, en état de choc. Il avait depuis été conduit à l'hôpital en ambulance.

— Qu'est-ce qui se passe, maman ? demanda Minou. Elle s'agrippait à sa poupée comme si elle craignait qu'elle prenne la poudre d'escampette.

— Je pense qu'on est en train de perdre notre maison.

— Qu'est-ce qu'on va faire ? ai-je demandé.

Maman s'est tournée vers nous. En voyant son visage blême et vide d'expression, Minou fut prise d'un grand sanglot. J'ai plutôt porté mon attention vers notre logement, m'étirant le cou à nouveau hors de l'auto et me retenant d'aller courir aux côtés de mon père pour observer l'incendie avec lui.

La fumée était jaunâtre à sa base, devenant foncée alors qu'elle s'élevait vers le ciel. La chaleur dégagée par le brasier était si intense qu'un jouet en plastique abandonné sur le trottoir était tordu et méconnaissable.

Mon père était cloué sur place.

Un pompier s'approcha de lui : « Monsieur… Monsieur ! »

Mon père sursauta. La figure du jeune pompier qui l'avait interpellé était couverte de sueur et de suie, les yeux brillants d'adrénaline. Une buée s'échappait de ses cheveux et de ses épaules, et de la morve s'écoulait de son nez.

— Restez pas ici. La chaleur va vous rendre malade. La chaleur et la fumée.

Mon père baissa la tête et revint vers nous. Il trébucha sur un boyau qui serpentait dans la rue. Le pompier l'attrapa par un bras.

— Attention, là, dit-il.

Il fit un geste à l'intention d'un de ses collègues qui apporta une serviette humide et il l'appliqua sur la nuque de mon père.

Mon père prit enfin place derrière le volant. Il était trempé de sueur et clignait des yeux.

Nous retenions notre souffle.

— On a tout perdu, murmura-t-il. Toutes nos affaires.

Avant que maman n'ait le temps de dire un mot, un officier de police se présenta. C'était un type âgé, avec des galons de sergent. Il n'était pas très grand, et il avait un nez bulbeux et une bedaine de bière si distendue que je m'attendais à ce que les boutons de son uniforme pètent. Il se pencha vers la voiture, à bout de souffle à cause de la fumée environnante.

Il se frotta la joue et dit :

— Vous viviez là ?

— On vivait là jusqu'à aujourd'hui, oui...

— Au début, on pensait que vous étiez pris dans la bâtisse, vous savez ?

Le policier répéta son grattement de joue et dit : « Toujours la même affaire. Les hottes et les cheminées sont pleines de graisse dans ces maudits restaurants chinois. Ces gens-là les font jamais nettoyer. C'est le gras animal qui s'accumule là-dedans, vous savez ? Ça brûle comme ça. » Il fit claquer ses doigts.

— Un des pompiers, continua-t-il, m'a dit que des flammes de vingt pieds de haut sortaient de la cheminée quand ils sont arrivés sur les lieux. Tout un *show*. Je pense que c'est la femme qui a fait une gaffe, à en juger par l'engueulade que son mari lui a servie. On a été forcé de l'embarquer dans la voiture de police pour qu'il se relaxe les hormones un peu.

Le policier se mit à rigoler, mais personne dans la Rambler ne trouvait son histoire particulièrement amusante.

Le policier cracha sur la chaussée.

— À moins que vous soyez au courant de quelque chose... dit-il.

— Qu'est-ce que vous voulez dire ? demanda mon père.

— Ce que je dis, moi, c'est que peut-être que le chinetoque a des ennemis qui ont décidé de mettre le feu à son commerce, vous savez ?

— Je suis au courant de rien. Pis, de toute façon, c'est pas de mes affaires...

— Et peut-être qu'il l'a allumé lui-même, l'incendie. Ça arrive souvent. L'argent de l'assurance, vous savez ?

Mon père haussa les épaules, sans plus.

D'autres éclats de voix jaillissaient du groupe de pompiers.

L'un d'eux était plié en deux sur le trottoir, toussant et dégueulant.

Le capitaine téléphonait de sa voiture de service.

— Il demande du renfort, dit le policier. Il doit avoir peur que le mur avant de l'édifice s'écroule. J'ai vu ça arriver pas juste une fois...

Le policier pianota sur le toit de la voiture.

— Et vous, monsieur, vous en avez, des ennemis ?

Mon père répliqua : « Y a juste le monde important qui ont des ennemis. Vous savez... ? »

Le flic eut un semblant de sourire.

— Je veux que vous stationnez votre auto là-bas, près du coin de la rue. Vous êtes trop dans le chemin ici. Bonne journée, là, monsieur.
Il s'éloigna.
— Gros tas, bougonna mon père.
— C'est quoi, ces histoire d'ennemis ? demanda maman.
— Aucune idée…
Soudain Minou fut prise de tremblements et ne pouvait pas s'arrêter. Maman lui tapota la joue, puis la mienne.
— Tout va bien aller, les enfants. Je vous le promets.
Je sortis la tête de la voiture encore une fois. Les pompiers positionnèrent une grande échelle presque directement au-dessus du foyer d'incendie et ils dirigèrent des torrents d'eau sur les flammes. Le pompier qui manœuvrait le boyau là-haut, dans la fumée, ressemblait à un personnage de conte fantastique, saint Michel combattant le dragon.
— Qu'est-ce qu'on fait à c't'heure ? demanda maman à mon père.
Et à cet instant des religieuses du couvent Ville-Marie, tout près, deux nonnes âgées et une à peine sortie de l'adolescence, s'agglutinèrent autour de la Rambler avec des verres d'eau, des oranges, des serviettes et des prières.

[octobre 1975]

Lettre no 25 (extrait, p. 3-5)

Maintenant que t'as 18 ans, il est temps que je commence à te raconter ce qui s'est passé pour que tu saches la vérité. Je me doute bien qu'on t'a lancé toute sorte de menteries par la tête à mon sujet. Des histoires qui on rien à voir avec la vérité vraie.

D'abord j'aurais jamais du être condamné pour meurtre au premier degré. Ça aurait du être homicide involontaire. Mon avocat était un bon à rien. Puis le juge qui disait que j'avais pas l'air assez repentant. Repentant – il peut aller chez le diable avec ses mots de curé. Ce qui est certain c'est que t'as pas idée à quel point ça me stressais d'habiter dans la même maison que ton oncle. Je sais pas si je me sens coupable de sa mort mais je sais que je regrette tout ça. Je regrette d'avoir causé tout ce trouble à ta mère et à tout le monde. Parce que tu me l'as demandé dans ta dernière lettre je dois te dire des choses à propos de ta tante Florida. Je savais que ta tante était dans la drogue depuis longtemps. Elle voulait être une chanteuse de jazz comme Billy Holiday. Ta mère et ta tante Colette, elles, voulaient jamais savoir à propos de l'héroïne et ont jamais voulu l'admettre. C'est ta grand-mère qui a saboté la tête de ta tante. Elle a saboté la tête de toutes ses filles, la vieille chipie. Et puis ton oncle Philippe a profité de la faiblesse de Florida, le visage à 2 faces. Et ton oncle, il m'a poussé jusqu'à mes limites quand j'ai appris ce que lui et Chinois m'avaient fait. J'aurais pu me faire tuer ce jour-là tu sais. Le maniaque avec le fusil de chasse.

À part ça, rien de très nouveau. La pire chose en prison, c'est les autres. Il y a tellement de détraqués ici, des malades, des criminels professionnels, des rats, des chiens galeux, des violeurs, des drogués, des tapettes, des bon à riens. L'autre jour un gars de mon aile a été assommé. Un autre détenu l'a frappé avec une brique par en arrière. Ce genre de chose arrive tout le temps ici. Faut toujours que tu te surveilles. Ça arrive toujours parce que presque tous les gars ici sont pleins de rage. Ils ont l'impression d'être là depuis toujours et qu'ils ont été abandonné par leur famille, leur femme, leur blonde. C'est pour ça qu'ils sont enragés. Ils ont pas d'espoir et ils respectent rien, surtout pas les règlements. Ils se fâchent pour n'importe quoi et c'est la bagarre. C'est plein de ces gars-là ici et c'est pour ça que tu dois avoir l'œil ouvert tout le temps. Ce que j'haï aussi c'est dormir sur une couchette superposée. Je déteste dormir avec un type dans le lit d'en bas. Ça me rappelle quand j'étais à l'école de réforme et dans ce temps-là, tu peux me croire, c'était des fois pire qu'ici.

Bon, je te laisse. C'est le temps de la bouffe à chien.

Paul

Promesse

C'est tout de même effroyable un accouchement, non? Je n'oublierai pas de sitôt la souffrance de Justine le jour de la naissance de Francis. Pas étonnant qu'au Moyen Âge on croyait que les femmes étaient des êtres coupables de par leur nature même. Sinon, pourquoi le bon Dieu leur aurait-Il infligé collectivement cette si douloureuse épreuve de la naissance? Cette pensée m'est venue alors que Justine, le corps en sueur, m'écrabouillait les doigts de la main droite alors que la sage-femme y allait de ses directives.

— Pousse, ma belle Justine. Vas-y. On y est presque.

Et lorsque, quelques minutes plus tard, j'ai soulevé mon fils pour approcher son visage du mien, je lui ai promis de ne jamais le laisser tomber, jamais l'abandonner, d'être le meilleur père de l'histoire de l'humanité. Une promesse, mais aussi un reproche que je faisais par la bande à mon propre père, je le réalisai sur le coup. Allais-je arriver à me débarrasser de sa présence, celui-là?

Justine, tout à l'heure, m'observait par la fenêtre du salon alors que mon auto faisait marche arrière dans l'allée. Je l'ai saluée de la main. Et me voici maintenant coincé dans un embouteillage. Sans doute un accident là, devant, à cause du verglas. Je ferme la radio. Au loin, la sirène d'une ambulance se fait entendre.

C'est avec ses lettres que mon père a réussi à me garder dans son giron. Ces damnées lettres, remplies de fautes d'orthographe et de tournures de phrases bizarroïdes, sont une succession de chevaux de Troie, un stratagème pour s'immiscer dans ma vie et l'occuper. Au fil des ans, elles m'ont causé de l'angoisse, du chagrin, de la colère, de la frustration, parfois tout ça en bloc. Je ne sais combien de fois j'ai été tenté de brûler ces liasses de papier empoisonnées. Si l'autodafé n'a pas eu lieu, c'est que je savais qu'un jour j'allais utiliser cette correspondance pour écrire un scénario basé sur la vie de mon père de même que celles de Philippe et de Florida, un film que j'allais réaliser et produire moi-même. Il y a longtemps que je mijote ce projet, ayant même tenté un premier jet, lorsque j'avais seize ans, en utilisant la machine à écrire de mon oncle Philippe. Le titre qui m'était alors venu : COMME UN INTRUS. Des mots piqués à *L'Étranger* de Camus. Mais à seize ans, je n'avais pas la maturité – ni personnelle, ni artistique – de mener à bon port une telle barque. Et puis, de peur d'attrister ma famille, surtout maman, je ne m'étais jamais attaqué au film.

Ces derniers mois, je m'étais esquinté à écrire un scénario inspiré de la courte aventure que j'ai eue avec une jeune Polonaise peu de temps après la mort de mon oncle Derby. Bianca était native de Gdańsk. Elle avait immigré à Montréal avec ses parents, qui avaient décidé de fuir le régime de Jaruzelski après l'imposition de la loi martiale au début des années 1980. Malgré l'espoir suscité par *Solidarność*, ses parents en avaient assez de vivre dans la peur et les larmes. Ça et les tanks des Soviets qui menaçaient de déferler sur le pays. Les regards obliques de Bianca étaient pleins de mystères et ses remarques à double sens me firent croire au début de notre relation qu'elle ne maîtrisait pas bien le français. Mais elle avait appris ma langue à l'école en Pologne, et j'ai vite réalisé qu'elle en comprenait très bien les nuances. Son visage était bizarre, avec ses pommettes saillantes et hautes, son front large, et ses yeux pénétrants. De plus, ses cheveux étaient décolorés, et elle portait un anneau à une narine. Son excentricité s'étendait également à ses tenues vestimentaires. Et puis je détectais chez elle une mélancolie toute slave, ce qui me la rendait attirante, peut-être parce que cela évoquait les romans russes que je dévorais alors, Dostoïevski, Soljenitsyne, Nina Berberova et compagnie. Bianca et moi avons passé beaucoup de temps ensemble dans les bars des rues Rachel et Saint-Denis, à s'envoyer des rasades de vodka derrière la cravate, *noztrovia!* Je n'arrive pas à me rappeler la dernière soirée que nous avons passée ensemble tant j'étais défoncé. Puis elle a cessé de m'appeler, et moi de même, un accommodement silencieux et raisonnable...

Je crois toujours pouvoir tirer un film intéressant de cette affaire, mais depuis que mon père a téléphoné la semaine dernière pour m'annoncer sa libération, je me suis dédié à COMME UN INTRUS, dans un élan de création frôlant la frénésie. J'ai relu toutes les lettres que mon père m'a envoyées de prison et je me suis replongé dans mes souvenirs de l'été 65, si bien que des scènes entières se sont mises à se dérouler dans ma tête, aussi clairement que si elles étaient projetées sur un écran de cinéma. Ce que j'ignore toujours, c'est comment l'histoire va se terminer.

Voilà que les automobiles devant moi se remettent à avancer. Pas même la radio a pu m'indiquer ce qui a causé le bouchon en premier lieu.

COMME UN INTRUS

Scène : Pandémonium
INT. UN APPARTEMENT SPACIEUX ET VIDE – JOUR

Philippe applique de la peinture sur un mur du salon. Il porte un jeans bleu, un t-shirt et des bottes de travail.

Tout à coup, Philippe laisse tomber le pinceau à ses pieds et il titube comme un homme soûl.

Le pinceau, lorsqu'il heurte le plancher de bois franc, produit un éclat sec dans la pièce vide, et des gouttes de peinture bleue explosent.

En bruit de fond, des chocs de cymbales et des notes dissonantes et aiguës pendant cinq secondes, le temps de représenter le tumulte qui sévit dans la tête de Philippe.

Il appuie les mains sur le mur de façon à résister au vertige.

           PHILIPPE
       (à haute voix, paniqué)

Joe ! Joe ?

Joe n'est pas là.

Philippe hésite un moment, toujours l'air affolé, puis il chancelle jusqu'au contenant de peinture sur le plancher. Il trempe la main droite dans la peinture et appuie la paume contre le mur, puis encore et encore, dans une frénésie incontrôlable, trempant sa main à intervalles irréguliers dans le contenant qu'il transporte de la main gauche. Il couvre ainsi les quatre murs du salon d'empreintes bleues.

Puis il va dans une des chambres à coucher et répète le même manège, puis dans la cuisine.

Finalement, à bout de forces, Philippe tourne sur lui-même, s'appuie le dos contre le mur et se laisse glisser jusqu'au sol. Il ferme les yeux et baisse la tête, alors que la caméra s'éloigne de quelques mètres pour se fixer sur Philippe, assis là, sa main droite qui dégouline toujours de peinture.

Joe entre dans la pièce avec une caisse de bières et des sacs remplis de sandwiches achetés au restaurant du coin. Il aperçoit Philippe.

JOE

What the fuck...?

Joe laisse tomber bières et nourriture et se précipite vers Philippe.

Le Vieux Pen

On m'a souvent demandé si j'ai pleuré quand mon père a été jeté en prison. Mais oui, merde, j'ai pleuré. J'avais peur et, surtout, j'étais confus. Je n'arrivais pas à comprendre que mon père allait passer le reste de ses jours derrière les barreaux. Un enfant de huit ans n'a pas une notion du temps très élaborée. Trente années, une vie entière, tout ça ne veut pas dire grand-chose. Et je ne pouvais concevoir que mon père allait être forcé d'habiter un endroit qu'il ne pourrait jamais quitter, parce qu'il avait fait un mauvais coup, une mauvaise action. Et qu'est-ce que ça voulait dire exactement, être un *détenu*? Ils vous mettaient dans une cage, comme un lion dans un zoo? Ils vous ligotaient à un totem toute la journée, comme dans les films de cowboys? Maman était trop amochée émotivement pour m'expliquer, et ma tante Colette n'avait que des platitudes à la sauce catho à m'offrir, du genre: «C'est le bon Dieu qui nous envoie ce genre d'épreuves, pour faire de nous de meilleures personnes. Pour l'instant, on est tous en pénitence.» Pas étonnant que je pleurais et que les cauchemars et des flash-back de l'arrestation de mon père se sont mis de la partie. Cela jusqu'à ce que mon oncle Derby m'explique que mon père avait fait quelque chose de mal, et c'est pourquoi on l'avait puni, mais ça ne voulait pas dire pour autant qu'il était un méchant homme. Derby a insisté pour que je comprenne parfaitement cette distinction, si bien que par la suite je me suis senti mieux, sûrement parce que ma conversation avec mon oncle avait mis fin au silence épouvantable qui avait suivi l'arrestation de mon père.

Une chance que Derby était dans les parages à cette époque. Il venait à la maison chaque week-end pour voir à ce que tout se passe aussi bien que possible pour nous. Moi, surtout. À l'occasion, il m'amenait au cinéma. Il adorait les westerns – *La Horde sauvage, Le Bon, la brute et le truand, Butch Cassidy et le Kid*. Mon amour du septième art me vient de là, dans la noirceur du théâtre Outremont, assis aux côtés de mon oncle, moi qui m'empiffrais de pop-corn et lui qui fumait ses Gitanes.

Ses Gitanes, à Derby, elles semblaient générer plus de fumée que celles des autres. Je me souviens d'un après-midi, je devais avoir environ onze ans, je lui demandais sans cesse si je pouvais essayer de fumer moi aussi. «O.K. me dit-il enfin. Tu prends une bonne bouffée et tu respires profondément. Comme ça…» Je me suis exécuté, pour m'étouffer presque à en vomir. Il se fit copieusement engueuler par maman et tante Denise. Mais Derby la trouva bien drôle et déclara, avec son accent marqué : «Ça va lui donner une bonne leçon, au garçon…»

Dans la Volvo, je fouille dans ma pile de CD et choisis *A Love Supreme* de John Coltrane, ma musique préférée ces jours-ci. Peut-être parce qu'elle s'apparente à la turbulence dans mon cerveau. J'ai toujours aimé le jazz – Thelonius Monk, Chet Baker, Duke Ellington. Et Miles Davis, en particulier la trame sonore du film *Ascenseur pour l'échafaud* de Louis Malle, avec Jeanne Moreau. Je garde espoir qu'un jour je vais arriver à réaliser un film de cette trempe.

Je conduis lentement. D'abord, parce que la chaussée est glacée, mais aussi parce que j'ai quitté la maison de bonne heure. Puisque je suis en avance, je n'emprunte pas l'autoroute immédiatement pour me rendre au pénitencier. Archambault est situé à Sainte-Anne-des-Plaines, à quelques kilomètres au nord de Montréal. C'est là que mon père a été transféré après la fermeture du Vieux Pen, en 1989.

Ce matin, j'ai essayé de lire le journal – impossible de me concentrer. Pas question, il va sans dire, d'essayer d'écrire. Je me suis dit qu'il était temps de partir quand j'ai réalisé que je faisais les cent pas dans mon bureau.

J'ai vu mon père durant son incarcération. C'était avec maman au pénitencier à sécurité maximum de Saint-Vincent-de-Paul. Le Vieux Pen tenait plus d'une forteresse médiévale que d'un centre de correction du vingtième siècle. Sa devise était « Ici on plie le fer et l'acier. » Cet endroit, avec ses hauts murs surmontés de barbelés placés en spirale, ses tours de guet et ses gardiens armés, me foutait la trouille rien que d'y penser.

La première visite fut la pire, me dit maman. Ce qui l'étonna alors, c'était l'odeur du pénitencier (comme du tabac mouillé ou du bois vermoulu) qui imprégnait tout. Après cette expérience, maman apportait toujours un mouchoir imbibé de parfum qu'elle s'appliquait sur le nez quand l'air devenait trop oppressant. Elle disait que mon père avait terriblement changé. Qu'il n'était plus le même homme. Ses yeux étaient fous. Tout au long de la visite, il était demeuré assis, en silence, fumant sa cigarette, se rongeant les ongles, perdu dans ses pensées.

Je n'oublierai jamais, moi non plus, ma première visite. Dehors, une pluie fine tombait sur la ville. Ce jour-là, l'autobus était bondé, et les fenêtres étaient embuées. Heureusement que le chauffeur annonçait le nom des arrêts. Tous ces gens qui sortirent de l'autobus suivirent la longue allée conduisant aux portes du pénitencier, à la queue leu leu et en se traînant les pieds, tel des participants à une procession religieuse. La pluie trempait ceux qui n'avaient pas de parapluie. Les visiteurs étaient en majorité des femmes, mais il y avait aussi quelques hommes âgés. Et plusieurs enfants.

À l'entrée du pénitencier, avant de nous laisser franchir le détecteur de métal, un gardien fit l'inspection du sac à main de maman et il nous dit d'enlever nos souliers. Puis un autre gardien fouilla maman. Je rageais à la vue du gardien passant ses mains velues sur elle. Tout cela après vérification de nos noms sur une liste. La fouille et l'obligation de retirer les souliers visaient à prévenir la contrebande, je le sais bien maintenant. Mais à l'époque je les percevais comme une sorte de punition humiliante, comme si les parents et les amis des détenus étaient, d'une certaine manière, coupables par association.

Une affiche à l'entrée de la prison indiquait, en grosses lettres :

> PAS DE CAMÉRAS, RADIOS, CADEAUX
> PAS D'ARMES PAS D'ALCOOL
> PAS DE CRIS PAS DE BOUSCULADES
> PAS DE ROBES COURTES OU INDÉCENTES
> LES VISITEURS QUI NE SE SOUMETTENT PAS
> AUX RÈGLES SERONT EXPULSÉS

Je me souviens des lourdes portes métalliques qui se fermèrent derrière maman et moi alors que nous étions escortés d'une section à une autre du pénitencier, pour enfin aboutir à la salle réservée aux visiteurs.

Mon père n'était pas encore là quand nous sommes arrivés dans la salle. Il y régnait une chaleur suffocante, et une musique insipide dégoulinait de haut-parleurs invisibles. Il y avait deux gardiens, dans la salle, armés de fusil. Celui qui était plus près de nous, un type dans la cinquantaine, gras comme un voleur, portait son képi relevé vers l'arrière de la tête, dévoilant ainsi son crâne dégarni. De chaque côté de nous, des femmes parlaient à travers un écran en treillis qui séparait la pièce en deux, du dessus de la rangée de tables jusqu'au plafond. Machinalement et à intervalles réguliers, maman tirait sur le crucifix qu'elle portait au cou. J'observais le détenu assis en face d'une dame près de nous. Il avait un tatouage sur son cou. Un scorpion rouge.

— Regarde pas ! me dit maman à l'oreille.

Des enfants agités commencèrent à jouer à la « tag ». J'ai voulu me joindre à eux mais maman m'a attrapé par la chemise et m'a forcé à m'asseoir.

La chaleur, la musique, les gens qui parlaient à voix basse, les enfants – maman ferma les yeux, se mit le nez dans son mouchoir et respira un bon coup.

Enfin, mon père fut amené dans la salle et il prit place devant nous. Ses poignets étaient menottés et sa tête rasée ; il avait un aspect lugubre dans ses vêtements gris de détenu.

Ce que je voulais, moi, c'était de prendre mes jambes à mon cou et retourner à l'arrêt d'autobus.

Mon père était assis de l'autre côté du treillis, le regard fuyant. On aurait dit qu'il ne réalisait pas que maman et moi étions là, en face de lui. Puis il s'alluma une cigarette et me sourit.

— Allô, Marcel.

Je ne dis rien. Je pouvais à peine respirer. Maman m'avait averti que mon père aurait une apparence différente en prison et de ne pas avoir peur, mais en le voyant ainsi...

Le treillis entre nous m'empêchait de m'approcher de lui et lui tendre les bras. À tout considérer, je préférais ça.

— T'as grandi depuis la dernière fois, Marcel. T'as l'air d'un petit homme.

Je souris en me collant contre maman.

— Je t'ai apporté des cigarettes, lui dit maman. Et des oranges et des sous-vêtements. Des choses...

Mon père ne la remercia pas.

Il se tourna dans ma direction et dit :

— Pis, Marcel, comment tu vas ?

— Bien.

— C'est tout ce que t'as à me dire ?

— Donne-lui une chance, dit ma mère. Tout ça, c'est pas facile pour lui.

— Oui... Mais va falloir qu'il s'habitue.

La réponse de maman s'est limitée à un grognement.

— Et t'as pas emmené Minou ?

— Je te l'ai dit la dernière fois ; elle est trop petite. Elle aurait peur à mourir ici.

— Je pense que tu te trompes. Je suis certain qu'elle aimerait voir son papa. Tout comme Marcel, là... T'es content de me voir, hein mon garçon ?

— Je vais emmener Minou quand je jugerai qu'elle est prête. J'ai mis des photos d'elle dans le colis que je t'ai apporté... Des photos de Lisette aussi.

— Comment est la petite ?

Maman sourit pour la première fois depuis l'arrivée de mon père.

— Elle va bien. Elle dort mieux durant la nuit, Dieu merci. Si tu savais comme c'est fatigant de se réveiller environ toutes les deux heures.

— Ouais, ç'a dû être l'enfer...

Maman, mal à l'aise, se regarda les mains. Elle les avait appuyées sur la table.

— Excuse-moi, dit-elle.

— T'as pas à t'excuser. Il y a rien dans cette maudite histoire qui est de ta faute. C'est moi le seul responsable...

Maman froissait son mouchoir et le roulait dans ses mains, ne disant mot.

Mon père passa ses ongles sur le treillis qui nous séparait et maman serra les dents.

— Je me disais... Comment ça se fait que personne de la famille a pris le temps de venir me visiter depuis que je suis ici ? Derby, par exemple... Peux-tu me répondre ?

Maman se tortillait sur sa chaise.

— Je sais pas, dit-elle. Je pense que tout le monde est encore sous le choc après ce qui est arrivé. Ils sont probablement pas prêts à venir te voir. Tu sais, on essaie de pas parler de tout ça.

Mon père eut un rire étranglé et dit :

— Je gage, oui, que vous en parlez pas.

— Qu'est-ce que tu veux dire ?

J'observais mes parents, la tête et le cœur en émoi.

— Il y a une autre chose que je veux te demander. La bouche de mon père était tout près du treillis. Son air s'obscurcit encore plus. Ses mots, il les cracha : « Je veux savoir pourquoi tu vis encore à Outremont. »

Maman se tourna vers moi : « Marcel, pourquoi tu vas pas jouer avec les autres enfants ? Vas-y, mon grand... »

J'ai reculé de quelques pas, mais je n'ai pas rejoint les autres. J'observais plutôt mes parents.

— Pourquoi tu vis encore là ? répéta mon père.

— Où veux-tu qu'on vive, au juste ?

— N'importe où, mais pas dans cette maudite maison.

— C'est pas comme si on avait en masse de choix, moi et les enfants. Et tu sais bien que le logement est confortable. En plus, Marcel fréquente une bonne école... Et j'ai besoin d'être près de

Colette. Comme ça, je peux m'occuper d'elle. Comment tu penses qu'elle était après la mort de Philippe... ? Et puis elle m'aide avec Lisette, lui change ses couches, lui donne à manger et tout... Elle me donne un coup de main avec les trois enfants.

Mon père aspira la fumée de sa cigarette avec impatience, puis il se mit à crier : « Sais-tu ce que je dis de tout ça ? Je dis que Colette, Derby et toi vous êtes tous contre moi ! Toute la gang de chiens que vous êtes, vous m'avez abandonné ! »

Les deux gardiens se précipitèrent sur mon père et le forcèrent à se diriger vers la sortie.

— Toi et tous les autres, hurla mon père par-dessus son épaule, vous me faites chier tout la gang !

Maman demeura interloquée, alors que moi j'arrivais à peine à respirer.

Quelqu'un d'autre était de l'autre côté du treillis. Maman cligna des yeux et réalisa que c'était un gardien.

— Madame Lacroix, je pense que vous feriez mieux de pas venir visiter votre mari pour un bout de temps.

Ce fut la fin pour maman. Elle n'allait plus vivre un tel cauchemar après cette expérience, et moi non plus – nettement trop d'émotion pour un gamin de huit ans. La décision de maman allait être pénible pour mon père, mais j'étais soulagé de ne plus avoir à aller au Vieux Pen.

Au début de ma vingtaine, je me suis remis à aller le voir. Dans ses lettres, mon père demandait constamment quand j'irais le visiter, vu que j'étais un adulte maintenant. Il m'a adressé au-delà de cent cinquante lettres pendant son incarcération. Je les ai toutes conservées ; elles sont dans un carton dans mon bureau. Reste que je ne l'ai pas vu souvent. Au fil des ans, il était devenu un parfait étranger – le lien père-fils s'effiloche sérieusement dans de pareilles circonstances. Ce n'est que lorsque je suis devenu père moi-même que j'ai ressenti le besoin de reprendre contact avec lui plus régulièrement.

Il semblait toujours heureux de me voir. Je suppose que, quand vous êtes incarcéré, un visage différent est le bienvenu, un changement de routine, une pause au milieu de la folie ambiante du bagne. Je lui parlais de mes enfants, durant ces visites, de mes sœurs, de maman (Je parle encore et toujours de ma mère en utilisant le terme « maman », comme si j'étais encore un enfant – mon épouse trouve ça un peu ridicule.). Je lui parlais aussi de mon métier de réalisateur. Mes anecdotes au sujet de certains comédiens qui jouaient les prima donna et leurs conneries pour attirer l'attention l'amusaient.

Puis je quittais la prison complètement vidé. De retour à la maison, je me versais un verre et prenais place devant la télé ou à ma table de travail dans mon bureau. Je regardais autour de moi, chaque fois abasourdi par le contraste incroyable entre ma vie et celle que mon père menait, moi dans ma demeure spacieuse avec ma femme et mes enfants, lui dans l'enfer carcéral entouré de criminels et de déviants de tout poil. Des univers parallèles dans un même territoire.

[1965]

Un trou à rats dans le bas de la ville

Trois albums photos, la nourriture dans le garde-manger, un train électrique qui ne fonctionnait plus, une cartouche de Craven A, les décorations de Noël, le fauteuil de mon père, le *Nouveau Testament* et les copies du *Reader's Digest*, un coffret à bijoux rempli de valeurs sentimentales, les partitions de musique de Minou, un bric-à-brac accumulé avec les années, les gants de boxe de mon père, mon bâton de hockey et mon gant de baseball, une caméra Kodak, la robe d'été favorite de maman avec ses fleurs jaunes, sa robe de mariée, tous nos vêtements, le nounours borgne en peluche de Minou, le certificat de mariage de mes parents et nos actes de naissance, le GI Joe reçu pour mon anniversaire (celui qui venait avec un poncho de commando et non pas celui avec l'équipement de survie et un radeau gonflable, et qui était celui que j'aurais préféré que l'on m'offre), un gros coquillage de mer ramassé par mes parents sur la plage d'Old Orchard lors de leur voyage de noces, le piano droit hérité par maman de sa grand-tante. Tout cela et le reste avait été détruit dans l'incendie une semaine auparavant.

Il y avait quelques minutes, le lit double que je partageais avec maman, à l'hôtel, était une fusée en route vers Mars, la mystérieuse planète rouge peuplée de petites créatures armées de pistolets à rayons. Moi, j'étais l'astronaute-pilote de l'engin. Hier, le lit s'était transformé en radeau flottant au beau milieu d'une mer infestée de requins. En ce moment, c'était un champ de bataille où mes soldats en plastique combattaient férocement.

Minou et mon père dormaient dans l'autre lit. Suite à l'incendie, ma sœur était sujette à des tremblements et des cauchemars. Elle insistait pour partager le lit de notre père. Maman n'était pas convaincue que c'était une bonne idée. Elle croyait que cela n'aiderait pas Minou. Trop l'écouter pourrait peut-être retarder le retour à la normale, croyait-elle.

Mais mon père n'était pas d'accord. « Explique-moi comment le fait de dormir avec son papa pourrait lui faire du tort ? Et pis c'est ma job, comme père, de protéger mes enfants. »

Quant à moi, ça allait. Mes parents étaient là. J'avais mes soldats. Ça allait, même si vivre dans ce vieil hôtel bondé de gens suspects était un peu inquiétant.

Après l'incendie, les bonnes œuvres nous avaient placés dans cet endroit situé dans un secteur minable de la ville, près du port. Une rue où on trouvait des studios de tatouage, des commerces de prêteurs sur gages, des friperies, des hôtels de pouilleux. Les entrées étaient jonchées de bouteilles vides et de clochards, et on voyait des prostituées à chaque coin de rue. Aujourd'hui, plus rien n'existe de tout ça. Les édifices et les commerces ont fait place à une autoroute.

L'hôtel n'était rien de moins qu'un taudis. Les couloirs sentaient l'urine, la peinture pelait sur les murs et les ampoules nues pendaient à un fil. Le tapage, dans cet édifice, était affolant. À toute heure de la nuit, on entendait le pas lourd des ivrognes ou les cris de quelque toxico.

Une nuit, deux de nos prostituées maison, à l'œuvre au cinquième étage, nous ont empêchés de dormir. Maman s'est levée pour ouvrir la fenêtre dans l'espoir que le vrombissement de la circulation atténuerait les clameurs de ces dames. Peine perdue. Maman demanda alors à mon père d'intervenir. En jurant un peu, il descendit au rez-de-chaussée pour se plaindre auprès du concierge. Ce dernier n'était pas à son poste, introuvable. Mon père allait monter dire aux filles de se la fermer mais, avec sagesse, il se ravisa soudain. Il n'avait pas envie de se frotter à des souteneurs. Ces types jouent du couteau pour un rien.

Lorsque le vicaire de la paroisse, voué au service d'aide aux sinistrés, nous a amenés sur place, maman, voyant la chambre, ne put retenir un « Ah ! mon Dieu » et elle s'est mise à pleurer. Mon père a bien tenté de la réconforter en lui disant que la situation n'était que temporaire et, qu'après tout, ça pourrait être pire, mais il ne parvint pas à remonter le moral de maman. Notre logement au-dessus du restaurant chinois n'avait rien d'un palace mais, au moins, c'était notre chez-nous et maman l'astiquait chaque jour (À vrai dire, maman était un peu maniaque de propreté). Sa devise : c'est pas parce qu'on est pauvres qu'il faut vivre comme des cochons.

La chambre comptait deux lits, une armoire, un lavabo, une glacière des années 1940, un poêle portatif à deux plaques de cuisson, une table de cuisine chambranlante appuyée contre un mur, et trois chaises pour nous quatre. Ce qui voulait dire que mon père prenait ses repas assis au pied d'un lit. La salle de bains était commune pour l'étage. Il n'y avait pas de baignoire, mais une douche. Pour la douche, il fallait se hâter, car l'eau chaude venait vite à manquer. Il n'y avait pas de télé dans notre chambre, rien qu'un poste de radio sur l'armoire. Et quelque abruti avait endommagé l'antenne, si bien que pas plus de deux stations étaient disponibles, la plupart du temps perturbées par des crépitements.

L'unique fenêtre était ouverte, mais l'air n'y entrait pas. Les deux ventilateurs électriques que mon père avait achetés chez un brocanteur de la rue Craig peinaient à rendre la pièce supportable.

Le vicaire nous fournit quelques dollars pour acheter de la nourriture, des brosses à dents, du savon, des cigarettes. Nous nous sommes rendus avec lui au local de la Saint-Vincent-de-Paul pour trouver des vêtements. C'était un bazar où était entassée une myriade d'articles abandonnés par de plus fortunés. L'éclairage jaunâtre créait une atmosphère cafardeuse dans le dépôt. Nous déambulions entre les portemanteaux remplis de vêtements usagés, les meubles d'un autre âge, les porcelaines ébréchées, les vieilles lampes, les jouets brisés, les électroménagers prêts à rendre l'âme.

Maman poussa plusieurs soupirs, puis fut saisie d'une nausée et se rua hors du magasin.

Le bon vicaire dévisagea mon père comme si tout cela était de sa faute et lui dit : « Vous connaissez le dicton : les quêteux ne doivent pas faire les difficiles. »

Mon père eut une seconde d'hésitation, puis lâcha à l'intention du religieux : « Allez-donc chez le diable, vieux débile. »

Nous avons quitté l'endroit sans demander notre reste.

Je jouais, donc, avec mes soldats sur le lit, alors que mon père était en train de parcourir le journal de la veille, bien ouvert sur la table. Sur l'autre lit, Minou faisait la conversation à sa poupée.

Maman entra dans la chambre en clopinant. Notre hôtel était privé d'ascenseur, et elle venait de monter quatre étages, les bras chargés de sacs de nourriture.

— J'ai une nouvelle incroyable! parvint-elle à dire, à bout de souffle.

Son chignon était défait et la sueur lui dégoulinait sur les tempes et dans le cou.

— Ouf! Il fait une de ces chaleurs aujourd'hui et mes pieds sont en gibelotte.

Mon père lui prit les sacs des mains et l'aida à s'asseoir.

— Enlève tes souliers. Essaie de reprendre ton respire... Jésus-Marie, je pensais pas que t'allais acheter tant de choses que ça.

Mon père fit refroidir de l'eau et apporta un verre à maman.

Minou et moi étions rassemblés tout près d'elle.

Maman but la moitié de son verre.

— Ah! J'ai jamais bu une aussi bonne eau.

Elle chatouilla Minou autour du nombril, ce qui fit s'esclaffer ma sœur.

— Pis, dit mon père, c'est quoi, ta nouvelle incroyable?

— Je suis allée faire des commissions avec Colette cet après-midi et elle... Je sais pas par où commencer.

Elle prit une autre gorgée d'eau.

— Vous allez pas me croire, mais Colette et Philippe se sont parlé à propos de notre situation... Et ils veulent qu'on aille vivre avec eux!

— Quoi? dit mon père.

— Ils veulent nous donner le logement du deuxième de leur maison. À Outremont... À un «tarif familial» pour le loyer, qu'elle a dit.

— Mais il y a déjà quelqu'un qui vit là, non? dit mon père.

— Pas pour longtemps. Ils vont lui dire qu'il doit partir. Ils vont lui dire qu'il fait trop de bruit. Tu trouves pas ça fabuleux comme idée?

L'incrédulité se lisait sur le visage de mon père.

— Paul? dit maman. Qu'est-ce que t'en dis?

— Non... Ce que j'en dis, c'est non. T'es tombée sur la tête, ou quoi ? Vivre sous le même toit que Philippe ? J'aime autant rester dans un taudis comme ici.

— Ben, pas moi, figure-toi donc ! s'écria maman. Et les enfants non plus. Surtout avec un autre qui va arriver bientôt.

— On va habiter avec Louis-le-chien ? dit Minou en battant de ses petites mains.

— Tu veux pas aller vivre là-bas, hein Marcel ? dit mon père.

— Demande-lui pas ça, lança maman. Maudit, Paul, pourquoi tu le mets mal à l'aise de même ?

Mon père allait répondre, mais maman le fit taire d'un mouvement de la main.

— Paul, comment tu peux être aussi égoïste ? On va avoir la chance de vivre dans un grand logement, beau et ensoleillé. Et à Outremont en plus. Avec chacun sa chambre, même pour le bébé qui s'en vient. C'est tout juste si Minou a dit un mot depuis qu'on est arrivé dans cet hôtel de fous tellement elle a peur ici. Et tu veux continuer de même parce que t'aimes pas Philippe ? Parce que t'es jaloux de lui ?

— Qu'est-ce que tu veux dire, jaloux de lui ?

— Faut que je te fasse un dessin ? Il a du succès et t'en as pas. Il est au-dessus de ses affaires, et pas toi. C'est un gars qui a du poids et... Et tu peux pas accepter ça.

Maman s'est arrêtée.

Minou et moi ne bougions pas, muets.

Mon père non plus ne dit rien.

— Je sais qu'on devrait pas avoir cette discussion devant les enfants, poursuivit maman. Mais je peux pas les envoyer dans une autre pièce, parce qu'on n'en a pas d'autre pièce. Et je veux pas leur dire d'aller jouer dehors, même pas dans le couloir, à cause de tous les détraqués qui traînent autour. Dieu sait ce qu'ils pourraient faire à des petits enfants innocents comme les nôtres, ces espèces de maniaques. On en pogné dans cette merde-là, pis tu vois pas ça. Tout est parfait ici dans ta tête. C'est le paradis sur terre ici, pas de maudit problème...

Mon père se mit à trembler de tout son corps.

Maman n'avait jamais vu son mari dans un état pareil et elle eut peur. Mon père ne l'avait jamais battue, mais maman se dit que c'était dans le domaine du possible parce qu'elle savait fort bien que des hommes tapaient leur femme. Plus d'une fois elle avait vu son propre père lever la main sur sa mère.

Mais au lieu de frapper sa femme, mon père se tourna face au mur et y assena un violent coup de poing. La fureur du geste et l'explosion qui en résulta nous fit sursauter comme si la foudre venait de frapper l'édifice.

Quand j'ai rouvert les yeux, j'ai vu mon père, debout, le visage défait.

Minou s'est mise à pleurer et j'ai fait de même.

Malgré sa respiration haletante, maman réussit à nous réconforter en disant: «Ça va, les enfants. Vous inquiétez pas... Papa et maman sont un peu stressés à cause de l'incendie et tout le reste, mais ça va aller.»

Au milieu de ses pleurs, Minou réussit à dire:

— Est-ce qu'on va aller rester avec oncle Philippe et Louis?

— Je sais pas encore, dit maman d'une voix chevrotante. On va voir... Papa et maman vont en parler...

Maman s'approcha de mon père: «Je m'excuse pour ce que j'ai dit.»

Il se tenait la main. «Je pense que je l'ai cassée.» Ses jointures étaient rouges et déjà enflées.

— Viens. Laisse-moi voir ça.

Maman alla à la glacière, mit des cubes de glace dans une serviette et enveloppa la main de mon père.

Minou et moi mirent fin à nos larmes. Nous examinions notre père.

— Ça va aller, les enfants, dit-il avec un sourire forcé.

— Qu'est-ce qu'on va faire, Paul? dit maman.

Elle tenait encore la serviette qui entourait la main de mon père, tel un objet fragile.

— On va déménager dans la maison de Philippe, dit mon père.

Maman dressa la tête.

— Je veux dire... T'as raison, Marie. Pour les enfants... C'est la meilleure solution. Surtout avec le petit qui va arriver dans quelques semaines.

— Es-tu certain, Paul?

— Ouais... On a pas le choix. Mais, écoute, disons que c'est temporaire, O.K. ? Jusqu'à, disons, la fin de l'été. Après la naissance du bébé. Ensuite, on pourra se trouver un endroit à nous. En attendant, je vais laisser cette maudite job minable et en trouver une autre. J'ai quelque chose en vue. Des possibilités...

— Ah, oui ! Comme quoi ?

— Je peux pas en parler encore. Mais tu vas voir. Ça va aller mieux pour toute la famille. Fais-moi confiance...

[juin 1977]

Lettre no 29 (extrait, p. 2-3)

J'aime pas trop en parler, mais si tu veux savoir au sujet du combat de boxe, je vais te raconter. T'es bon pour poser des questions, toi...

Laisse-moi te dire en commençant que j'adorais boxer. Dans le ring, t'a pas à t'inquiéter de dire ce qu'il faut, t'as pas à faire ce qu'un gros cave de boss te dit de faire, t'as pas à te badrer avec rien ni personne. Y a rien de plus pur que la boxe. Un homme contre un autre, avec leurs poings et c'est tout. Et moi j'ai jamais aimé les combats qui se décident par les juges. Ce que je cherchait, c'était le knockout. Tu ouvres la machine au maximum et puis envoye, tape dans le tas. Je dis pas que tout le monde devrait être boxeur. Au contraire. Tu fais bien mieux d'aller à l'école comme tu le fais là, pour pas rester ignorant comme ton père.

Mais bon, le soir où j'ai perdu mon combat, l'aréna était pleine. Durant tout l'entraînement, j'avais travaillé comme un malade et je frappais dans le sac comme un démon – POP! POP! POP! De la vrai musique. Et puis pendant plus d'un mois je m'étais passé de cigarettes, d'alcool, et de *femmes. Le sexe, ça tombe drette dans les pattes, que mon entraîneur disait tout le temps. Ça les rend molles comme des guenilles. Je me sentais dans la meilleure forme de ma vie, au point que je me serais senti prêt à monter dans le ring avec Sugar Ray Robinson en personne. Je me disais que le gars contre qui j'allais boxer à soir, Alberto Evangelista, j'allais lui sacrer la volée de sa vie.*

Je me ferme les yeux et tout me revient. Je me revois grimper dans le ring et envoyer des jabs dans les airs, et puis une combinaison de crochets. Il y a des traces de sang sur le matelas; un gars a dû en prendre une bonne dans le combat avant le nôtre. Il me faut une minute pour m'habituer aux lumières et aux cris de la foule. Evangelista saute sur place à l'autre bout du ring. Je vais te le calmer, moi, ça sera pas long. La voix de l'annonceur introduit Evangelista et puis moi. Des frissons me courent le long du dos quand j'entends mon nom et le monde dans les estrades se met à crier comme des fous.

L'arbitre nous fait venir au centre du ring et il nous donne ses instructions: pas de coups bas, tu vas dans un coin neutre si l'autre est au tapis, toujours la même chose. Evangelista me regarde avec des gros yeux mais ça me dérange pas, il me fait pas peur. La cloche sonne et je fonce sur lui et j'y envoie un jab. Puis un autre. Puis un autre. Chaque fois je le pince au visage. Ça va quasiment être trop facile que je me dis. Puis Evangelista fait une feinte d'uppercut et il m'envoie un crochet de la droite dans les côtes. Je bloque l'attaque avec mon coude, mais c'est le coup de poing le plus lourd que j'ai jamais reçu. Evangelista remet ça avec une combinaison jab-crochet-uppercut, et tout de suite après un autre coup de piston au corps. C'est comme si y avait une explosion dans mes côtes et mes genoux plient un peu. Je me dis que ce gars-là pourrait assommer un cheval avec ses poings.

Pour faire court, je me suis ramassé à l'hôpital, la face en bouillie et les reins en compote. Ce combat-là, ça été la fin de ma carrière. C'est pas que j'avais peur après, mais j'ai bien vu que jamais je deviendrais champion et à quoi sa sert d'être boxeur si tu peux pas être champion…

COMME UN INTRUS

Scène : L'homme des cavernes
INT. DANS LA CUISINE CHEZ PHILIPPE & COLETTE – JOUR

Philippe et Colette sont assis dans la cuisine. Sur la table, un journal, un cendrier et deux tasses de café.

PHILIPPE

Jamais de la vie ! Pourquoi je voudrais que cette espèce d'homme des cavernes vienne vivre sous mon toit ?

COLETTE

S'agit pas de lui. S'agit de ma sœur et de ses enfants. Ton neveu, ta nièce… ?

PHILIPPE

Oui, je comprends ça… Mais lui aussi va être là, lui avec sa tête à claques et ses commentaires débiles… Il me rend malade.

Colette esquisse un grand geste des deux mains.

COLETTE

Dieu sait que moi non plus j'aime pas Paul. Tous les jours, je pense à ce mariage et je me dis : pourquoi, pourquoi, pourquoi ? Mais bon, on peut rien y faire.

PHILIPPE

Je veux pas l'avoir dans les parages, cet animal. C'est hors de question. C'est quoi, l'idée ?

COLETTE

La famille : c'est ça, l'idée. Marie est ma sœur et elle vit avec ses enfants dans un trou à rats dans le bas de la ville, entourés de drogués et de miséreux.

PHILIPPE
(soupirant)

Je sais. Mais c'est temporaire et ils vont s'en sortir. On pourrait leur prêter de l'argent… ?

Le regard en coin de Colette est plein de hargne.

Philippe s'allume une cigarette.

PHILIPPE

C'est bien beau de les inviter à habiter le logement du haut, mais il est pas libre. Qu'est-ce que je suis supposé faire du locataire ?

COLETTE

Mais tu peux pas le blairer, ce gars-là. Son remue-ménage et tout le reste. T'arrêtes pas de chialer à cause de lui. Fous-le à la porte. T'as une bonne raison de le faire maintenant.

PHILIPPE

Je peux pas faire ça. Ce serait injuste pour lui. En plus, je sais pas si c'est légal de chasser quelqu'un comme ça...

COLETTE

Écoute, Philippe, je te demande jamais rien. J'endure ton ivrognerie et tes sautes d'humeur. J'accepte d'être ta servante, et tout le reste.

PHILIPPE

Arrête...

COLETTE

(sa voix qui durcit)

C'est quelque chose que je veux que tu fasses. Pour moi. Tu comprends? Je veux que tu ailles parler au locataire d'en haut. Tu lui donnes une semaine au maximum pour dégager.

Le ton de Colette est sans réplique.

Philippe dévisage sa femme. On devine qu'il souhaite de toutes ses forces qu'elle ne soit pas là, que par miracle elle se volatilise.

Colette se lève pour clore la discussion.

COLETTE
(au seuil de la porte)
Tu peux lui mentir, au locataire. Tu peux le menacer ou lui offrir de l'argent. Fais ce que tu veux, je m'en fous… Mais demain, je dis à Marie qu'ils peuvent emménager ici.

Philippe s'affale dans sa chaise.

Un malaise persiste dans la pièce après la sortie de Colette, un silence lourd qui est accentué par le bourdonnement du réfrigérateur.

Philippe éteint sa cigarette et se dirige pesamment vers l'armoire pour y prendre une bouteille de scotch. Il se verse une bonne rasade.

PHILIPPE
(en marmonnant)
Dieu merci, je suis le roi et maître de ce château.

Desperado

Je quitte la banlieue et me voici sur le territoire montréalais. La chaussée est encore glissante par endroits mais ça peut aller. Ce qui me frappe, c'est qu'il y a tant de teintes de gris dans ce bas monde : le ciel poivre et sel, la route décolorée, les garde-fous de métal de chaque côté de la 720, le béton sombre du viaduc un demi-kilomètre devant moi. Tout ça baigne dans une absence maussade de luminosité.

En 1973, à l'âge de seize ans, j'ai vécu ma propre période de délinquance. À la polyvalente, j'ai commencé à me tenir avec des garçons peu fréquentables, des *bums* aux cheveux longs et la cigarette au bec. Un d'entre eux, Richard, alias Ricky, le leader de la clique, avait même un tatouage sur un bras, ce qui n'était pas courant à l'époque.

Rien qu'à poser le regard sur mes nouveaux copains louches, maman en faisait de l'urticaire. Non seulement ce fait ne m'avait pas échappé, mais il me donnait encore plus envie de me tenir avec Ricky et sa bande, question de punir ma mère. C'était l'époque où j'en étais venu à la conclusion que maman était en bonne partie responsable de ce qui était arrivé à mon père. Cet été-là, elle n'arrêtait pas de le contredire, de le harceler, de lui balancer des méchancetés par la tête pour qu'il se sente inférieur. Ça me revenait à l'esprit, tout ça, maintenant que je n'étais plus un enfant. Si bien, me disais-je, que peut-être qu'elle l'avait poussé au bout de son rouleau, mon père, et c'est pourquoi il avait perdu la tête ce jour-là et s'était retrouvé derrière les barreaux pour une éternité. Bien qu'au fin fond de moi je me disais que c'était de la bouillie pour les chats, cette hypothèse, j'éprouvais de la rancœur envers maman, et durant deux années environ j'ai tout fait pour l'éviter le plus possible. Question de la punir, encore une fois. Faut dire que j'en avais contre tout et tout le monde à cette époque, et le seul adulte en qui j'avais confiance était mon oncle Derby. À la maison, c'est dans le bureau de Philippe que je passais mon temps. Tante Colette n'a jamais avoué qu'une fois le choc passé, la disparition de son mari lui avait enlevé l'énorme poids qu'elle portait sur ses épaules depuis des années. Mais par pudeur, ou alors pour sauver les apparences d'un deuil qui ne l'avait pas fait souffrir, ma tante n'avait rien touché dans le bureau. Tout s'y trouvait encore quand j'avais seize ans : la lampe de bronze, les disques de jazz, les trophées, la rondelle des Black Hawks de Chicago dans le tiroir, la machine à écrire électrique. Le bureau était mon antre, mon refuge, mon oasis où j'écoutais de la musique, lisais et tapais mes devoirs à la machine. Tante Colette était heureuse de m'avoir dans les parages, et maman me dit plus tard que si mon isolement lui causait de la peine, elle préférait que je traverse ma crise d'adolescence sous son toit plutôt que dans la rue à faire des mauvais coups avec des crapules à la Ricky.

Mes nouveaux copains et moi, l'après-midi, nous fuyions l'école pour nous retrouver chez Ricky (ses parents étaient au boulot), dans le sous-sol, à fumer des joints et à écouter du hard rock : Led Zeppelin, Black Sabbath, Deep Purple, Grand Funk Railroad. Ricky adorait cette musique. Moi, mon préféré, c'était Alice Cooper, avec les riffs de guitare lourds, le maquillage inquiétant d'Alice, les thèmes rebelles exaltants pour un ado : « *School's Out* », « *I'm Eighteen* », « *Desperado* ». Cette dernière chanson me faisait toujours penser à mon père dans sa prison (« *I'm a killer and / I'm a clown* »). Ricky et les autres, eux, trouvaient que d'avoir un père en taule était l'apothéose du cool ; l'univers des criminels et des prisons avaient un aspect extrêmement intrigant et romantique pour eux. Pas naïf pour deux sous, je savais bien que cette association était la principale raison pour laquelle ils m'avaient accepté dans leur cercle, moi qui n'avais rien d'un truand, ni sur le plan de l'apparence, ni sur celui du caractère. Mais je ne faisais rien pour les ramener sur terre, ces crétins. Au contraire, je tenais Ricky et compagnie en haleine en leur lisant les lettres que mon père m'envoyait du pen, mettant l'emphase sur les anecdotes cocasses et démentes et parfois franchement extraordinaires qu'elles recelaient. Moi, j'adorais mon rôle de raconteur et l'attention que cela me valait.

Mais bon, sécher des cours de secondaire IV et fumer des pétards est une chose, mais quand Ricky et ses disciples se sont mis à se vanter d'avoir cambriolé des maisons du quartier pour piquer de l'argent et des bijoux, puis à comploter un nouveau coup (le deuxième étage d'un duplex où habitait une vieille riche outremontaise), moi je me suis défilé. Une décision qui a marqué la fin de ma carrière de hors-la-loi.

[avril 1979]

Lettre no 38 (extrait, p. 2-7)

En prison, t'as beaucoup de temps pour penser. Des fois trop, ça te rend maboul. Un jeu que je joue c'est d'essayer de me rappeler tout ce qui m'est arrivé avant d'être enfermé. Tu serais surpris combien de choses tu peux te rappeler quand tu te forces à le faire. Je me rappelle certaines choses, des épisodes de ma vie comme si ça venait d'arriver. Comme, une fois, quand j'étais enfant dans notre appartement. J'avais à peu près 7 ans. On vivait dans un taudis dans le faubourg à m'lasse. Veux-tu savoir pourquoi le quartier s'appelait comme ça ? Parce que le monde était si pauvre dans ce coin-là que c'était tout ce qu'ils pouvaient se payer à bouffer – du pain brun et de la mélasse. Tu penses que notre logement au-dessus du restaurant chinois était pourri ? Tu aurais du voir où je restais quand j'étais enfant. Notre logement était dans une bâtisse à deux étages couverte de papier goudron qui était supposé ressembler à de la brique. C'était dans un fond de cour et pour y aller fallait passer par une porte cochère. Le bas de notre bâtisse avait été une écurie au commencement des années 1900, avant l'arrivée des autos. Des familles complètes étaient entassées là-dedans. Je vois encore le linge sur les cordes qui traversaient la cour. On aurait dit des drapeaux de miséreux. La cuisine était la plus grande pièce. Il y avait un poêle à bois, une table avec des chaises qui matchaient pas et dans un coin le lit où je dormais. Le plus vieux de mes frères, Jérôme, il couchait sur un matelas dans le corridor. Mes sœurs dormaient dans une petite chambre au bout du passage et l'autre chambre était celle de mes parents. Le berceau pour mon petit frère était là aussi. Il avait à peu près 2 ans. La plupart du temps ma mère couchait seule parce que le bonhomme venait pas à la maison bien souvent. Quand il se pointait c'était pour battre ma mère – Dieu ait son âme la pauvre femme. Des fois au milieu de la nuit, il nous réveillait mon frère et moi et nous flanquait une volée. Avec ses poings ou avec une ceinture de cuir. Une fois il a roulé un journal pour nous battre, comme si on était des chiens. Mon frère Jérôme avait 4 ou 5 ans de plus que moi. On avait pas de salle de bain dans le logement, seulement une bécosse dans la cour pour tout le monde. Si tu voulais pisser en hiver tu te retenais ou tu sortais du lit pour aller dehors dans la neige. Il faisait noir comme chez le diable dans le logement en hiver parce qu'on collait du papier journal dans les fenêtres pour couper le froid. Mais ça donnait pas grand-chose, je te jure. La cuisine avait un petit lavabo qui servait aussi de bain pour le bébé. L'eau courante, quand il y en avait, fallait la réchauffer sur le poêle à bois. Et puis tout le voisinage était infesté de vermine. La première personne qui entrait dans le logement se tapait dans les mains pour chasser les rats et les souris. Je joke pas. Et l'été quand on arrivait à la maison, ma mère m'envoyait avant mes sœurs pour que j'allume les lumières pour que les coquerelles se cachent dans les trous. Le comptoir était plein. On pouvait pas laisser traîner de la nourriture à cause de ça. Pas qu'on avait beaucoup à manger dans la maison. La plupart du temps l'armoire était vide et on avait faim. Des sandwiches à mélasse et à moutarde, ça y en avait. Mon père travaillait pourtant. Il était débardeur au port de Montréal. Mais ramener sa paye à la maison c'était pas son fort.

Bon, je voulais te parler du matin que je me rappelle comme si c'était hier. Je sais pas comment il est arrivé là mais il y avait un rat sur le tuyau de fonte qui allait du poêle à bois jusqu'à la sortie sur le mur. Le tuyau faisait presque toute la longueur de la cuisine. Je vois encore ma mère chasser le rat avec son balai en cognant sur le tuyau. Mes sœurs criaient et aussi mon petit frère, mais il savait pas pourquoi il criait lui tant il était jeune. Moi j'étais dans un coin de la cuisine avec les yeux grands ouverts. Quand mon frère Jérôme est arrivé avec un bâton de hockey pour chasser le rat, le rat a paniqué et il a glissé du tuyau. Et tout juste comme le rat tombait sur le plancher, Jérôme l'a frappé au vol avec son hockey et l'a envoyé s'écraser tête première sur un mur. Ma mère lui a dit de faire attention, de pas toucher au rat, mais lui Jérôme l'a pris par la queue et l'a levé à la hauteur de son visage, le bras bien tendu. Il s'est mis à rire et ma mère et mes sœurs aussi riaient. Là Jérôme a dit je veux le montrer à mes amis et il a attrapé son manteau et il est sorti de la maison. Moi, ma mère et mes sœurs on a eu à peine le temps de se calmer quand on a entendu un bruit qui venait de l'escalier, comme quelqu'un qui déboule. Et on a entendu la voix de mon père: ostie de tabarnak de ciboire. Il avait dû s'enfarger dans les marches en montant. Quand mon père arrivait en sacrant comme ça, ça voulait dire watch out pour tout le monde. Ma mère a dit à mes sœurs de se cacher dans leur chambre «TOUT DE SUITE!» Les filles sont sorties en courant. Ma mère a entouré mon petit frère de ses bras. J'ai dit à ma mère que j'allais la protéger et elle a sursauté comme si elle avait oublié que j'étais là. Reste pas là, Paul, elle m'a dit. Saute par la fenêtre.

Je bougeais pas et elle a crié « FAIS CE QUE JE TE DIS ! » J'ai déchiré le papier journal dans la fenêtre et la lumière du soleil m'est arrivée dans la figure et j'ai ouvert le châssis. Je voulais pas partir comme ça et j'avais honte de laisser ma mère seule mais elle m'a encore crié de me sauver. Quand la porte s'est ouverte j'ai sauté par la fenêtre et j'ai tombé dans le banc de neige en bas. J'étais pas blessé et j'ai essayé de trouver mon frère Jérôme.

Je t'ai raconté tout ça parce que si tu veux savoir où tu vas tu dois savoir d'où tu viens.

Paul

[1965]

La journée du déménagement

Il y avait tout de même un avantage à ce que mon père travaille pour une compagnie d'assurances : la protection matérielle. D'un autre côté, étant donné que les compagnies d'assurances sont dirigées par des «bandits» aux dires de mon père, le chèque était loin d'être suffisant pour nous remettre à flot. Mais, au moins, nous étions en mesure d'acheter quelques meubles, usagés il est vrai, dans un magasin situé non loin de notre logement sinistré.

— Comme ça, ironisait mon père, on va importer quelques coquerelles du voisinage à Outremont.

Il s'est mis à se bidonner et maman aussi, elle qui ne partageait pas habituellement ce genre d'humour. Faut dire que la perspective de déménager à Outremont contribuait à son euphorie.

Deux hommes ont surgi à la porte de notre chambre d'hôtel le samedi matin suivant la décision de déménager. Deux types grands et baraqués, les épaules, les bras, la bedaine à l'image de ceux de mon père. Ils portaient des t-shirts, des salopettes en denim et des bottes de construction. L'un d'eux mordillait un mégot de cigare et des tatouages couvraient ses avant-bras. L'autre affichait une moustache en guidon de vélo, à l'image des hommes forts dans les fêtes foraines d'antan. L'abondante moustache contrastait avec le crâne dégarni de notre homme.

Ils entrèrent et se mirent tout de suite à complimenter maman.

La veille, elle était passée par les mains d'une amie coiffeuse et elle portait un bouffant à la Jacqueline Kennedy. Sa nouvelle robe de coton à fleurs jaunes et bleues ressemblait à celle disparue dans l'incendie.

— T'as toujours été belle comme un cœur, lui dit l'homme au cigare, et là, en plus, t'as la belle chaleur d'une femme enceinte.

— Arrêtez vos niaiseries, vous deux, dit-elle en même temps que ses joues prenaient une légère teinte rosée.

Mon père n'essaya pas de dissimuler son sourire. Maman était une femme superbe, et c'était une grande source de fierté pour lui.

— Comme ça, Votre Altesse, dit le gars à moustache à l'intention de mon père, on déménage à Outremont? On veut faire partie de la haute société?

— Ouais, ajouta l'autre en agitant le petit doigt comme un mondain, tu abandonnes le petit peuple et tu vas te joindre à la grande bourgeoisie d'Outremont?

Mon père secoua la tête comme si ses copains étaient deux simples d'esprit et leur dit: «Les gars, vous êtes jaloux parce que je vais me tenir avec des banquiers, des patrons d'industries, des docteurs et des politiciens, pendant que vous autres, vous allez continuer à vivre dans votre deux-pièces au-dessus du Paloma.»

Le Paloma était un bar de strip-teaseuses de la rue Sainte-Catherine, au centre du quartier chaud de Montréal.

J'étais surpris de constater que mon père riait et participait à ce badinage. Vous auriez dû lui voir la tête ce matin-là alors qu'il buvait pensivement son café. On aurait cru qu'on l'envoyait aux travaux forcés. Il refusa de déjeuner même quand maman essaya de le secouer. «T'as une longue et dure journée devant toi, Paul. Tu peux pas l'attaquer l'estomac vide.»

Tout ce que nous avions à emporter consistait en trois ou quatre sacs d'épicerie contenant quelques articles essentiels et des vêtements trouvés à la Saint-Vincent-de-Paul. Mon père et ses copains devaient récupérer les meubles achetés plus tôt au cours de la semaine et les transporter à notre nouveau logement.

— Pourquoi je dois mettre ça? avais-je demandé plus tôt à maman.

J'avais encore sur le dos ce stupide habit à culottes courtes.

— Parce que c'est tout ce qui te reste qui a de l'allure.

— Est-ce que je vais être obligé de m'habiller toujours de même à Outremont?

— Mais non, Marcel. On va acheter d'autres vêtements bientôt. Et pas à la Saint-Vincent-de-Paul non plus. Des choses neuves, c'est promis.

Mon père donna un sac à chacun de ses compagnons et se chargea du troisième. «Si on part pas, on n'en finira jamais», dit-il.

Maman eut un dernier regard pour la chambre et se signa.

En bas, elle se rendit au bureau du concierge et lui remit les clefs de notre chambre.

Les cheveux de l'homme étaient clairsemés, raides, sales. Une affiche sur le comptoir, près du registre, indiquait:

> 1 personne: 3$ la nuit
> 2 personnes: 4$ la nuit
> Avec salle de bain: 6$
> 1 heure (sieste): 2$
> Personne additionnelle: 1.50$

Maman secoua la tête. Sieste, mon œil...

En reprenant la clef, le concierge dit:

— Revenez quand vous voudrez.

— J'aimerais mieux me trancher la gorge que de faire ça.

Le concierge pouffa de rire: «Que ça me fait plaisir, un autre client satisfait!»

Rendu sur le trottoir, le gars au cigare pointa un camion stationné à proximité, un vieil engin de forme arrondie comme les modèles des années 1940.

— Mais c'est un *pick-up*, dit mon père.

— On peut rien te cacher.

— Il me semblait que tu devais avoir un vrai camion.

— Je sais, je sais... Mais à la dernière minute, mon patron m'a dit qu'il en avait besoin. J'ai dû appeler un ami pour me dépanner.

— C'est un désastre sur quatre roues...

— Construit en l'an de grâce 1952.

— Si cette bagnole était un cheval, dit l'homme à la moustache, faudrait lui mettre une balle dans la tête.

Le gars au cigare sourit:

— C'était ça ou une brouette... Mais, tu vas voir, il roule comme un charme, ce *pick-up*.

— Ouais, répliqua mon père, je suis pas sûr qu'il va toffer la *run*, ton *pick-up*. Mais vu qu'on a pas le choix... Il se gratta la tête et dit:

— C'est certain qu'on va être obligé de faire au moins trois voyages.

— Pis après? Vous avez un gros programme de prévu aujourd'hui, Majesté? Vous devez aller souper avec les grosses légumes d'Outremont?

— Si j'ai bien compris, vous allez me niaiser toute la journée avec vos *jokes* de riches d'Outremont, pas vrai?

— T'as toujours été le plus futé, dit le fumeur de cigare.

— T'as pas idée du genre de commentaires futés que je te garnotterais par la tête, là tout de suite, si mes enfants étaient pas là, lança mon père.

L'autre trouva la réplique drôle.

— En fait, je me doute un peu de ce que tu as le goût de me dire.

— Bon, s'impatienta maman. Les gars, est-ce que vous allez passer la journée à faire les comiques ou vous allez chercher les meubles et les monter dans mon logement à Outremont?

Elle s'approcha de la Rambler avec une démarche affectée, sa maternité bien en évidence.

— O.K., les enfants. On y va.

— Mais maman, protestai-je. Je veux aller dans le camion avec papa.

— Tu peux pas, précisa mon père. Il y a pas de place pour toi. Pas avec nous trois déjà assis en avant. Tu t'en vas avec ta mère et ta sœur.

Il dut lire la déception sur mon visage parce qu'il ajouta: « Écoute, Marcel. Quand on aura fini le déménagement, je vais t'amener faire un tour dans le camion. Rien que toi pis moi, O.K.? »

Je détestais être raisonnable. Ce que je voulais vraiment faire, c'était ramasser le morceau de brique qui traînait sur le sol, là sur le trottoir, et le flanquer soit sur le camion, soit sur la Rambler. Fracasser un pare-brise, voilà qui me défoulerait. Mais je me suis retenu. J'ai murmuré un O.K., et je suis allé m'asseoir avec maman et Minou dans la voiture, mais seulement après avoir reluqué mon père alors qu'il grimpait dans la cabine du *pick-up*. Ses compagnons étaient déjà bien en place. Ils fumaient et sirotaient leur Dow.

Maman s'alluma une cigarette, fit démarrer le moteur et embraya.

En route vers Outremont, elle et Minou placotaient au sujet de la vie qui nous attendait dans notre nouveau chez-nous, la belle grosse maison. Rien à voir avec notre vieux logement qui puait le restaurant chinois.

Moi, j'avais peu à contribuer. Emménager dans cette nouvelle maison était excitant, mais je boudais encore de ne pas avoir pu faire le trajet dans le camion avec les hommes.

Dès que maman eut garé la Rambler, tante Colette s'est précipitée vers nous. Ma tante pesait bien 240 livres et elle était drapée dans une robe jaune canari. Vue de l'autre côté de la rue, elle devait ressembler à une Volkswagen Coccinelle.

— Allô, allô ! Je suis tellement contente que vous veniez vivre avec nous ! Ah, Marie, tu vas être tranquille ici durant les dernières semaines de ta grossesse. Tu vas être heureuse.

Maman embrassa sa sœur.

— Tu peux pas savoir comme je suis reconnaissante. Pas juste moi, toute la famille. Je te le dis, une journée de plus dans cet hôtel miteux et j'allais devenir folle.

— Bon, oublie tout ça. T'es maintenant chez toi ici.

Puis, à l'intention de Minou et de moi :

— Comment ça va, les enfants ?

— Bien, avons-nous répondu.

— Êtes-vous excités de venir vivre dans cette belle grande maison ?

— Oui, tante Colette.

Colette sourit et dit à maman :

— On devrait remercier le Seigneur que vous étiez pas là quand l'appartement a passé au feu. Particulièrement les enfants...

— *Amen...*

— Mais bon, tout ça est du passé, et on n'y pense plus. Venez, on devrait monter à l'appartement avant que les hommes arrivent avec les meubles. J'ai tout nettoyé hier.

— T'avais pas à faire ça.

— Non, mais ça m'a fait plaisir. T'aurais dû voir à quel point c'était sale. La salle de bain... Colette frissonna comme si elle venait de croquer dans un citron.

— Venez, venez. Laissez-moi vous faire visiter.

Maman, tante Colette et Minou se dirigèrent vers l'appartement.

— Je veux rester dehors et attendre papa, ai-je répondu.

Colette rassura maman :

— C'est bon, y a aucun problème ici, le voisinage est sécuritaire.

— O.K., dit maman, si tu veux. Mais éloigne-toi pas trop. Reste devant la maison, Marcel.

Les deux femmes traversèrent l'allée menant à la porte principale, bras dessus, bras dessous, en laissant fuser des éclats de rire. Minou suivait sur leurs talons, sa poupée de chiffon dans les bras.

L'allée était bordée de rosiers en pleine floraison. Le ciel était bleu. La vie était belle. Du moins pour elles...

J'attendais, seul sur le trottoir, tenant à la main mon sac de soldats en plastique. La rue était tout à fait paisible. Rue Ontario, la circulation ne cessait jamais – des voitures, des camions, des autobus, des motocyclettes, toutes sortes de véhicules bruyants qui roulaient trop vite. Le silence y était inconnu. Mais ici, depuis quelques minutes, je n'avais vu aucun véhicule à part des voitures de luxe immobilisées dans les allées des voisins. Une faramineuse automobile noire était garée de l'autre côté de la rue. Pour ce qui était des trottoirs, ils étaient larges, propres et déserts. Où j'habitais auparavant, les trottoirs attiraient les foules, une ruche de gens qui bougeaient dans tous les sens. Et ce qui m'étonnait ici, c'était la quantité d'arbres qui ombrageaient le voisinage. Devant la maison de Philippe, un érable géant trônait, ses longues branches se balançant et craquant dans le vent telle une vieille berceuse.

J'ai entendu un léger grincement. Venant dans ma direction, un garçon sur sa bicyclette pédalait furieusement, pour ensuite freiner non loin de moi. Il avait à peu près mon âge.

Je lui dis « Allô » mais il ne réagit pas. Il me scrutait de la tête aux pieds, comme si c'était la première fois qu'il était en présence d'un autre garçon. Et il souriait – mes vêtements stupides, me suis-je dit. Ses cheveux blonds en forme de papillotes pendaient de chaque côté de son visage rond, et il avait sur la tête un drôle de petit chapeau, une sorte de casquette sans visière. C'était peut-être le même garçon que j'avais vu courir sur le trottoir la première fois que j'étais venu à Outremont.

— C'est quoi ton nom ? lui ai-je demandé.

Pas un mot, mais il souriait toujours. Il fixait mon sac de soldats.

Moi, c'est sa bicyclette que je zieutais : trois vitesses, un phare et un indicateur de vitesse sur le guidon.

Je n'avais jamais possédé mon propre vélo. Mes parents disaient que c'était trop cher et trop dangereux pour circuler rue Ontario.

Puis, un peu plus loin dans la rue, un homme cria quelque chose. Le garçon regarda de ce côté, tourna son vélo et fila.

Il n'était pas bavard, mais peut-être qu'un jour, me suis-je dit, il allait devenir mon ami. J'avais de nombreux amis dans mon ancien voisinage, mais je les avais tous perdus…

Finalement, le camion fit son apparition, se balançant d'un côté à l'autre à la façon d'un bateau sur une mer agitée. Il s'engagea dans l'allée de mon oncle à grands crissements de freins. La benne du camion débordait de meubles et d'appareils ménagers.

Derrière le volant, l'homme chauve à la moustache semblait bien s'amuser :

— Toute une minoune, ce *pick-up*.

— Je pensais pas qu'on se rendrait, dit mon père.

Lui et l'homme au cigare riaient.

Quand mon père ouvrit la portière, les pentures gémirent comme un vieillard s'extirpant de son lit.

C'est alors que Philippe sortit de la maison, un verre à la main.

Les jappements de Louis confirmèrent sa présence sur la véranda.

— C'est quoi cette bibitte-là ? demanda l'homme au cigare.

— J'aime autant rien dire… fit mon père.

Philippe ordonna à Louis de retourner dans la maison et se dirigea vers le camion.

Les femmes étaient sorties aussi et s'approchaient des déménageurs.

Mon père fit quelques pas vers Philippe, la main tendue : « Je veux te remercier pour tout ça, Philippe », dit-il. Chaque mot lui donnait la nausée, ça, on le voyait bien. Par contre, maman semblait heureuse que son époux fasse ce qu'elle l'avait imploré de faire.

— Il n'y a pas de quoi. D'ailleurs, tu me fais une faveur. Je cherchais une excuse pour me débarrasser du gars du deuxième depuis que j'ai acheté la maison.

— Et devine ce qu'on a trouvé dans le salon de notre logement ? dit maman.
— Quoi ? demanda mon père.
— Un piano, papa ! s'exclama Minou.
Elle sautillait sur place, sa queue-de-cheval blonde suivant ses mouvements.
— Nous avons un piano, comme avant.
— Philippe, dit maman, je sais pas comment te remercier.
— C'est rien… La musique, c'est important.
— T'aurais pas dû, commenta mon père, le visage fermé.
— Dis merci à oncle Philippe, Minou, dit maman.
Minou fit plutôt un câlin à Philippe, le front appuyé tout contre la hanche de son oncle.
— Elle est tellement mignonne, constata Colette.
Minou retourna à ses jeux et Philippe dit : « Après l'emménagement, faut qu'on célèbre. J'ai une bouteille de champagne au frais et on devrait manger tous ensemble. On pourrait peut-être commander des mets chinois… »
Colette et maman s'esclaffèrent. Minou et moi avons ri aussi mais sans comprendre le sens de la blague.
— Bon, dit mon père. Faut vider le camion.
— Je vais vous donner un coup de main, les gars, s'offrit Philippe.
— Ça va aller, dit mon père.
— J'insiste.
— Non, vraiment. Tout est sous contrôle.
La façon dont mon père avait lancé ça, le ton de sa voix, mit fin à la discussion.
Philippe porta son verre à ses lèvres et fit demi-tour.
Maman fusilla mon père du regard. Il n'en tint pas compte et se dirigea vers le camion.
Le moustachu dit : « Marie, il y a quelque chose que tu dois savoir. » Il baissa les yeux comme un enfant qui a fait un mauvais coup.
— Quoi encore ?
— Le frigidaire que vous avez acheté… On l'a… On l'a échappé.
— Quoi !?
— Ouais, ajouta l'homme au mégot. On l'a levé dans la boîte du *pick-up* et là… ben, il est tombé dans la rue.
Maman eut un sursaut.

— T'aurais dû entendre le vacarme que ça a fait, dit le gars à la moustache.

— Paul! s'exclama maman.

Mon père et ses copains ne purent se retenir plus longtemps, et maman réalisa qu'on la faisait marcher.

— Jésus-Marie, dit-elle. Vous allez me faire accoucher en plein là sur le trottoir avec vos farces plates, espèces de crétins...

Elle rit. Elle n'avait pas d'autre choix.

Colette se tordait de rire elle aussi.

Alors que mon père et ses copains s'affairaient à vider le camion, je m'installai derrière le volant et me mit à jouer au chauffeur. Le devant de l'odomètre était bousillé et le pare-brise était couvert d'insectes écrabouillés depuis des lustres. Une statuette de saint Christophe pendait au rétroviseur, et il y avait des trous de la dimension d'une pièce de vingt-cinq cents dans le plancher, côté passager. On pouvait voir la chaussée par ces trous. La cabine était jonchée d'une bonne demi-douzaine de bouteilles de Dow vides. Je sortis du camion et observai le travail des hommes à distance. Le soleil était déjà haut dans le ciel et tapait fort. Malgré une bonne brise, la chaleur incommodait les déménageurs. Ils travaillaient d'arrache-pied pour monter le réfrigérateur, la cuisinière, les lits et tout le reste à l'étage, tout ça accompagné de grognements, jurons et rires. Le crâne de l'homme chauve brillait sous l'effet de la sueur. Des plis de graisse se superposaient à la base de sa nuque.

— Un autre voyage et ça y est, annonça mon père après que le camion fut vidé de son contenu. On va revenir dans quarante minutes, pas plus. Oublie pas, Marcel, toi et moi, on va aller faire un tour quand ça va être fini. O.K.?

N'oublie pas... Comme si je n'allais pas me souvenir d'une telle promesse...

Le moteur toussota à quelques reprises, puis trouva son rythme et le camion disparut au bout de la rue.

Les femmes entrèrent pour placer les choses, avec Minou qui les suivait tel un chiot.

Je demeurai à nouveau sur le trottoir, dans l'espoir que les quarante minutes passeraient rapidement.

— Marcel!

C'était mon oncle qui me faisait signe de la véranda.

— Marcel, viens par ici.

J'ai hésité un peu mais étant donné que je n'avais rien d'autre à faire, je me suis approché de la maison.

— As-tu faim, jeune homme ? Moi, oui... Entre, je vais faire des sandwichs. Ça va nous permettre d'attendre le souper.

— O.K.

Dès que mon oncle ouvrit la porte, Louis s'élança vers moi. Mais l'autoritaire « Non ! » de Philippe calma ses ardeurs.

Dans la cuisine, nous pouvions entendre le martèlement des talons sur le plancher à l'étage. Maman et tante Colette étaient manifestement déjà au boulot.

— Qu'est-ce que tu aimerais, Marcel ? J'ai du poulet et du jambon.

— Du poulet, ça serait bon.

— Un sandwich au poulet pour monsieur ! dit Philippe. Il prit un poulet cuit dans le réfrigérateur, de la mayonnaise et un pain blanc. Tout en préparant la collation, il dit :

— Eh bien, qu'est-ce que tu penses du voisinage ?

— Il y avait un garçon dehors. Sur sa bicyclette. Je lui ai demandé son nom mais il m'a pas répondu.

— Un petit Hassidique ? Tu sais, ils parlent presque jamais français. Ça me surprend qu'il a eu la permission de jouer avec toi.

— Son père l'a appelé.

— Oui... C'est des gens corrects, mais ils se mêlent pas avec nous.

— Pourquoi ?

Philippe coupa quatre tranches de pain et les couvrit de mayonnaise. Tout en préparant les sandwichs, il lançait des morceaux de poulet à Louis qui poussait des petits cris entre chaque offrande.

— Ben, ils aiment mieux se tenir entre eux. Ils veulent...

— Comme nous et les Anglais ?

— Les Anglais ? Pourquoi tu dis ça ?

— C'est ce que papa dit, qu'on doit pas se mêler à eux, parce qu'ils nous aiment pas et qu'on les aime pas.

— Mon meilleur ami est un Anglais.

— Ah oui ? Et il est gentil ?

— Pas à peu près qu'il est gentil. Tu vas voir. Tu vas le rencontrer.

L'idée de rencontrer un Anglais m'inquiétait un peu mais j'étais intrigué. Je n'en avais jamais vu jusqu'alors. Ils ne se risquaient pas dans notre coin où tout le monde parlait français, même les immigrants comme M. et Mme Wah. Ils s'exprimaient avec un drôle d'accent et, parfois, je n'arrivais pas trop à comprendre ce qu'ils disaient, mais ils parlaient tout de même français.

Philippe avait presque terminé avec les sandwiches quand le téléphone sonna.

— Il faut que je prenne ça. Je reviens dans une seconde.

J'ai attendu quelques minutes dans la cuisine. J'ai arraché quelques morceaux de poulet de la carcasse pour les balancer à Louis, mais je me suis vite lassé de ce jeu. J'ai pensé au tableau dans le salon, celui avec le taureau et le *torero*. J'ai traversé le couloir qui conduit à l'avant de la maison. En passant devant le bureau, j'ai vu Philippe qui avait le dos tourné à la porte.

— Ils sont arrivés, oui... Je sais pas encore ce que je vais faire...

Aussitôt dans le salon, je me dirigeai vers le tableau et l'examinai. Je le trouvai de nouveau excitant et inusité. La cape du *torero* flamboyait.

— Plutôt tape-à-l'œil, non ?

La voix de Philippe me fit sursauter. Il apportait les sandwiches.

— Quand je t'ai pas trouvé dans la cuisine, j'ai pensé que tu t'étais sauvé.

Il déposa les assiettes sur le bar et montra le tableau d'un coup de menton. « Je l'ai accroché là surtout parce que c'est tape-à-l'œil. » Il me sourit.

J'ignorais ce qu'il voulait dire par tape-à-l'œil. Je lui dis :

— Moi, je l'aime bien. C'est comme quelque chose dans un rêve.

— Humm, c'est intéressant ce que tu dis là.

Personne ne m'avait dit une chose pareille avant.

— Tu veux quelque chose à boire ? J'ai de la limonade dans le frigo.

— O.K.

Mon oncle remplit un grand verre de limonade et me le donna. Il lança un glaçon le long du plancher et Louis se précipita pour l'attraper. Ensuite, Philippe ajouta une bonne dose de vodka dans sa limonade à lui et se dirigea vers la bibliothèque.

— Est-ce que tu aimes lire, Marcel ?

— Je sais lire mais j'ai pas de livres.

Philippe passa son index sur une rangée de bouquins.

— Si tu laisses les écrivains devenir tes amis, tu seras jamais seul. J'avais pas l'habitude de lire moi-même quand j'étais jeune. Tout ce que je faisais, c'était de jouer au hockey et bambocher avec mes *chums*. Mais quand je suis revenu de New York avec mon genou tout démoli, ta tante Colette m'a acheté des romans. Je ne pourrais pas te dire pourquoi elle a fait ça. Ta tante lit pas, sauf des romans-photos. Mais elle savait que j'allais avoir en masse de temps devant moi, assis avec une jambe dans le plâtre, pleurant sur mon sort. Ça fait qu'elle est allée dans une librairie sur Saint-Joachim et elle a demandé au libraire de lui conseiller de quoi lire. Il lui a vendu cinq livres. Ç'a changé ma vie.

Il prit un petit livre, puis un plus grand. « Tiens. Deux de mes favoris. »

Sur la couverture du premier, on lisait : Albert Camus, *L'Étranger*. J'ai tourné les pages ; il y en avait beaucoup, avec plein de mots. Même à l'école, je n'avais jamais essayé de lire quelque chose d'aussi compliqué.

— T'es peut-être un peu jeune pour lire *L'Étranger* mais essaye quand même.

Le second livre était une bande dessinée : *Tintin en Amérique*. C'était plus dans mes cordes, toutes ces pages en couleurs et les courts dialogues au-dessus des personnages.

— Assoyons-nous pour manger. Veux-tu regarder la télé ?
— Oui...

Le téléphone sonna à nouveau. Mon oncle alluma la télé et quitta la pièce.

Le Monde merveilleux de Disney était en ondes.

Quand je suis sorti, mon père était dans l'allée, l'air furieux.
— Te voilà, toi. Tu m'as pas entendu ? Je t'ai appelé et cherché partout. Je voulais t'amener faire un tour, comme on avait dit. Il est trop tard maintenant. Pierre est parti. Fallait qu'il rapporte le *pick-up*. Et qu'est-ce que tu faisais en bas dans la maison ?

Il prit une bouffée de sa cigarette d'un geste impatient et se dirigea vers l'escalier, me laissant près de la véranda, se foutant éperdument de ce que j'avais à dire.

Maman errait dans l'appartement, ce soir-là, la main droite posée sur la poitrine. Dans le salon, il n'y avait qu'un divan, une table basse, une lampe, deux chaises en osier, le tout ayant l'air un peu miteux. Nous n'avions pas encore de téléviseur, et rien pour ranger les choses mais, de toute façon, nous avions bien peu de choses à ranger. Ce que nous avions semblait perdu dans tout cet espace. De plus, les murs étaient nus.

— Comme c'est triste... dit maman. Un si bel appartement meublé avec des babioles de pauvres.

— T'es déjà devenue une princesse d'Outremont, dit mon père pour la taquiner.

— Je suis sérieuse. C'est si déprimant.

— Sacrament! Je me fends le derrière à essayer de tout arranger pour que tu sois heureuse, et tout ce que tu trouves à faire, c'est de te plaindre. T'es jamais contente. Jamais!

— Commence pas ça avec moi! cria maman.

Mon père réalisa que nous étions tout près d'eux, Minou et moi, assis sur le divan, nous efforçant d'être invisibles.

— Il est l'heure d'aller vous coucher, les enfants.

— Oui, ajouta maman, la voix radoucie. Vous devez être fatigués. La journée a été longue. Oubliez pas de réciter vos prières, O.K.?

— Et dites-les à genoux, renchérit mon père.

J'étais étendu, sans bouger, dans ce lit qui avait appartenu à quelqu'un d'autre. Combien de temps il faut avant qu'un lit devienne le tien? me demandais-je. Cette chambre non plus n'était pas à moi, même chose pour le reste de la maison. Et le lit sentait bizarre. On aurait dit le parfum d'une vieille femme.

Mais, en même temps, j'étais fébrile parce que c'était la première fois que j'avais ma propre chambre. Fébrile mais un peu perdu sans Minou. Et un peu effrayé. Avant, rue Ontario, je pouvais entendre ma sœur respirer quand je m'éveillais au milieu de la nuit.

Le seul son familier qui me venait était celui que mes parents émettaient en continuant leur dispute dans la pièce à côté.

Je ne voulais pas éteindre la lumière tout de suite et j'ai pris le roman qu'oncle Philippe m'avait prêté:

Aujourd'hui, maman est morte. Ou peut-être hier, je ne sais pas. J'ai reçu un télégramme de l'asile. « Mère décédée. Enterrement demain. Sentiments distingués. » Cela ne veut rien dire. C'était peut-être hier.

J'ai refermé le livre après le premier paragraphe. Je n'avais pas le goût de lire un livre où un gars raconte la mort de sa mère. En vérité, ça me donnait la trouille.

J'ai pris *Tintin en Amérique*, même si je l'avais déjà lu deux fois.

Dans la ruelle

Je me demande ce qui se passe dans la tête de maman maintenant qu'elle sait que son ex-mari est sur le point d'être libéré. Je lui ai téléphoné la semaine dernière. J'ai hésité à le faire mais, à la réflexion, je devais l'appeler. Justine était d'accord. Maman a gardé le silence quand je l'ai mise au courant. Ensuite, elle m'a fait promettre de ne pas dire à mon père où elle vivait. Puis, elle me dit qu'elle allait raccrocher parce qu'elle était avec une amie et qu'elles devaient aller faire des courses. De toute évidence, c'était une excuse pour mettre un terme à la conversation. Elle avait besoin de s'asseoir, ruminer tout cela, digérer ce que je venais de lui apprendre, absorber l'émotion et les souvenirs qui en découlaient.

J'ai aussi appelé Minou. En réalité, personne ne l'appelle plus Minou, sauf maman et moi, une gynécologue qui se respecte ne se présente pas avec un prénom pareil. J'ai appelé Minou, même si je savais bien qu'elle ne viendrait pas avec moi pour aller le chercher. Sa détermination, quand il s'agit d'éviter mon père, est inébranlable.

Pour ce qui est de Lisette, personne ne sait où elle se trouve à présent. La dernière fois que nous avons eu de ses nouvelles, il y a environ un an, elle vivait quelque part en Colombie-Britannique et travaillait pour une société qui fait du reboisement. Planter des arbres avec une vue sur les Rocheuses et entourée d'ours grizzlis, de moustiques et de hippies à la sauce du XXIᵉ siècle, cela doit être le paradis pour ma sœur cadette.

Étant près du centre-ville, je décide de sillonner notre ancien quartier. J'emprunte la rue Ontario et ce qui me frappe, c'est à quel point les choses ont peu changé depuis mon enfance. À l'intersection d'Ontario et de Champlain, la taverne d'antan a été retapée et se donne des allures de bar tendance. Par contre, l'édifice qui abritait notre logement est devenu un Dollarama – assez ironique, merci... En face du magasin, sur un terrain vague envahi par des ronces et hautes herbes au milieu de rebus de toutes sortes, la carcasse d'une Oldsmobile Cutlass n'en finit plus de rouiller. Toutes les pièces qui étaient revendables ont été enlevées : les pneus, les enjoliveurs, les sièges, des parties de moteur, tout. Un peu plus loin, sur le trottoir, des canapés éventrés, des tables brisées et d'autres meubles forment une pyramide.

La rue, malgré son achalandage, a une allure vaguement fantomatique. J'ai l'impression d'effectuer un pèlerinage, un pèlerinage tordu.

J'emprunte la rue de Champlain à droite et jette un œil dans la ruelle située derrière la rue Ontario. Ce qui était mon terrain de jeu il y a quarante ans. Une bande de garçons jouent au hockey – certaines choses restent les mêmes. Je gare la voiture et j'entre dans la ruelle à pied.

L'endroit a très peu changé, sauf qu'il y a moins de déchets par terre. Ça et les graffitis sur les murs et les clôtures. Dans mon temps, tout n'était pas couvert de graffitis. Il règne ici une odeur indéfinissable quoique incontestablement familière. Comme celle de sa propre mère, celle de sa patrie.

Les cinq garçons qui jouent au hockey dérapent sur les nappes de glace et rient à gorge déployée. Ils flanquent de grands coups de bâtons sur la balle de tennis, tentant de déjouer le gardien de but, le plus grand d'entre eux, celui qui porte un masque en plastique du genre Jason dans *Friday the 13th* et un gant de baseball. Les cris que poussent les garçons ricochent sur la brique des maisons qui longent la ruelle.

Je les observe à distance, en bordure de la ruelle, sans me cacher mais en évitant d'attirer l'attention.

Reste qu'un des garçons m'aperçoit et il arrête de jouer, et ses copains font de même. Ils sont là, immobiles, à bout de souffle, à m'observer.

— Salut les gars ! Vous êtes pas à l'école ?

Question stupide qui m'est sortie toute seule de la bouche.

— L'école est fermée aujourd'hui, répond celui avec le masque de Jason. À cause de la tempête de verglas…

— Ah oui… dis-je distraitement.

Mon regard sillonne la ruelle de long en large, puis je dis :

— J'habitais ici quand j'avais votre âge. Moi et mes amis on mettait toujours notre filet exactement où vous avez le vôtre.

Les garçons ne disent rien. Ils n'ont toujours pas bougé.

— Est-ce que je peux jouer avec vous autres ?

Je plaisante, mais en prononçant ces mots il m'apparaît clair à quel point il serait super de me joindre à eux pendant quelques minutes. Je n'ai pas joué au hockey dans la rue depuis une éternité.

— Est-ce que vous avez un bâton à me prêter ?

— On vous connaît pas, nous, monsieur, répond un des garçons. Ma mère veut pas que je parle aux adultes que je connais pas.

— Mais je suis du quartier…

Je fais un pas en direction du filet, et du coup les garçons partent en coup de fusil, me laissant fin seul au milieu de la ruelle, et je me sens complètement ridicule, planté là, l'exemple parfait et pitoyable du chien dans un jeu de quilles.

Un vent froid se lève, qui me frappe en plein visage.

Je me traîne jusqu'à l'auto, je mets le contact et tourne le chauffage au maximum. Je suis transi jusqu'aux os. Je reste là, derrière le volant, assis sans remuer, le moteur de la Volvo qui ronronne, et mon esprit se tourne vers le passé.

C'était avant le souper, mais nous étions en plein cœur de l'hiver, si bien que le soleil était couché depuis un bout de temps déjà. Nous arrivions tout de même à jouer au hockey tant bien que mal, grâce au lampadaire qui éclairait faiblement la ruelle.

Robert, Hugo et moi étions comme des petits fous – le bonheur de jouer au hockey avec ses meilleurs camarades. Tout baignait dans l'huile, quand soudain cet abruti de Monsieur Labrecque se pointa dans sa Coccinelle. Il détestait les enfants, ce type. Il vivait seul, avec ses chats, et lorsqu'il daignait nous adresser la parole, c'était pour nous injurier. Nous étions trop bruyants à son goût, ou alors il nous reprochait de jeter des déchets dans la ruelle ou de trop nous approcher de sa voiture. C'était sa principale inquiétude, à cet imbécile, de voir les gamins du voisinage jouer trop près de sa foutue voiture, sa chère Coccinelle rouge tomate qu'il astiquait et bichonnait à tout bout de champ comme s'il s'agissait d'un trésor offert par le Bon Dieu Lui-Même… Et le voici qui s'amenait, se dirigeait vers la petite aire de stationnement située derrière sa maison. Lorsque Labrecque n'était pas là, c'est à cet endroit que nous placions notre filet de hockey, étant donné qu'il formait une espèce d'alcôve qui empêchait la balle d'aller trop loin quand l'un d'entre nous ratait son tir.

— Oh-ho, c'est le fou à Labrecque, dit Hugo lorsqu'il aperçut la Coccinelle.

Cela voulait dire trois choses : 1) on s'enlève du chemin pour laisser passer Labrecque, 2) on se prépare à se faire chier par le bonhomme et 3) quelqu'un déplace le filet pour céder la place à la Coccinelle, ce que fit Robert.

De la musique s'échappait de la voiture, des violons et une dame qui chantait très haut et très fort, un hurlement assez effroyable.

— Mon père dit que Labrecque est une tapette, dit Robert, et je me suis mis à rire avec les autres, même si je ne savais pas ce que c'était, une « tapette ».

Labrecque est sorti de son automobile, un attaché-case à la main, une bouteille de lait dans l'autre.

Il nous a fixés du regard avec une moue de dégoût et nous a balancé :

— Allez jouer ailleurs, gang de petits sacraments !
— La ruelle est pas juste à vous, lança Hugo du tac au tac.
Bravo !

Labrecque y alla d'un sourire déplaisant.

— Si j'en vois un de vous frapper ma Coccinelle avec votre maudite balle de tennis gelée, si j'en prends un à faire une *scratch* sur mon char avec son ostie de bâton, je lui ramène un coup de pied dans le cul dont il va se souvenir jusqu'à sa mort. C'est-tu compris ?

En proférant cette menace, il avait l'air cent pour cent sérieux, Labrecque, si bien que pas un d'entre nous n'a osé répliquer quoi que ce soit.

Labrecque, manifestement satisfait de l'effet que ses mots avaient eu sur nous, grimpa l'escalier qui menait chez lui et disparut à l'intérieur sans rien ajouter.

— Je l'haïs, le cochon! dit Hugo.

— Moi aussi, dit Robert. J'aimerais qu'il tombe dans ses escaliers et qu'il se casse le cou.

— Ou qu'il se casse le cul! ai-je ajouté, et j'ai marqué un bon point avec mes amis en les faisant rire aux éclats. Puis nous nous sommes tous caché la bouche avec les mains, de peur d'avoir attiré l'attention de Labrecque, là-haut dans sa maison. Mais non, rien...

Moi je commençais à avoir froid et faim, et après l'interruption de Labrecque je n'avais plus très envie de jouer au hockey. Alors je me suis dit que j'allais rentrer.

Mais voilà que Hugo s'est mis à rôder autour de la Coccinelle, à jeter des coups d'œil à l'intérieur, à essayer d'ouvrir la portière, à chercher une faille dans l'armure.

— Qu'est-ce que tu fais là? lui lança Robert dans un chuchotement. T'es malade ou quoi?

— Labrecque va t'étrangler s'il te voit, ajoutai-je.

Hugo ne fit pas attention à nous et se dirigea vers l'arrière de la Coccinelle. Bingo! Le capot tout grand ouvert, on pouvait y voir le moteur de la voiture. Là, tout nu, exposé, sans défense, tel un nouveau-né.

Hugo resta planté devant le moteur, à réfléchir, pendant que Robert et moi rigolions nerveusement.

— Bon, bon, bon, dit Hugo, qu'est-ce qu'on va lui faire au beau moteur de Monsieur Labrecque-la-Tapette?

Il tourna la tête et posa son regard sur le tas de neige là tout près. Il y avait eu tempête ce matin-là, et les voisins avaient déblayé leur coin de ruelle, créant des amoncellements au pied des murs et des clôtures. Hugo se précipita sur le tas le plus proche, ramassa deux pleines poignées de neige, retourna devant la Coccinelle et plaqua la neige contre différentes parties du moteur.

— Envoyez, les gars! qu'il nous fit.

Et durant les prochaines secondes, frénétiques, Hugo, Robert et moi avons recouvert le moteur de la voiture de Monsieur Labrecque d'une couche de neige bien compacte, au point de le faire disparaître complètement. Et pour compléter le tableau, la divine cerise sur le sundae, Robert a obstrué le tuyau d'échappement avec une dernière et généreuse poignée de neige. Puis, tout dou-ce-ment, Hugo a refermé le capot et tous les trois nous sommes rentrés chez nous en quatrième vitesse.

Après souper, après mes devoirs et une heure de télé, maman m'a envoyé me coucher. J'avais presque trouvé le sommeil lorsque j'entendis frapper à la porte d'entrée.

— Qui ça peut bien être à cette heure, baptême ? a bougonné mon père.

Je n'arrivais pas à saisir ce qui se disait dans notre vestibule, mais j'entendais la voix d'un homme, en plus de celle de mon père.

— Qu'est-ce qui se passe ? dit Minou dans le lit d'à côté. Elle venait de se réveiller.

— Chut, que je lui ai répondu. Écoute !

Le ton avait vite monté dans le vestibule, et mon père et l'autre type s'engueulaient maintenant allègrement, si bien que je pouvais comprendre ce qu'ils disaient.

— Est-ce que vous les avez vus faire ? questionna mon père.

— Non, mais je suis certain que c'est ces crisses de petits morveux !

Je reconnus la voix de Monsieur Labrecque, et la panique me monta dans la gorge comme du vomi.

— Si vous les avez pas vus, comment vous savez que c'est eux autres qui ont fait le coup ? C'est bien beau d'accuser mon fils et ses *chums*, mais si vous vous basez sur des riens, c'est de la boulechite, pis moi je vais vous demander de vous en aller.

— Je *sais* que c'est eux !

— Sors de chez moi avant que je te sacre dehors moi-même ! a hurlé mon père avant de claquer la porte en plein visage de Labrecque – VLAN !

Je me suis enfoui sous les couvertures, mon cœur battant la chamade.

Mon père est apparu sur le seuil de la chambre. Il n'a pas allumé la lumière. Tout simplement, d'une voix posée, tout en contraste avec la tonitruance du moment passé, il m'a dit :

— Labrecque prétend que toi et tes *chums* avez fait de quoi à son auto et qu'il arrive pas à la faire partir. Je t'ai défendu, Marcel, et je l'ai mis à la porte. Mais j'espère que j'apprendrai pas un jour qu'il avait raison, Labrecque. T'as compris ?

— Merci, papa, ai-je dit, les couvertures toujours remontées jusqu'au nez. Une chance que dans le noir mon père ne pouvait pas me voir trembloter.

Mon cellulaire me sort de ma chambre d'enfant et me ramène dans mon auto. C'est Justine à l'autre bout.

— Allô? Oui... Non, ça va... Je suis en chemin... Moi aussi je t'aime. À plus tard...

Je raccroche.

Pauvre Justine. Toute la semaine, elle a eu les yeux rivés sur moi, et on aurait dit qu'elle tentait de lire dans mes pensées lorsque mes réponses n'arrivaient pas à la satisfaire.

— Comment vas-tu, Marcel, *vraiment*?
— Ça va. Un peu tendu...
— Sur quoi travailles-tu si fort?
— Rien. Un nouveau scénario...
— T'es certain de vouloir aller le chercher, ton père?
— J'ai pas le choix...
— Est-ce que t'as peur?
— Peur? Non, je dirais pas ça...

Je ne le faisais pas exprès. Seulement, j'étais si préoccupé que je n'avais pas envie d'expliquer mes états d'âme.

Et ce matin, avant mon départ, la question qui avait dû lui brûler les lèvres toute la semaine: «Qu'est-ce que tu vas faire de lui?»

C'est lors de notre troisième sortie ensemble que Justine a abordé le sujet de mon père. J'avais fait allusion à maman une fois ou deux déjà, mais pas un mot concernant mon autre parent. La question n'était jamais évidente à aborder: «Mon père? Oui, bon, il pourrit derrière les barreaux depuis des années. Et toi, ton paternel, il fait quoi dans la vie?» Un terrain assez glissant, merci...

Justine et moi partagions un repas dans un resto thaïlandais avant d'aller voir *Pulp Fiction* – ma nouvelle copine adorait le cinéma, ce qui, bien sûr, me la rendait attrayante. Déjà que je la trouvais épatante physiquement. Elle était grande, avec un visage rond, des yeux bleus et une tignasse blonde. Des particules semblaient virevolter autour d'elle, des molécules de charme, de beauté, de sex-appeal. Elle portait, ce soir-là, une robe rouge sang, comme Eva Marie Saint dans *La Mort aux trousses*. Nous avions parlé de notre travail, de nos familles, et tout à coup Justine m'avait demandé si mon père était « dans le portrait ».

J'aurais pu mentir et répondre que mon père était décédé d'un cancer du foie ou qu'il travaillait comme ingénieur à Vancouver ou qu'il avait adhéré à l'Église de Jésus-Christ-des-Saints-des-Derniers-Jours et qu'il était maintenant missionnaire au Cameroun. J'avais déjà utilisé le mensonge, celui du cancer du foie. Mais cette superbe femme assise devant moi me plaisait joliment et je n'avais aucune envie d'entamer une relation en y allant d'un bobard imbécile pour cacher un aspect fondamental de ma vie. Si bien que j'ai pris mon courage à deux mains et lui ai tout raconté.

Un sourire figé s'est attardé sur le visage de Justine lorsque je me suis enfin tu.

— Et puis… ? dis-je.
— Et puis, c'est toute une histoire ! Est-ce que tu vois ton père parfois ? Est-ce que tu vas le visiter en prison ?
— Ça m'arrive, mais pas très souvent…
— Pourquoi pas ?
— Lui et moi… notre relation est un peu compliquée, disons…
— *Wow*… Je sais pas trop quoi dire.

Sa remarque et son air désemparé me firent rigoler.

— Il y a pas grand-chose à dire, j'en ai bien peur. Ou plutôt, il y en a tellement que je saurais pas par où commencer. Mais on s'écrit, mon père et moi. Il m'envoie des lettres hyper longues. J'en ai une pile haute comme ça chez moi.
— J'imagine qu'il doit y avoir des trucs intéressants là-dedans.
— Oui, et des trucs pas mal hallucinants aussi.
— Est-ce qu'un jour tu vas en faire un film ?

Décidément, cette fille et moi étions sur la même longueur d'onde.

— J'y pense depuis longtemps. Mais c'est assez délicat, tu sais. Pour moi et pour les membres de ma famille. Ma mère, surtout…

Justine prit une bouchée de sa brochette de porc satay et me regarda d'une drôle de façon.

— Est-ce que ça te fait peur ? ai-je demandé.
— Quoi donc ?
— Ce que mon père a fait. Mon histoire de famille tordue…

Justine me prit la main, et la douceur de sa peau m'a remué.

— La criminalité, mon beau, c'est pas une maladie génétique. C'est pas comme, je sais pas, moi, le syndrome de Down…

Puis elle me sourit.

— Merci d'être si *cool* à ce sujet, dis-je. Tu sais, le crime de mon père et sa vie en prison, ça a été comme un poids énorme sur mes épaules toute ma vie.

— J'arrive même pas à imaginer…

J'étais étonné et, je dois dire, ravi par la ferveur de Justine lorsque nous avons fait l'amour ce soir-là à son appartement. Étonné et ravi, et en même temps je ne pouvais m'empêcher de me demander si ma révélation plus tôt dans la soirée à propos du crime commis par mon père, si cette filiation directe que j'avais avec un acte brutal, n'avait pas contribué, d'une manière bizarre et perverse, à son excitation. Pas besoin d'être un spécialiste du Marquis de Sade pour savoir que les fantasmes de violence et la perversion ont toujours été imbriqués, surtout sur le plan érotique.

Justine et moi avons eu une vie sexuelle super depuis, mais jamais nous n'avons égalé l'intensité de cette première expérience. Lorsque, il y a deux ans, j'ai tourné un documentaire télé sur un groupe d'héroïnomanes, tous ceux que j'ai interviewés m'ont raconté que leur premier fixe était le meilleur et qu'ils avaient passé le reste de leur existence de junkie à essayer de retrouver ce même *high*. Moi, j'avais l'impression de comprendre ce qu'ils disaient.

[avril 1983]

Lettre no 60

Allô Marcel,

Une première lettre depuis longtemps. Je me demande si tu étais inquiet pour moi ou bien si tu t'en fou. Bon, ça peut avoir l'air drôle à dire, mais une chance que je suis allé en prison quand j'étais jeune. Ça m'a préparé pour le pen. Au moins, j'étais pas un blanc-bec comme les recrues qui arrivent ici chaque jour. On dirait qu'ils débarquent d'une autre planète. Tu devrais les voir. Il y a personne qui t'avertit d'avance comment c'est en taule. Il y a 1,000 choses que tu dois savoir. Moi maintenant je pourrais écrire un livre là-dessus. Une brique. Je pourrais te raconter tout ça et tu pourrais en faire un film. Le monde aime ça les films de prison, pas vrai? Papillon et Luke la main froide. Je pourrais te parler des screws. Comment ils nous considèrent comme les derniers des derniers. Comme si on était des animaux. Les screws sont tous corrompus et c'est eux autres qui font la contrebande d'alcool, de drogue, de magazines de cul, tout ce que tu voudras. Je pourrais aussi te parler du manque de vie privée ici, et des portes de métal qui se ferment et des hurlements des gars dans leur cellule, le soir surtout, après que les lumières sont éteintes. Tous ces bruits qui font écho sur le ciment et l'acier. Va te planter dans une gare quand c'est super occupé et tu vas avoir une idée du vacarme. Mais ici c'est pire, parce que tu es dans un asile de fous. Le plus important c'est d'être toujours prêt à te défendre et d'infliger le plus de dommage possible à l'autre type quand t'es pris dans une bagarre. C'est ça qui m'est arrivé. Il y a un gars qui m'est tombé dessus et je lui ai donné toute une volée. J'ai peut-être presque 50 ans mais je peux encore prendre soin de moi. J'ai passé 5 semaines dans le trou à cause de cette bagarre, mais après j'avais de l'espace autour de moi. Personne voulait se frotter à moi. Excepté le gars que j'avais tabassé. Lui, il voulait se venger. Lui et ses chums se sont encore essayés. Je m'étais fait un couteau avec une brosse à dents, de la vitre cassée et du duck tape, que j'avais toujours sur moi. Quand le gars s'est jeté sur moi je lui ai ouvert le ventre et j'ai aussi blessé deux de ses chums. Ça pas été long que les screws m'ont sauté dessus et j'en ai frappé un sous le menton avec mon coude. Il s'est mordu si fort que sa langue était presque coupée en deux. Tu aurais dû voir le sang partout, ça aurait été bon pour un film. Le screw que j'ai frappé était un gradé en plus. Ils m'ont laissé dans le trou tellement longtemps que j'ai pensé perdre la boule, ostie de bande de charognes. En plus, parce que j'ai poignardé l'autre détenu et qu'il est presque mort au bout de son sang, ils m'ont ajouté du temps de prison même si c'était pour me défendre. Les juges sont tous des chiens corrompus jusqu'à l'os. Dans le trou, ils m'ont pas laissé envoyer de lettres. C'est pour ça que t'as pas eu de mes nouvelles depuis longtemps.

Et toi? T'as passé un bel hiver j'espère…

Ton père,

Paul

COMME UN INTRUS

Scène : *A Love Supreme*
INT. LE BUREAU DE PHILIPPE – SOIR

Philippe est assis à son bureau malgré l'heure tardive. Il est seul. La bouteille de vodka devant lui est presque vide.

Philippe ouvre le tiroir de son bureau et en retire son revolver. Un Smith & Wesson de calibre .38. L'acier inoxydable de l'arme brille. Philippe l'examine sous tous ses angles.

Comme musique de fond, *A Love Supreme* de John Coltrane.

A Love Supreme, A Love Supreme, A Love Supreme, A Love Supreme...

La répétition de ces quatre notes, ce mantra, est comme un cauchemar qui revient sans cesse.

A Love Supreme, A Love Supreme...

La pièce est plongée dans l'obscurité, sauf pour le faisceau lumineux qu'émet la lampe de bronze sur le bureau.

Du bout de ses doigts, Philippe frotte le métal du revolver. Il soupèse le poids de l'arme. On voit qu'il est fasciné par le pouvoir concentré dans cet objet, la différence entre la vie et la mort.

A Love Supreme...

La machine électrique sur son bureau... Philippe pointe le revolver dans sa direction.

Un minuscule moustique zigzague dans le rayon lumineux de la lampe. Le cœur de Philippe bat à l'unisson au rythme du vol de l'insecte et du tempo de la musique, frénétique. Les sons lui martèlent le cerveau.

A Love Supreme...

Philippe vise le tourne-disque avec le .38.

Puis, Philippe appuie le bout du canon contre son front. Il ferme les yeux et sourit.

[septembre 1985]

Lettre no 72 (extrait, p. 2)

C'est mon chum Mario qui m'a eu la job. On pourrait dire que tout ce qui s'est passé après est de sa faute, mais ça serais pas juste. Mais bon, ça a commencé quand on s'est donné rendez vous à La Ligne Rouge, une taverne sur la rue Atwater, pas loin du Forum. Les murs de la taverne étaient couverts de photos signées par des joueurs de hockey : Butch Bouchard, Johnny Bower, Alex Delvecchio, Boom Boom Geoffrion, Eric Nesterenko, Jean Béliveau. Je gage que tu connais pas la plupart de ces noms là. Même si on était de bonne heure le matin, il y avait un paquet de clients au bar et autour des tables dans la taverne. C'est comme si ce monde la vivaient ici et qu'ils allaient jamais chez eux. Mario était en arrière de la taverne. Il fumait une cigarette a côté du jukebox. C'était une toune de Dean Martin qui jouait.

Tout ce que je me souviens de ces jours-là, tu dois te dire que j'en invente la moitié. Mais je pense que je t'ai déjà expliqué que vue qu'en prison il y a pas de futur et que le présent est presque toujours pareil et ennuyant pour mourir, c'est seulement le passé qui compte vraiment, et quand tu le revis encore et encore dans ta tête, le passé, les choses deviennent de plus en plus clair, les mots que tu as dis et que tu as entendu, le monde que tu as rencontré, les choses que tu as vu, avec tout les détails, même les plus petits.

Mon chum Mario avait à peu près le même âge que moi, début de la trentaine. Pendant un bout de temps moi et lui on s'étaient entraînés ensemble au gym. Mais Mario prenait ça beaucoup moins au sérieux que moi. Il aimait faire le party et boire de la bière et il venait au gym parce qu'il était convaincu que les filles aimaient les hommes avec des gros biceps...

Et mon père, dans sa lettre, y va du compte rendu du reste de cette journée, et il m'a semblé qu'il s'agissait là d'une scène parfaite pour COMME UN INTRUS. Me restait qu'à embellir le tout un peu et à écrire les dialogues :

COMME UN INTRUS

Scène : « Chinois » Maliverne
INT. LA LIGNE ROUGE (TAVERNE) – JOUR

Mario voit Paul se diriger vers lui.

MARIO

Hé, Paul !

Paul et Mario se serrent la main.

MARIO

Je me demandais si t'allais venir ou pas. Tu veux une bière ?

PAUL

Il est un peu tôt pour moi.

Paul demande plutôt un café au serveur.

MARIO

Il est à peu près temps que t'acceptes ma proposition. Toi et ta job de misère…

PAUL

Ouais, bon, je suis désespéré. T'es certain que ça va marcher ?

MARIO

Paul, mon gars, arrête de t'en faire de même. La vie est trop courte.

PAUL

Tu peux ben parler, toi, t'as pas une femme et deux enfants, plus un autre qui s'en vient.

MARIO
(dans un éclat de rire)

Alléluia ! Comment t'as pu te ramasser dans une prison comme ça, je me le demande.

Paul s'allume une cigarette et semble réfléchir.

PAUL

Je sais pas si j'appellerais ça une prison... Les choses se sont passées vite... C'est sûr que des fois j'aimerais mieux être célibataire. Ça serait pas mal moins compliqué. Mais, mes enfants, je les adore... Tu devrais les voir. Ma petite fille... Mais, sérieusement, la job...

MARIO

C'est OK, je te dis. Ça fait trois ans que je travaille pour lui. En plus, si tu veux des petits contrats *on the side*, le patron est toujours intéressé à avoir des hommes fiables.

PAUL

Des petits contrats *on the side*?

MARIO
(alignant Paul au-dessus de son verre de bière)
Ce gars-là trafique dans toutes sortes de magouilles.

PAUL
(d'une voix mal assurée)
Je sais pas si je veux me mêler à ce genre d'affaires, moi...

MARIO

Tu vas quand même pas changer d'idée à la dernière minute! J'ai parlé de toi au patron. Il nous attend. Si tu viens pas, je vais avoir l'air d'un vrai cave.

PAUL

Oui, bon, arrête… OK, on y va.

Mario bondit sur ses pieds et vide son verre d'un trait.

EXT. RUE SAINTE-CATHERINE, MONTRÉAL – JOUR

Sainte-Catherine est encombrée en cette heure de pointe et les trottoirs fourmillent de gens pressés qui se dirigent vers leur travail au centre-ville.

Une équipe de cols bleus fait des travaux de creusage coin Sainte-Catherine et Saint-Marc. Une conduite d'égout crevée. Équipés de marteaux-piqueurs, d'une niveleuse et d'une excavatrice, les ouvriers creusent une tranchée du milieu de la rue jusqu'à la bordure du trottoir. Deux camions à benne basculante attendent sur place, prêts à transporter les débris de tuyaux et les fragments d'asphalte. Des barrières ont été mises en place et l'intersection est presque fermée. La circulation est chaotique, infernale. Une planche de bois, au-dessus du trou, fait office de trottoir et marcher dessus donne l'impression à Paul et Mario qu'ils sont des équilibristes de cirque.

Une fois passé le site des travaux, Paul et Mario peuvent enfin se parler tout en marchant sur le trottoir.

MARIO

Comme je t'ai déjà dit, le nom du patron, c'est Maliverne. Sylvain «Chinois» Maliverne.

PAUL

Pourquoi « Chinois » ?

MARIO

Parce qu'il a les yeux en amande. Mais il est pas pantoute Chinois. Il vient d'Europe, la Suisse, je pense. Ou la Belgique, je sais plus.

PAUL

Et comment il est ? Un bon gars ?

MARIO

Ouais, c'est un bon gars. Un peu bizarre…

PAUL

Qu'est-ce que tu veux dire, bizarre… ?

MARIO

Tu vas voir…

Mario attire l'attention de Paul sur l'enseigne d'un magasin : MEUBLES MALIVERNE INC.

INT. MEUBLES MALIVERNE (MAGASIN) – JOUR

Paul scrute le magasin et voit le reflet brillant des appareils ménagers sous un éclairage au néon, de même que la qualité douteuse des meubles : les divans en vinyle, des fauteuils à l'allure chambranlante, les vaisseliers aux poignées dorées, les canapés en simi-licuir, les tables assemblées à la va-vite.

Un vendeur s'approche de Paul et de Mario. Le colosse a la corpulence de quelqu'un qui peut vous vendre un réfrigérateur, puis vous le transporter sur ses épaules jusqu'au camion.

VENDEUR

Mario! Comment tu vas?

MARIO

Super!

Puis, en pointant un pouce en direction de Paul:

Lui, c'est Paul. On est ici pour voir le patron. Il nous attend.

VENDEUR

Tu sais où le trouver…

MARIO
(à l'intention de Paul)

Le bureau est en arrière du magasin.

Les deux hommes se faufilent à travers le labyrinthe de meubles de toutes sortes. C'est comme si la marchandise avait été disposée pour empêcher quiconque de prendre le bureau d'assaut en empruntant la ligne droite.

Mario frappe à la porte et attend le «Entrez» d'usage avant d'ouvrir.

Paul remarque la poignée de porte en forme de papillon et en or massif.

INT. LE BUREAU DE «CHINOIS»

«Chinois» Maliverne est campé dans un fauteuil de cuir derrière un bureau d'acajou libre de tout objet, à part une tasse en porcelaine, une théière et un téléphone noir.

«Chinois» est gras comme le roi Farouk et ses yeux en fentes se perdent dans une gigantesque tête à la Bouddha. Tout le corps de l'homme est une masse de chair enveloppée dans un costume italien d'au moins cinq cents dollars, dont la coupe et l'élégance réussissent presque à faire oublier l'obésité grotesque de son propriétaire.

Trois des murs du bureau sont couverts de papillons de dimensions et de couleurs variées exposés dans des boîtes vitrées, une boule de naphtaline dans chaque coin. L'autre mur, celui situé derrière «Chinois», est couvert de livres à reliure en cuir.

«Chinois» se croise les mains devant le menton comme un prêtre soucieux, puis invite ses visiteurs à s'asseoir sur le canapé, le seul autre meuble dans la pièce.

MARIO
Monsieur Maliverne, c'est Paul Lacroix, l'ami dont je vous ai parlé. Celui qui a besoin d'une job.

Paul se lève pour serrer la main de «Chinois», mais celui-ci lui fait signe de se rasseoir.

« CHINOIS »

Content de te rencontrer, Paul. Ça te va si je t'appelle Paul ?

PAUL

Ben sûr, Monsieur Maliverne.

« CHINOIS »

Bien... T'es du type robuste. C'est bien, ça. Certaines choses que tu devras transporter ne sont pas pour les femmelettes, comme vous dites ici. Tu comprends ce que je te dis ?

Paul fait un signe affirmatif.

« CHINOIS »

C'est bon. J'ai besoin de gars solides qui comprennent ce que je leur dis. Une chose que tu dois savoir à mon sujet, Paul, c'est que je ne tourne pas autour du pot. Je n'ai pas de temps à perdre. Je donne un ordre une fois et mes hommes doivent le suivre, et quand c'est fini, on passe à autre chose.

PAUL

Pas de problème avec ça.

« CHINOIS »

Je crois qu'on va bien s'entendre.

Paul et Mario sourient.

« Chinois » se sert une tasse de thé.

«CHINOIS»

Mario t'a parlé du travail, non? Je trempe dans mille et un trucs, mais en ce qui te concerne, il y a deux fonctions. D'abord, il y a mon magasin. Je vends la plupart des meubles à crédit. Les gens qui n'ont pas de crédit ou les moyens de payer 149.95$ comptant pour une télé ou 199.95$ pour un poêle chez Eaton viennent chez moi, me donnent cinq dollars et s'en vont avec leur télé ou leur poêle. Comme ça, ils peuvent tout de suite regarder *Cré Basile* ou se faire à bouffer. Ils sont contents. Ensuite, ils me paient trois dollars par semaine. Bien entendu, j'ai droit à des compensations pour ce genre de service. Une fois payée, avec les intérêts, leur télé leur a coûté passablement plus que s'ils avaient payé comptant. Une bonne affaire pour moi.

Lorsque «Chinois» parle, des dépôts de salive s'accumulent aux commissures de ses lèvres. Cela donne la nausée à Paul et il essaie de ne pas trop le regarder.

«CHINOIS»

Après avoir presque tout payé pour l'achat de deux ou trois meubles, leur crédit est établi. Là, il faut les encourager à acheter d'autres meubles. On leur met un peu de pression, on leur fait comprendre à quel point ils seraient heureux s'ils avaient plus de meubles dans leur maison. J'appelle ça l'Art de Convaincre. Plusieurs de mes clients ont un appartement plein de meubles qui viennent du magasin Maliverne.

Le discours fait rire Mario.

«CHINOIS»

À la fin de chaque semaine, mes gars font la tournée des clients pour percevoir l'argent. Ou alors ils saisissent la marchandise si le client ne paie pas. C'est parfaitement dans les règles.

PAUL

Combien de gars travaillent pour vous?

«CHINOIS»

Beaucoup. J'ai une grosse clientèle.

«Chinois» s'envoie son thé derrière la cravate comme si c'était de la tequila, avant de poursuivre son discours.

«CHINOIS»

Mais reprendre possession de la marchandise, ce n'est pas la chose idéale. J'ai besoin d'argent, pas d'un magasin rempli de meubles et d'accessoires usagés. C'est pour ça qu'il faut convaincre le client de trouver du fric pour me payer. Il arrive qu'on leur téléphone – lorsqu'ils ont le téléphone. On leur passe un coup de fil et on dit : «Vous êtes en retard pour ci ou pour ça, de cinq paiements. On va attendre encore quarante-huit heures et après...» Quelque chose du genre. Et le lendemain, on leur fait une visite surprise. Faut pas les terroriser, les clients. Surtout pas lorsqu'il y a des témoins autour. Mais tu peux leur dire que le non-paiement de dette est un acte criminel – même si ce n'est pas vrai – et que tu songes à en informer la police. Tu peux leur dire que tu vas informer leur employeur de leur mauvaise conduite à l'endroit d'un honnête marchand. Tu peux insinuer qu'il pourrait éventuellement y avoir des représailles.

PAUL

C'est légal? Je veux dire, ce genre de pression-là…?

«Chinois» grimace comme si tout à coup le soleil lui brillait dans les yeux.

«CHINOIS»

Légal… Ce qui compte c'est ce qui est juste. Ils me doivent de l'argent, et c'est juste pour moi de l'exiger. Mais, cela dit, faut pas exagérer. Nous ne sommes pas des sauvages. Tu ne veux pas que les gens du quartier se mettent à parler et qu'ensuite plus personne ne vienne à mon magasin. Il faut avoir un bon sens des affaires. Faut être fin renard.

Quelques coups à la porte précèdent l'entrée de la secrétaire de «Chinois». Une de ses tâches consiste à s'assurer qu'il y a toujours du thé frais dans la théière. «Chinois» lui fait un léger signe de tête et attend qu'elle sorte du bureau avant de continuer la conversation. Il se concentre sur le téléphone posé sur son bureau et époussette le cadran rotatif avec son index. Puis il tamponne les coins de sa bouche avec son mouchoir.

«CHINOIS»

Ensuite, il y a l'autre aspect de mon *business*. Tu vois, par bonté de cœur, je prête de l'argent à des gens lorsqu'ils sont dans la dèche. Ils sont en chômage, ils ont perdu leur paye dans une partie de poker, ils doivent satisfaire un besoin de drogue… Peu importe. Moi, ça ne me regarde pas, ce qu'ils font. Mais je leur prête du fric pour qu'ils puissent continuer à vivre. On dit que la patience est une vertu. Mais, après un certain temps, lorsque le type peut pas payer ou, bien pire, ne *veut* pas payer, faut se faire rembourser d'une façon ou d'une autre. Je pourrais envoyer des gorilles pour briser une jambe au type ou menacer sa famille. Mais ce sont des tactiques de mafieux. À moins de ne pas avoir le choix. Cela arrive. Reste que *de duobus malis, minus est semper eligendum*.

Mario et Paul clignent des paupières.

« CHINOIS »
(étouffant un petit rire)
« De deux maux, on doit choisir le moindre. » Quoi, les gars, vous n'avez pas appris le latin à l'école… ?

Pas plus de réaction de la part de Mario que de Paul.

« Chinois » avale une gorgée de thé.

« CHINOIS »

Je disais donc… Normalement, en guise de réparation, ce que je fais, c'est de reprendre leurs biens. Tu me dois cinquante dollars et tu ne veux pas me payer? Je saisis ta télé et ta radio. Je te prête mille dollars et tu continues à faire l'idiot et te voilà dans la merde et t'as pas de fric? Je vais me contenter de ta Chevrolet. Encore une fois, c'est tout à fait dans la légalité, tout ça. Je ne suis pas un usurier de troisième classe, moi. J'ai une licence de compagnie de finance. Je prête de l'argent à des gens qui ont une cote de crédit pourrie, des types que les banquiers ne laisseraient même pas mettre le gros orteil sur le tapis de leurs bureaux. Donc, je comble un besoin essentiel, je rends service à notre belle société. D'un autre côté, c'est un *business* à risque et, à cause de ça, j'impose des intérêts élevés. Je ne suis tout de même pas une entreprise de charité.

La sonnerie du téléphone fait sursauter Paul.

«Chinois» empoigne le combiné. Tout en écoutant son interlocuteur, son regard balaie la pièce de droite à gauche, sans arrêt.

«CHINOIS»

C'est bon, vas-y.

«Chinois» raccroche et reste perdu dans ses réflexions pendant quelques secondes, avant de viser Paul du doigt.

«CHINOIS»

Ton job, Paul, ou plutôt ta mission, ça va être le recouvrement. Rien de compliqué. Tu saisis la marchandise et tu tires ta révérence, *arrivederci*. Mais tu dois toujours rappeler aux clients pour qui tu travailles. Ils doivent savoir à qui ils ont affaire.

PAUL

C'est dans mes cordes.

«CHINOIS»

À la bonne heure. Et je vais te dire autre chose, Paul : ces gens-là, ils sont heureux que tu sois là, parce qu'ils savent qu'ils sont dans leur tort. Ils sentent que tu leur enlèves le poids de leurs remords des épaules en saisissant leurs biens, et ils te laissent agir sans faire d'histoires. Ils sont reconnaissants. Tout ça, c'est une question de culpabilité, la base de notre charmante culture catholique.

Paul ne dit rien.

«Chinois» émet un rire qui est plutôt un couinement.

«CHINOIS»
(s'adressant à Mario)

Regarde ton copain. Il ne croit pas en mes conneries au sujet des remords et de la gratitude.

Mario sourit.

Paul ne sait pas comment réagir.

«CHINOIS»

C'est un sceptique. C'est bon. Comme ça, il ne va pas gober les sornettes que les clients vont lui servir.

«Chinois» s'assoit au fond de son fauteuil et soupire.

«CHINOIS»

Paul, tu vas te faire bombarder par tout le répertoire des misères et des malheurs : la grand-mère qui est décédée la veille, le mari qui est paralysé, l'enfant qui est atteint d'un cancer, le type qui vient de perdre son emploi et qui a le cul sur la paille. Les gens qui ne peuvent pas payer vont te sortir toutes les excuses possibles et impossibles pour se justifier. Ton travail est de ne pas écouter ces jérémiades, et surtout de ne jamais avoir pitié. Dans notre *business*, la pitié, c'est l'iceberg qui coule le *Titanic*. Ton rôle, c'est d'entrer dans une maison, trouver ce qui vient du magasin et me ramener tout ça. Tu vas faire équipe avec ton copain Mario. C'est un gars compétent et il va t'enseigner les trucs du métier. Vous commencez demain matin. Tout va bien aller, pas de doute. Et, en temps et lieu, tu pourras faire d'autres boulots pour moi, si le fric t'intéresse.

On frappe de nouveau à la porte.

« CHINOIS »

Entre !

C'est une jeune femme transportant un plateau. Elle est maigre, les membres longs, un cou d'autruche. Côté anatomie, elle est la parfaite antithèse du corpulent « Chinois ».

« CHINOIS »

Ah, Monique. À l'heure, comme d'habitude. Monique est une montre suisse. Elle me manucure une fois par semaine. J'aime avoir les lunules impeccables. [Ses doigts qui gigotent font penser à une araignée obèse.] Messieurs, vous devez partir, maintenant.

Mario et Paul se lèvent.

« CHINOIS »

Mario, ma secrétaire va te donner une liste d'endroits où vous devrez aller demain.

PAUL

Oui, Monsieur Maliverne.

«CHINOIS»

Bienvenue à bord, Paul.

PAUL

Merci, Monsieur Maliverne.

EXT. RUE SAINTE-CATHERINE - JOUR

Paul accepte une cigarette de Mario et les deux fument en silence.

La fébrilité du matin s'est calmée, la circulation sur Sainte-Catherine est fluide à présent. Il en est de même sur les trottoirs.

MARIO

Je t'avais bien dit qu'il est un peu excentrique.

PAUL

Un peu excentrique... Un peu malade dans la tête, oui. Et son latin, calvaire... Il se prend pour qui ? L'archevêque de Montréal ?

MARIO

Mais non. Il est toujours de même. Il voulait rien que te tirer la pipe. Te tester un peu.

Un camion de livraison, dont chaque paroi latérale affiche MEUBLES MALIVERNE INC., file devant eux.

PAUL

Et pourquoi il m'a pas serré la main ?

MARIO

Il fait ça avec tout le monde. Je pense que la seule personne qui peut lui toucher les mains, c'est Monique. Les microbes, tu comprends...

PAUL

Les microbes... Au moins, on va pas travailler dans son bureau, avec tous ces papillons dégueux.

MARIO

Dégueux ? Mais ils sont super beaux, ses papillons !

PAUL

Les ailes, oui, mais les corps me font penser à des petites momies. C'est comme s'il y avait des âmes d'humains prisonnières là-dedans qui essayent de s'échapper.

MARIO

Qu'est-ce que tu vas chercher là ? T'es un drôle de moineau, Paul.

PAUL

Elles me donnent la chair de poule, ces bestioles-là.

[1965]

Congo

Maman s'affairait à épousseter les meubles du salon : le *chesterfield* en similicuir marron perdu dans un coin, les chaises en osier, la table basse, le piano offert par Philippe. Puis elle s'appliqua à passer l'aspirateur sur la moquette avec conviction. L'obsession de maman pour la propreté était parvenue à s'élever d'un cran depuis l'emménagement dans notre nouveau logement, il y avait environ deux semaines.

Pendant ce temps, Minou « maîtrisait » *Frère Jacques* au piano : plunk, plunk, plink, plunk. Plunk, plunk, plink, plunk…

Ses jambes étaient si courtes qu'elle n'arrivait pas à utiliser les pédales.

Elle cessa de jouer dès que mon père fit irruption dans la pièce.

— J'ai une bonne nouvelle, pis une bonne nouvelle.

— Tu veux dire une bonne nouvelle et une mauvaise nouvelle, précisa maman.

— Non. Rien que des bonnes nouvelles.

— Tout un changement ! O.K., c'est quoi, la bonne nouvelle ?

— J'ai lâché ma job hier.

Dans un premier temps, maman essayait d'assimiler ce que son mari venait de dire. Son expression trahissait sa certitude que la prochaine annonce ne pouvait qu'être néfaste. Malgré tout, résignée, elle lui dit : « Et la bonne nouvelle… ? »

Moi, j'étais sur le *chesterfield*, ma nouvelle bande dessinée sur les genoux. Les aventures de l'ami Tintin, cette fois, se déroulaient au Congo, où il s'amusait à massacrer des serpents et à dynamiter des rhinocéros afin de faire le trafic de leur ivoire. Sur la couverture, Tintin filait dans une Modèle T devant une girafe stupéfaite.

— La bonne nouvelle, dit mon père, c'est que je commence une nouvelle job demain.

— Et c'est quoi, la nouvelle job ?

— Vendre de l'assurance me rendait malade, dit mon père. Je te l'ai dit mille fois. Personne n'en voulait. Tous ces *losers* qui pouvaient pas se payer de l'assurance ou qui étaient pas capables de comprendre que c'est important d'être assuré. Ils me disaient que Dieu allait les protéger en cas de besoin, bande de gnochons.

— C'est quoi, la nouvelle job ?

— Et maintenant, vue qu'on vit à Outremont, fallait que je traverse toute la ville chaque matin pour me rendre sur mon maudit territoire. Ça valait pas la peine. Et ma nouvelle job paye ben mieux…

Maman fixait son mari avec insistance. Elle n'avait pas le goût de lui poser la même question une troisième fois.

Minou reprit son concert : plunk, plunk, plink. Plunk, plunk, plink…

— Je vais faire partie d'une équipe de reprise de possession.

— Qu'est-ce que tu veux dire ? Tu vas aller chez des gens et prendre leurs affaires s'ils peuvent pas payer ?

— En plein ça. Leur chaîne stéréo, leur TV, leur auto. Pis tout le reste…

— Tu veux vraiment faire ça ?

— C'est pas facile, comme travail, qu'on m'a dit. Mais je vais être bien payé.

— C'est qui, «on» ? Tu vas travailler pour une banque ou une compagnie d'assurance ?

— Non. Pour une *business* indépendante.

— Une *business* indépendante, répéta maman. J'ai l'air d'une dinde ou quoi ?

Elle se dirigea vers le piano pour récupérer son paquet de cigarettes.

— Tu vas travailler pour des requins qui prêtent de l'argent ?

— Non, non, pas pour des usuriers, des requins, comme tu dis. Le gars est propriétaire d'un magasin de meubles. Maliverne, t'as dû voir ses camions dans notre ancien quartier. Quand ses clients peuvent pas payer ce qu'ils ont acheté à crédit, il reprend sa marchandise. Je suppose qu'il doit aussi prêter de l'argent de temps en temps. Mais la vente de meubles au détail, c'est sa *business* principale. Et tout ça, c'est légal à cent pour cent.

— Je suis supposée gober ça ?

— Mais il y a rien à « gober ». C'est quoi, le problème ?

— Paul, tu sais que tu peux pas te payer le luxe de te mêler d'affaires louches. Avec ton dossier, ta marge d'erreur est bien mince...

— Arrête avec mon dossier. Je suis pas assez cave pour me mettre dans le trouble. Je sais ce que je fais. Ce qui est certain, c'est qu'il faut qu'on se mette du *cash* de côté si on veut partir d'ici dans quelques semaines et déménager dans un logement à nous. J'ai pas l'intention de faire ce travail-là toute ma vie, mais c'est nécessaire pour le moment. Et c'est une *business* légale, je te le répète. Fais-moi confiance...

— Maman, dit Minou, tu m'as dit que tu me donnerais ma leçon de piano. J'attends...

Une barrette jaune serin empêchait les cheveux de ma sœur de lui retomber dans le visage.

Maman caressa la tête de Minou tout en dirigeant un regard sombre vers mon père.

— O.K., dit-elle à la fois à l'intention de mon père et de Minou.

Elle s'assit sur le banc du piano avec sa fille : « Essaye encore. »

Plunk, plunk, plink...

Mon père tourna la tête vers moi, qui n'avais pas bougé au cours de toute la conversation, espérant que la tempête allait vite passer. Les mains dans les poches, il s'éloigna avec un air frustré : « Un de ces jours, moi... »

À cet instant précis, c'est au Congo avec Tintin que j'aurais voulu être, loin de ces chicanes de famille qui me donnaient toujours des maux d'estomac.

La clinique

Après le coup de fil de Justine qui m'a tiré de mes souvenirs dans la ruelle avec le cher Monsieur Labrecque, je jette un œil à ma montre.

« J'ai le temps d'aller la voir », me dis-je, et je mets la Volvo en marche.

Dix minutes plus tard, je suis dans le stationnement de la clinique. Je sors de l'auto et me dirige vers l'entrée. Le gros sel répandu sur la chaussée craque sous mes pas.

Je m'attendais à voir sur le trottoir devant l'édifice un groupe de fanatiques anti-avortement avec leurs pancartes grotesques de fœtus massacrés et de slogans tonitruants. Mais non, pas un chat. À cause du mauvais temps, peut-être. La bâtisse, par son architecture hyper banale, passe inaperçue, un truc carré, dénué de charme, sur cinq étages. J'entre et prends l'ascenseur. De mon portefeuille j'extirpe la carte professionnelle que Minou m'a refilée lorsqu'elle a commencé à travailler ici. La clinique est au quatrième. Un long couloir aux murs beiges aspergés d'une lumière tamisée m'y mène tout droit.

Le numéro 406 est inscrit sur la porte en chêne, mais rien n'indique qu'il s'agit d'une clinique où l'on fait des avortements. C'est le genre d'entreprise qui préfère rester incognito. Je lève le menton vers la caméra située au-dessus de la porte et j'y vais d'un sourire bidon accompagné d'un salut de la main. Moi qui suis cinéaste, j'ai un dédain profond pour ces caméras qui partout épient nos faits et gestes.

Du haut-parleur près de la porte une voix féminine m'interpelle :
— Si vous avez pas de rendez-vous, Monsieur, vous pouvez pas entrer.
— Mon nom est Marcel Lacroix, que je réponds à la voix. Faut que je voie la docteure Sylvie Lacroix. Je suis son frère. C'est urgent.

Presque une minute s'écoule avant qu'enfin le bourdonnement du système de sécurité se fasse entendre. J'ouvre la porte et me retrouve dans une salle d'attente. Il y a là quatre personnes : une ado avec sa mère (les deux ont les mêmes traits et, en plus, un air d'accablement commun) et un couple, deux jeunes qui feuillettent ensemble un magazine.

Derrière la vitre de l'accueil, une femme dans la cinquantaine parle au téléphone. Je me plante devant elle, jusqu'à ce qu'elle raccroche et enfin daigne me regarder. Puis elle me demande d'un ton sec si elle peut m'aider.

Je lui répète que je suis le frère de la docteure Lacroix – quoi, elle a déjà oublié ? – et que je dois la voir d'urgence.
— La docteure Lacroix est avec une patiente présentement.

La réceptionniste roule ses « r » comme une chanteuse des années trente.
— Si vous voulez bien, je vais l'attendre. Mais, s'il vous plaît, il faut que je la voie aussitôt qu'elle sera libre.
— Bon, dit l'air bête. Vous pouvez vous asseoir.

Je fais demi-tour et prends place avec les autres. Personne ne fait attention à moi, moi qui pourtant dois sembler incongru, un homme dans la quarantaine là tout seul dans la salle d'attente d'une clinique gynécologique. Ça sent la vieille moquette ici, et les magazines sur la table ne me disent rien. Très gai cet endroit. Je lis les affiches sur les murs, de l'info au sujet des maladies sexuellement transmissibles, de l'inceste, de la contraception. Il y en a une qui clame en grosses lettres rouges :

T'es enceinte ?
T'as des options !!

Je devine un peu la réaction que Minou aura lorsque je vais lui dire pourquoi je suis venu la voir. Elle ne va pas être enchantée, c'est certain. Mais je me dois de tenter le coup, même si je sais fort bien que les chances de succès sont très minces.

Et voilà qu'elle arrive en coup de vent.

— Marcel, qu'est-ce qui se passe ? Elle s'interrompt et regarde les patients dans la salle d'attente. Elle sourit nerveusement. « Attends. Viens avec moi. »

Je suis ma sœur.

Minou signifie à la réceptionniste de retarder le prochain rendez-vous de quelques minutes.

En route vers son bureau, ma sœur et moi passons devant une des salles d'intervention. Je m'arrête et y jette un coup d'œil : le lit avec les étriers, un comptoir sur lequel il y a un spéculum et d'autres instruments, un petit tabouret à roulettes. Les tuiles blanches du plancher reluisent. Une odeur vaguement nauséabonde me vient aux narines, un relent de désinfectant.

— Marcel ! me lance Minou du seuil de son bureau. Qu'est-ce que tu fais ?

Je ne bouge pas et Minou revient sur ses pas.

— Qu'est-ce qui se passe ? demande Minou. C'est maman ? Il est arrivé quelque chose à maman ? Je le savais !

— Non, non, dis-je. Maman va bien.

Ma sœur porte l'incontournable blouse blanche, des souliers plats, des boucles d'oreilles en or, toutes simples. Minou n'a jamais été du genre à se couvrir de bijoux clinquants. Il n'y a pas à dire, elle ressemble à maman, les grands yeux verts expressifs, le menton un peu fort. Une espièglerie du visage qui s'atténue à peine avec l'âge. Mais en ce moment, Minou a l'air sérieusement contrariée.

— C'est quand même incroyable quand on s'y arrête.

— Quoi donc ?

— Bien, le fait que tu fasses le même travail que la mère de maman. Les avortements, je veux dire.

— Et bien quoi ? Je trouve pas ça si incroyable, moi. C'est grâce à des femmes comme notre grand-mère si maintenant les jeunes femmes de Montréal ont accès à des avortements légaux et sécuritaires. Les femmes comme notre grand-mère se sont sacrifiées à leurs risques et périls pour ça. On les traitait en sorcières. Et puis on fait pas que des avortements ici, tu sais. On fait des examens gynécologiques, des biopsies, des échographies, des prélèvements… Et puis on a des psychologues, des travailleuses sociales, des sexologues-psychothérapeutes, des infirmières…

— T'as pas besoin de justifier ce que tu fais, Minou. J'ai rien contre les avortements, moi, tu sais. Je trouvais juste le rapport avec notre grand-mère intéressant, c'est tout…

Minou m'accroche par le bras et m'entraîne jusqu'à son bureau, une pièce minuscule encombrée de deux chaises et d'un bureau couvert de dossiers et sur lequel trône un ordinateur pas trop récent. Il y a des diplômes au mur et une étagère avec une rangée de bouquins : un dictionnaire médical, *Le Petit livre de la contraception*, *Essentials of Obstetrics and Gynecology*, le *Merck Manual*, le *DMS IV*.

— Marcel ! s'écrie ma sœur, parle, pour l'amour ! Pourquoi t'es venu ici ce matin ? C'est quoi, l'urgence ?

— Je suis venu te demander si tu voulais venir chercher papa au pénitencier avec moi.

— Quoi ?

— Il sort aujourd'hui…

— Oui, ça, tu me l'as appris l'autre jour au téléphone…

— Bon, je m'en vais le chercher, et je voudrais que tu viennes avec moi…

— Je peux pas croire que tu te sois pointé ici, comme un cheveu sur la soupe, en me disant qu'il y a une urgence, et tout ça pour me demander d'aller le chercher avec toi… T'as du front tout le tour de la tête pas rien qu'à peu près ! Moi qui pensais que maman s'était tapé un AVC ou un infarctus…

— Excuse-moi. Je voulais pas t'inquiéter. Je me suis arrêté un peu sur un coup de tête, en chemin. Parce que je me suis dit que peut-être tu voudrais m'accompagner.

— Non, mais, tu me niaises ? Pourquoi voudrais-tu que je fasse ça ? Après tout le mal qu'il nous a fait, à nous tous ? Et surtout à maman. Moi, comme je te l'ai dit un million de fois, ça fait quarante ans que j'en ai plus, de père. Pourquoi veux-tu que là, tout à coup ce matin, je sois intéressée à aller le chercher à sa sortie de prison, bonjour mon beau papa à moi ? Je t'ai déjà dit que je veux rien savoir de lui.

— Ça te fait rien qu'il sorte de prison ? Que dans quelques heures il soit libre, qu'il marche dans les rues de Montréal, qu'il redevienne quelqu'un de normal ?

— Franchement, Marcel ? Ça me chicote, oui. De savoir que je risque de le croiser par hasard sur un trottoir en ville, ça me dérange. Encore qu'il me reconnaîtrait pas, et c'est pas moi qui vais l'aborder, ça, je te le garantis.

— Que tu le veuilles ou non, Minou, reste qu'il est notre père. C'est grâce à lui que tu es au monde, que tu es là devant moi. Veux, veux pas, il fait partie de notre famille. De notre passé. De notre vie…

— On l'a eue cent fois cette conversation, Marcel ! Les histoires de famille – les tantes qui se suicident, les oncles qui se font tuer, les pères qui se retrouvent en prison – moi, je veux rien savoir de ça. Mais toi, t'en as toujours fait une obsession. Ce que tu devrais faire, c'est de laisser aller tout ça. Ta vie serait moins lourde. Je te le dis. Et puis j'ai pas le temps de discuter avec toi, Marcel. Surtout pas à ce sujet-là. J'ai des patientes, figure-toi donc.

Bon. Pas étonnant comme réaction. Dans le fin fond de moi-même j'avais espéré autre chose, une sorte de miracle, qui ne s'est pas produit.

— Veux-tu que je lui dise quelque chose de ta part ? As-tu un message que tu aimerais que je lui refile ? Je sais pas, moi…

Minou me regarde, la mine triste.

— Mais non, Marcel. J'ai vraiment rien à lui dire, à cet homme. C'est un pur étranger pour moi… Bon, écoute, faut que je retourne à mon travail, maintenant. Et toi, faut que tu partes.

Minou se lève, me serre bien fort dans ses bras et me reconduit à la sortie, sans ajouter quoi que ce soit jusqu'au moment où la réceptionniste appuie sur le bouton pour nous ouvrir la porte.

— Qu'est-ce que tu vas en faire ? Tu vas pas l'emmener chez vous, j'espère ?

— Toi et Justine, vous êtes pareilles.

— Qu'est-ce que tu veux dire ?

— Justine m'a dit exactement la même chose ce matin.

— Elle a raison, tu sais. Et fais attention de pas te faire avoir par lui, O.K., Marcel ?

— Qu'est-ce que…

— Sois sur tes gardes. C'est tout ce que je peux te conseiller.

Arrivé aux limites de la ville, je prends l'autoroute. Le ciel est d'un gris cendré, tout comme la neige de chaque côté de la route. Je peux à peine discerner les arbres dans les champs tout près. J'entrevois les signaux routiers et les panneaux publicitaires sans que mon cerveau les intègre. Tout semble se dérouler au ralenti.

[septembre 1985]

Lettre no 73 (extrait, p. 3)

Le pire dans tout ça c'est que tous mes troubles ont commencé à cause de cette maudite job, et j'aimais même pas faire ça. Au contraire, je l'ai hai à partir du tout début. Je me souviendrai toujours de mon premier jour, avec mon chum Mario, dans notre quartier. Un cauchemar.

Il était de bonne heure, 9 h du matin à peu près, et on était stationné au coin d'Ontario et de Champlain. Il faisait déjà chaud et les vitres du camion étaient toute baissées. Mario épluchait la pile de bordereaux de recouvrement que la secrétaire de Chinois nous avait donné au magasin avant de partir et moi je fumais une cigarette, sans dire un mot. En chemin, on était passé devant notre ancien logement et le restaurant chinois, tout brûlé, un tas de ruines noircies. Les apartements de chaque côté étaient abandonnés, avec des planches de contreplaqué qui bouchaient les fenêtres. Voyant ça je me suis dit qu'on avait été chanceux en maudit de pas être la quand le feu a prit. On aurait pu tous y passer...

COMME UN INTRUS

Scène : Saisie
EXT. LE CAMION DE RECOUVREMENT - JOUR

MARIO

Bon, ta première saisie va se faire au 2067.

PAUL

2067, rue de Champlain?

MARIO

À cette adresse, une TV Viking Ranger Console et un frigidaire de dix-huit pieds cubes ont pas été payés depuis un long bout. Veux-tu bien me dire pourquoi ces gens-là ont besoin d'un frigo si gros que ça…?

PAUL

Viarge, ça me surprendrait pas que je les connaisse, ceux qui vivent là. C'est mon voisinage, tu le sais bien.

MARIO

Ton *ancien* voisinage, tu veux dire.

PAUL

Fais pas le drôle. J'ai passé toute ma vie dans le coin. Je connais de vue à peu près tout le monde.

MARIO

Écoute, t'es mieux de te faire à l'idée. La plupart des clients de Maliverne vivent dans les parages. Tu te figurais quand même pas que notre territoire serait à Westmount ?

PAUL

Comment ça se fait que j'ai pas pensé à ça avant ? Je sais plus si je veux m'embarquer dans ce bateau-là…

MARIO

Qu'est-ce que tu racontes ?

PAUL

Je sais plus trop, ce genre de travail…

MARIO

Quoi ? Je *catch* pas…

PAUL

Les gens qui doivent de l'argent à «Chinois», ils arrivent pas à faire leurs paiements, mais ils ont rien fait de mal. Leur seul crime, c'est qu'ils sont pauvres comme Job. Et moi, je travaille pour l'homme qui les exploite. Rien que d'y penser…

Mario s'évente avec la pile de bordereaux tout en jetant un œil incrédule à Paul.

MARIO

Écoute-moi bien, Paul. Ces gens-là, s'ils sont dans les dettes jusqu'aux oreilles, c'est de leur propre faute. C'est certainement pas ni de la mienne, ni de la tienne, hein? C'est à eux de faire face à leurs responsabilités. Qu'est-ce que tu veux qu'il fasse, «Chinois»? Laisser sa marchandise chez les clients sans se faire payer?

Paul ne trouve rien à répondre.

MARIO

Écoute, c'est rien qu'une job. Une job, oublie pas, qui est bien payée. En plus, tu vas voir, c'est pas rien que l'argent qui est super. C'est le défi quand tu te retrouves dans une situation difficile. C'est un *rush* quand ça arrive. Chose certaine, c'est mieux que d'essayer de vendre ta stupide assurance de porte à porte.

PAUL

Toute cette affaire, ça me fait sentir comme Judas…

Mario éteint le moteur et met les clefs dans sa poche.

MARIO

Paul, sacrament, arrête de faire l'enfant, veux-tu? On y va.

Paul jette sa cigarette dans la rue et sort du camion.

EXT. RUE DE CHAMPLAIN – JOUR

La rue de Champlain est bordée d'une série de maisons à deux étages, toutes avec une façade de briques effritées et de minuscules balcons au deuxième qui menacent de s'effondrer.

Sur le trottoir, Paul surveille à droite et à gauche, espérant qu'il n'y a personne de ses connaissances aux alentours.

Paul et Mario arrivent devant le 2067.

Mario remet deux bordereaux à Paul.

MARIO

Tiens, envoye!

Paul prend une profonde respiration et frappe deux coups à la porte. Après cinq secondes, il frappe à nouveau, passablement plus fort, cette fois.

Un GARÇON de sept ou huit ans se présente à la porte, les cheveux hirsutes, le chandail crotté, les genoux écorchés, les chaussettes descendus sur des souliers usés. Malgré son jeune âge, il a l'air belliqueux de celui qui s'illustre dans les bagarres de ruelle.

Il dévisage Paul, puis crie par-dessus son épaule.

GARÇON

Môman, c'est le Juif!

Le garçon laisse la porte ouverte et disparaît quelque part dans le logement.

MARIO
(en riant)

Ça m'a tout l'air qu'on est pas les seuls à essayer de se faire payer. Faut croire qu'il t'a pris pour un *shylock*…

Une femme se présente à l'entrée. Elle porte une robe de chambre en tissu piqué et des bas blancs.

FEMME

Qu'est-ce que vous voulez?

PAUL

Madame Charlebois?

FEMME

Oui. Excusez mon garçon. Il a dû vous prendre pour quelqu'un d'autre.

La femme scrute le visage de Paul.

FEMME

Il me semble que je vous connais, vous…

                    PAUL
              (ignorant le commentaire)
Écoutez, Madame Charlebois, moi et mon *partner* on est du magasin de meubles Maliverne. Vous êtes en retard de quatre paiements pour la TV et le frigidaire que vous avez achetés il y a quelques semaines.

INT. LE LOGEMENT DE MADAME CHARLEBOIS – JOUR

Mario pousse Paul vers l'intérieur, et la femme n'a pas d'autre choix que de reculer et d'entrer dans son salon. De lourdes draperies pendent aux fenêtres, donnant à la pièce une pénombre de presbytère. Dans un coin du salon trône un imposant meuble dans lequel est encastré un téléviseur. À l'écran, un jeu questionnaire bruyant.

                    FEMME
Vous êtes certain que je vous connais pas, vous?

La voix de Madame Charlebois est rauque.

Paul feint de ne pas avoir entendu la question.

                    PAUL
On vous téléphone du magasin au sujet de vos factures, et chaque fois vous dites que le chèque est dans la poste. Vous savez, Madame Charlebois, c'est pas trop original comme excuse.

FEMME

Je suis pas au courant de tout ça. C'est mon mari qui s'occupe de ces affaires-là, et il est pas ici. Je suis toute seule avec mon petit garçon. Pouvez-vous revenir à soir et parler avec lui? Il va régler tout ça. Moi, je pense que c'est rien qu'un malentendu...

Paul est pris au dépourvu.

Mario prend la relève.

MARIO

Madame Charlebois, il y a un temps pour parler et un temps pour récupérer notre stock. Devinez où on en est rendu aujourd'hui?

Madame Charlebois est au bord des larmes.

MARIO

La grosse TV, là, dans le coin. J'ai ben peur qu'on va la reprendre. Peut-être que vous et votre mari vous allez réfléchir au sujet de vos responsabilités. Autrement, la prochaine fois, c'est le frigidaire qui part. C'est-tu assez clair?

FEMME

Faites pas ça, s'il vous plaît. Mon mari, il va être fâché noir. Pis qu'est-ce que je vais faire de mes journées sans TV?

MARIO
(plissant le nez)

Ben, vous pourriez nettoyer votre logement, pour commencer.

Le garçon, qui vient de refaire surface, se place devant la télé comme s'il voulait la retenir et s'écrie :

GARÇON

Non ! Non ! Non ! Non !

Mario éclate de rire à la vue du gamin.

PAUL

Voyons, ti-gars...

Paul met la main sur l'épaule du garçon, mais celui-ci, vif comme un chat, tourne la tête et lui mord le pouce.

Paul y va d'un rugissement de douleur. Le garçon court se réfugier à l'arrière du logement.

À nouveau, Mario ne peut s'empêcher de rire.

PAUL

Bon ! Ça va faire. On décrisse.

Madame Charlebois a le visage défait alors que les hommes transportent le meuble hors de l'appartement, mais elle ne fait rien pour les arrêter.

EXT. LE CAMION DE RECOUVREMENT – JOUR

Paul se suce le pouce.

PAUL

Le petit sacrament, il m'a fait mal !

MARIO
(mettant le moteur en marche)

Un vrai chat de ruelle...

PAUL

Tu sais, Mario, t'avais pas besoin de lui envoyer cette vacherie au sujet du ménage de son logement, la pauvre femme. C'était pas nécessaire.

MARIO
(secouant la tête)

Paul, mon vieux, va falloir que tu t'endurcisses.

[1965]

Philippe et sa Lincoln Continental

Philippe et Colette s'étaient mariés à la fin des années 1940. Colette était déjà bien en chair, mais cela ne la dérangeait pas; elle trimballait ses quelques livres en trop avec grâce. Philippe, lui, était futé et athlétique. Tous s'entendaient pour dire qu'il allait devenir un joueur de hockey professionnel. Les recruteurs de la LNH assistaient à tous ses matchs dans les juniors.

   Philippe et Colette étaient voisins depuis leur enfance. Au cours d'une soirée, ses copains le mirent au défi de demander à la fille grassouillette de danser avec lui. Il s'y plia volontiers. Ce qu'il n'avoua pas, c'est qu'il avait toujours eu le béguin pour Colette. Son visage rond, ses yeux pétillants, ses belles lèvres charnues. Et quel sourire! L'orchestre jouait un air populaire datant de la guerre – Artie Shaw, peut-être, ou Guy Lombardo – et ils dansèrent. La peau de Colette était blanche et fraîche au toucher. On ne vendait pas d'alcool dans le *dancing* mais Philippe avait un petit flacon de whisky. Colette grimaçait un peu à chaque petite gorgée. Ils quittèrent la salle ensemble. Bien qu'âgé de dix-sept ans à peine, Philippe avait sa propre voiture. Ils se rendirent au belvédère du mont Royal. De là on avait une vue magnifique sur la ville. Par soirées claires, le stationnement se remplissait d'autos dans lesquelles des couples buvaient de la bière, fumaient des cigarettes, jouissaient de la vue et de la vie. À cette hauteur, Montréal ressemblait à un gigantesque village. Quelques édifices, tout de même, se démarquaient au loin : le Sun Life, le Ritz-Carlton, l'hôtel Windsor, l'oratoire Saint-Joseph. De simples résidences ou des usines complétaient la surface habitée de l'île. Montréal était alors surnommée « la ville aux cent clochers », et de partout on voyait leurs flèches pointées vers le firmament. Philippe trouva un coin isolé pour garer sa voiture, à l'extrémité du belvédère. Le flacon de whisky se vida et, comme on disait dans le temps, Philippe et Colette fêtèrent Pâques avant le carême...

Après deux mois consécutifs sans avoir ses règles, Colette décida de se confier à sa mère – même si elle mourait d'angoisse à l'idée de le faire. Lorsque sa mère évoqua l'option d'y aller d'un avortement, Colette s'écria : « Je savais que t'allais dire ça ! » et elle s'effondra en sanglots. Et donc la mère de Colette se rendit chez le père de Philippe, qui refusa de la rencontrer, la traitant de « vieille sorcière. » Mais lorsque ce fut Colette elle-même qui se présenta, le père de Philippe n'eut plus le choix. Il ouvrit la porte de sa maison. La saison de hockey était alors commencée et Philippe jouait pour l'équipe de Québec ; il était le meilleur compteur de la ligue Junior A. Un mariage modeste fut planifié et bâclé.

Malheureusement, le bébé ne survécut pas à la naissance. En plus, l'accouchement fut long, compliqué, pénible. Colette a pleuré pendant une semaine après que le médecin lui eut dit qu'elle ne pourrait plus jamais avoir d'enfant. Une catastrophe totale, mais Colette et Philippe demeurèrent ensemble. Dans le contexte ultra-catholique du début des années 1950, au Québec, on ne divorçait pas. De plus, Philippe se considérait comme un homme d'honneur. Trois saisons de hockey plus tard, il se massacrait le genou gauche à la deuxième minute de la première période lors d'un match pré-saison au Madison Square Garden de New York. C'était la fin de sa carrière de hockeyeur.

Tous les dimanches matin, après la messe, Philippe lavait sa voiture. Il la stationnait tout au bout de l'allée, à l'ombre de la haie qui séparait sa propriété de celle de son voisin. De l'autre côté de l'allée, le jardin de tante Colette occupait une bonne partie de la cour arrière.

Philippe sortait tout le nécessaire du garage : un seau, du savon, de la cire, le tuyau d'arrosage, un chamois, et s'affairait à rendre brillante tel un sou neuf sa Lincoln Continental 1964 bleu marine.

Toute une bagnole, cette Lincoln : un moteur de 325 chevaux, l'intérieur décoré de garnitures chromées, les sièges capitonnés, la direction et les freins assistés, les vitres contrôlées électriquement. Tout ça *Made in America*, la Super Puissance protectrice de l'humanité contre les vilains communistes comme Fidel, Hô Chi Minh et les membres de Politburo soviétique, le pays choisi par le Seigneur Lui-même, où tout était plus grand et plus beau et plus *fantastic* que partout ailleurs et où on véhiculait *ad nauseam* le tralala patriotique à la sauce de l'Oncle Sam. Philippe, faut le dire, n'avait vraiment cure de tout cela. Pour lui, la Lincoln était une automobile superbe, de même que le summum du confort. Il avait déboursé plus de sept mille dollars pour l'acquérir, passablement plus que le revenu annuel moyen au début des années 1960.

Mon oncle, pour cette besogne, portait un polo, des shorts et des sandales. Posée sur son nez, une paire de lunettes de soleil.

Il s'était versé un verre avant de sortir, son jus d'orange sans doute bien arrosé de vodka. Rien d'exceptionnel, étant donné que pas une journée ne passait sans que mon oncle ne se soûle la gueule. C'était sa manière de traiter le désarroi chronique qui sévissait en lui. Deux bonnes rasades de vodka suffisaient à atténuer tout ça. Et puis ça le démangeait, le besoin d'un troisième verre, pour que sa griserie devienne enivrement. Ce qu'il voulait, à vrai dire, c'était se défoncer. Et il savait fort bien qu'un troisième verre ne suffisait pas. Donc, il continuait à boire, jusque tard dans la soirée quand, assis sur la cuvette, les yeux pleins de larmes, il se demandait pourquoi boire ainsi était mieux qu'être à jeun, dans cet état d'intoxication absolue, privé de toute sensation, à peine capable de voir devant lui. Puis il se levait, actionnait la chasse d'eau et se regardait dans le miroir, distinguant à peine sa chevelure ébouriffée, ses yeux rouges, son teint gris. Son propre reflet le dégoûtait. Puis, il titubait jusqu'à son lit en espérant que Colette n'allait pas se réveiller et le voir dans un tel état. Un jour, il trouva une note sur sa table de travail, griffonnée le soir précédent d'une main tremblante :

ARRÊTE DE BOIRE,
ENFANT DE CHIENNE,
ÇA VAUT PAS LA PEINE.

Philippe ne se souvenait pas d'avoir écrit ces mots. C'était comme si quelqu'un s'était introduit dans son bureau au cours de la nuit pour lui jouer un mauvais tour.

Le matin il se tirait du lit en se maudissant, jurant qu'il allait s'abstenir de consommer, au moins pour les prochaines vingt-quatre heures, de façon à se prouver qu'il pouvait y arriver, qu'il pouvait passer une journée entière sans succomber. Mais le moment fatidique? Deux heures de l'après-midi, encore plus tôt les week-ends.

Philippe ignorait si sa femme savait vraiment à quel point il buvait, si elle surveillait le bar afin de suivre le niveau de chaque bouteille de vodka, gin, ou scotch: deux pouces de moins, trois, cinq, sept. C'est pour ça qu'il gardait un 40 onces de vodka dans son bureau et un dans le garage, ainsi que dans le salon, caché derrière le *Larousse* édition de luxe que Colette ne touchait jamais, n'étant pas le genre à se plonger dans un dictionnaire.

Louis roupillait sur une vieille couverture que Philippe avait étendue sur la pelouse, près de la haie. Le toutou se sentit obligé de s'ouvrir la trappe lorsque je m'approchai, mais maintenant qu'il me connaissait, les jappements tenaient plutôt du toussotement.

Philippe rit et lui dit: « Bon chien. »

Mon oncle disait toujours « Bon chien », mais je n'étais pas certain que Louis méritait un tel hommage. Mais je m'abstins de tout commentaire à ce sujet.

Plutôt, je demandai:

— Est-ce que je peux te regarder laver ton auto?

— Mais oui! Et quand j'aurai fini de la savonner, tu pourras la rincer avec l'eau du tuyau.

Cela me fit plaisir.

— Qu'est-ce que tu penses de mon auto?

— Elle est grosse…

— Tu sais, dit Philippe, John F. Kennedy a été assassiné dans une voiture comme la mienne, un modèle 1961.

Je ne comprenais pas ce qu'il racontait.

Philippe rit en me voyant l'air interrogateur: « Je suppose qu'à huit ans, le président des États-Unis veut pas dire grand-chose. »

Décidément, ce qui sortait de la bouche de mon oncle était bien nébuleux.

— Si tu veux, dit-il, plus tard, on pourra se faire une petite virée. Le toit baissé...
— Je dois d'abord demander à papa.
— Il faut ce qu'il faut.

Philippe se mit à genoux pour nettoyer la calandre de la Lincoln. Je me tenais tranquille derrière lui. La radio diffusait un air de jazz et Philippe sifflait à l'unisson. Quand il eut terminé, il me demanda :
— As-tu commencé à lire les livres que je t'ai donnés ?
— J'aime le *Tintin*.
— Ouais, c'est un petit malin, ce Tintin. J'en ai d'autres. Il y en a toute une série, tu sais. Et le roman, lui ?

Je me grattai la tête :
— J'ai... j'ai pas eu le temps de le lire trop, trop. J'ai essayé...
— T'en fais pas. Pas besoin de le lire maintenant. Tu peux t'essayer quand t'en auras envie. Je vais te donner quelque chose d'un peu plus facile.

De la tête je fis un oui de soulagement.

Philippe retourna à la Lincoln, se concentrant cette fois sur le pare-brise.
— Est-ce que je peux te poser une question, oncle Philippe ?
— Tout ce que tu veux, mon homme.
— Est-ce que t'aimes les enfants ?

Mon oncle resta interdit une seconde ou deux :
— Bien sûr que j'aime les enfants. J'aime ta petite sœur et toi, par exemple.
— Pourquoi toi et tante Colette vous avez pas d'enfants ?

Philippe sembla chercher la réponse dans son verre de vodka. Il prit une gorgée et dit :
— Bien, il y a des gens qui peuvent pas avoir de bébés. Pour des raisons médicales, certaines femmes sont tout simplement pas capables. Ta tante Colette a été enceinte une fois, comme ta maman, mais le bébé a pas survécu.
— Tu veux dire qu'il est mort ?
— Oui. C'était une petite fille...
— Est-ce que c'était une punition ?

Philippe fronça les sourcils.
— Une punition ? Qu'est-ce que tu veux dire ?
— Une punition de Dieu... ai-je suggéré.

Philippe avait somnolé au cours de presque toute la messe ce matin-là. Cela m'avait surpris, parce que maman me forçait toujours à écouter et à ne pas bouger, surtout quand le prêtre était en chaire à parlant du Bon Dieu.

— Est-ce que c'est quelque chose que tu as entendu ce matin durant le sermon qui te fait penser ça, Marcel ?

J'ai fait comme si je n'avais pas saisi la question.

— La raison pourquoi on a pas d'enfants, ta tante et moi, est biologique, dit Philippe. Tu comprends ? Ça n'a rien à voir avec Dieu. C'est comme quand tu attrapes un rhume, vois-tu ? Ça arrive de même. Ce qui est certain, c'est que d'avoir perdu la petite fille nous a brisé le cœur à ta tante Colette et à moi. On aurait beaucoup aimé avoir un bébé…

Toutes ces explications me tournèrent dans la tête, puis je dis :

— Un ami à moi a été frappé par un autobus l'hiver dernier et il est encore dans le coma.

— Et tu penses que c'est une punition suite à une mauvaise action ?

— Ben, lui et moi, on avait lancé des roches sur l'école la journée d'avant. Il en a lancé une qui a cassé une vitre et, après, l'autobus scolaire lui est rentré dedans. On paie pour nos péchés. C'est ce que maman dit.

Philippe s'accroupit devant moi.

— Marcel, moi je te dis que c'était rien d'autre qu'un accident. Pour ton copain, je veux dire… La fenêtre brisée, l'autobus qui le frappe, y a pas de lien entre ces deux choses. Les événements sont pas toujours en relation comme ça. Tu comprends ce que je te dis ? Dieu se promène pas chaque jour en punissant les gens pour ce qu'ils ont fait. Il est trop occupé avec des trucs importants.

Encore une bourrasque de paroles à absorber.

— Oncle Philippe ?

— Oui, mon gars.

— La vitre cassée, je l'ai dit à personne… Même pas au prêtre en confession.

— T'en fais pas. Ça reste entre nous, juré craché.

Philippe confirma notre complicité par un clin d'œil.

— Est-ce que je peux te poser une autre question, oncle Philippe ?

— Je t'écoute.

— Tante Florida… elle s'est vraiment tuée elle-même ?
— Et oui, Marcel…
— Pourquoi elle a fait ça ?
— Bien… il est pas nécessaire d'avoir une vraie bonne raison pour se suicider, tu sais. Parfois c'est plus compliqué que ça.
— Je comprends pas.
— Je sais. C'est pas facile… Mais laisse-moi te dire que quand ta tante s'est tuée, ça m'a jeté par terre. Peut-être qu'un jour, toi et moi, on en reparlera…

Louis éternua à deux reprises en émettant un son ressemblant à celui d'un humain. Philippe et moi, on s'est regardés et on a pouffé de rire.

Philippe ramassa le tuyau d'arrosage. L'eau giclait dans un angle gracieux, et les gouttelettes en périphérie se transformaient en arc-en-ciel dans les rayons du soleil.

Philippe se tourna vers moi. « C'est ta job, j'allais oublier. »

Il me tapota affectueusement l'épaule tout en me confiant le tuyau.

J'ai arrosé la Lincoln pendant de longues minutes, en toute félicité. Pendant ce temps, en arrière-plan, Philippe s'affairait à vider son verre tandis que Louis s'étirait sur sa couverture comme le Grand Vizir de Constantinople.

COMME UN INTRUS

Scène : Château Latour
INT. L'APPARTEMENT DE FLORIDA – JOUR

FLORIDA entre dans son appartement, les bras chargés de sacs, et se dirige vers la cuisine. Elle place la robe sur le dossier de l'une des chaises de la cuisine, la bouteille de bordeaux sur la table.

Elle récupère le tire-bouchon dans le tiroir à ustensiles. Ses mains tremblent légèrement. Elle se verse un verre. Le vin a la couleur du sang.

Florida prend une gorgée. Son plaisir est évident.

Elle ouvre le robinet, se lave les mains avec soin puis s'essuie avec la serviette laissée sur la poignée du four. Tout ça lentement, comme si elle esquissait ces gestes du quotidien pour la première fois.

Elle a besoin d'une autre lampée de vin avant de prendre la robe dans son sac de cellophane et de la porter dans sa chambre. La caméra la suit jusqu'au bout du corridor.

Florida enfile la robe. Ses mains tremblent toujours.

Elle se regarde fixement dans le miroir. Elle ne sourit pas. Elle n'a pas l'air particulièrement satisfaite de ce qu'elle voit. Puis elle enfile les gants blancs qui lui montent jusqu'aux coudes, juste assez haut pour cacher les piqûres qui marquent l'intérieur de ses avant-bras.

Avant de retourner à la cuisine, Florida s'arrête à la salle de bains, ouvre l'armoire à pharmacie et en sort une bouteille de comprimés. La bouteille est pleine. Florida referme le cabinet et observe son reflet dans le miroir, s'étudie de façon si intense qu'après un moment ses propres traits deviennent méconnaissables, le visage d'une totale étrangère. D'un mouvement brusque elle s'éloigne enfin du miroir.

Le tissu de sa robe produit un bruissement alors qu'elle se dirige vers la cuisine.

Sur la table, elle place avec soin le bordeaux, la bouteille de comprimés, le verre à vin.

Elle ouvre la petite fenêtre au-dessus de l'évier puis prend place à la table.

Elle n'ingurgite pas les comprimés d'un coup. Elle en prend deux, les fait descendre à l'aide du vin.

Ses mains ne tremblent plus. Elle n'a pas peur. Elle se sent calme. On dirait que jamais au cours de sa vie elle ne s'est sentie à ce point maîtresse de ses gestes, à ce point certaine de ce qu'elle veut faire.

Elle avale deux autres comprimés avec du vin. Le tout descend en douceur dans son gosier.

Florida avale tous les comprimés. Deux à la fois, jusqu'au dernier. La bouteille de vin est aux trois quarts vide. Elle peine à se lever de sa chaise mais, une fois debout, se dirige vers le comptoir.

Elle saupoudre l'héroïne dans une cuiller noircie et ajoute un peu d'eau. Puis, avec la flamme de son briquet, elle amène la concoction à ébullition.

Elle se rassoit à la table de la cuisine et fixe sa cheville droite. Il y a là une belle veine, jamais piquée, vierge, un réceptacle parfait pour l'aiguille.

Elle trouve la veine et injecte l'héroïne.

Florida ferme les yeux et appuie la tête sur ses bras croisés sur la table.

Dans le stationnement

Plus je m'éloigne de Montréal, plus, à l'approche du pénitencier, ma nervosité s'intensifie. Il ne s'agit pas de cette nervosité comme avant une *blind date* ou celle éprouvée un soir de première. Ce que je ressens n'a rien à voir avec ce que j'ai pu vivre dans le passé. Moi qui croyais que le genre d'émotion que mon père faisait naître en moi quand j'étais enfant était mort et enterré tout au fond de mon être et n'allait plus jamais ressortir. Je me disais que le passage du temps avait réussi ce prodige. Faut croire que rien n'est garanti en ce bas monde, surtout pas en matière d'émotions. Quoi qu'il en soit, me voilà en route pour aller chercher mon père, un meurtrier aux yeux de la loi du pays. Cet homme qui s'est accroché à moi en m'écrivant des lettres de cet outre-tombe où il était enfermé.

Encore une fois, j'essaie de me l'imaginer lorsqu'il sortira cet après-midi. Va-t-il arborer un sourire ou une moue ? Va-t-il être aux anges ou trouver le moyen d'injecter de l'amertume dans ce jour extraordinaire ? Dans le cas de mon cher père, il faut s'attendre à tout, et plus souvent qu'autrement, au pire.

Je m'arrête, une fois arrivé à la barrière du pénitencier, pour m'identifier. Dans sa guérite, le gardien en faction vérifie le nom de mon père sur une liste de contrôle.

— Vous êtes en avance, bougonne-t-il. Lacroix sort rien qu'à une heure cet après-midi. C'est dans quarante-cinq minutes, ça, vous savez.

Je lui fais un signe affirmatif. « Je vais rester dans ma voiture et l'attendre, si vous n'y voyez pas d'objection. »

Le gardien m'envoie un sourire niais. « Gelez-vous pas le derrière dans votre auto », dit-il.

La barrière se lève devant la Volvo et je me dirige vers le terrain de stationnement.

J'ai vu une photo aérienne de l'Institut Archambault, à la une de *La Presse* le lendemain de l'émeute de 1982 – la pire de l'histoire pénale canadienne. Dieu merci, mon père n'était alors pas encore à Archambault. Deux détenus se sont suicidés au cours de l'émeute, après avoir poignardé à mort deux gardiens. Un troisième détenu a été trouvé pendu dans sa cellule. À la suite de l'émeute, un rapport d'Amnistie Internationale a révélé que des détenus d'Archambault étaient maltraités et même torturés par les gardiens avant l'émeute. Je me souviens clairement de la photo. L'immense complexe me faisait penser au Pentagone à Washington.

Mais du stationnement, Archambault ressemble à tout autre pénitencier, avec ses murs de sept mètres de hauteur, sur lesquels s'enroulent des barbelés tranchants de type concertina, et ses miradors.

Cela me rappelle *Gertrude*, ce film que j'ai écrit et dirigé il y a quelques années : dans les années 1950 une très belle Montréalaise est impliquée dans le vol d'une bijouterie qui tourne au désastre lorsque le bijoutier est assassiné. Gertrude est condamnée à dix ans de prison, mais elle parvient à s'évader avec la complicité de son avocat – qui est aussi son amant – et ils se réfugient dans une villa de San Remo, sur la Riviera italienne. Là, c'est la *dolce vita* jusqu'à ce qu'ils se fassent pincer et aboutissent à nouveau derrière les barreaux. Certes, la convergence du scénario avec le sort de mon père – du moins en ce qui a trait à l'emprisonnement – m'était évidente, mais je faisais comme si de rien n'était. Ne pas afficher mes émotions est une attitude que j'ai adoptée tôt dans ma vie.

Des rayons de soleil parviennent à percer les nuages et font briller les barbelés sur le dessus des murs. À première vue, enchanteur comme tableau, cette explosion lumineuse, jusqu'à ce qu'on se remémore que tout cela n'est pas une œuvre d'art architectural mais bien une forteresse conçue pour punir et isoler des êtres humains.

Si on s'arrête pour y réfléchir une minute, c'est l'ordre qui est surprenant, pas le désordre. J'ai lu ça quelque part – Mauriac, peut-être. Et parfois je me dis qu'il est étonnant que nous ne soyons pas tous en prison, parce qu'en réalité il faut peu de chose pour y aboutir : une malchance, se retrouver au mauvais endroit au mauvais moment, un acte spontané et stupide. Avec des copains, vous avez trop bu et, sur le chemin du retour, vous renversez une fillette de douze ans qui circule à vélo. Vous êtes jeune et un peu crétin et vous croyez que voler une BMW, c'est *cool*. Ça pourrait être vous, ça pourrait être moi... Nous avons tous, au fond de nous, la capacité de tuer. Tout ce que ça prend, c'est une poussée de rage, un tourment sans borne, une accumulation de frustrations, une peur excessive, une sérieuse vacherie qu'on vous fait. La goutte qui fait déborder le vase, quoi.

Dans une de mes lettres, j'ai fait part à mon père des emmerdements que j'éprouvais sur le plateau du film que je tournais alors. J'en avais assez d'écrire au sujet de la famille, du hockey et du temps qu'il fait, et mes histoires de cinéma, d'habitude, l'intéressaient. Dans sa lettre en réponse à la mienne, il m'a lancé : « Sapre-moi la paix avec tes problèmes de travail, avec tes lamentations. Prends plaisir à chaque moment de ta vie parce que tu sais jamais quand tu pourrais avoir un accident ou mourir ou te retrouver dans un enfer comme ici. » Le genre de sagesse extrémiste de celui qui a survécu à un accident grave, à une longue période dans une zone de guerre ou à une vie derrière les barreaux.

A Love Supreme de Coltrane arrive à sa fin et le CD ressort automatiquement du lecteur. Je le remets en place pour l'écouter à nouveau. Je coupe le moteur – l'intérieur de la voiture reste confortable malgré le froid qui sévit à l'extérieur. Le pare-brise est embué, des gouttelettes d'eau coulent lentement. Je baisse un peu la vitre. Je peux entendre le système d'interphone de la prison sans toutefois comprendre ce qui se dit.

Je ferme les yeux et bientôt je revois ceci : mon copain Fred et moi faisons l'école buissonnière. Nous allons au cinéma Élysée, en ville. À l'affiche, ce soir-là : *La Grande Évasion*. J'ai assez d'argent pour payer mon entrée et celle de Fred. C'est Colette qui m'a refilé la veille quelques dollars. Je peux toujours compter sur ma tante quand je suis à cours d'argent. Le film commence, je suis hypnotisé. Vers la fin, Steve McQueen a une meute de soldats allemands aux trousses et il tente, en désespoir de cause, de sauter par-dessus une clôture de barbelés avec sa moto. S'il réussit, il se retrouve de l'autre côté de la frontière suisse, libre. Mais le coup rate. Et c'est mon père que je vois à l'écran, empêtré dans le fil barbelé, le visage ensanglanté.

[1965]

Marcel haut perché

Aussitôt sorti de la maison, les alentours me semblèrent ennuyants, monotones, moches, endormants. Je descendis les marches en me traînant les pieds. Le paysagiste italien embauché par oncle Philippe était venu faire son travail plus tôt dans la matinée. De la fenêtre de ma chambre, je l'avais espionné alors qu'il tondait le gazon, taillait la haie et ratissait la terre au pied de l'érable. Je marchai avec précaution sur la pelouse, faisant comme si c'était un somptueux tapis oriental. Le ciel était d'un bleu pur et les rayons du soleil m'inondaient de chaleur. Le chant de la cigale était lancinant.

Près des rosiers de tante Colette, un battement d'ailes me fit sursauter, un merle que j'avais surpris dans l'ombre. Sans doute avais-je dérangé l'oiseau alors qu'il faisait une sieste. Le merle alla se percher tout en haut de l'érable et je le perdis de vue dans le feuillage.

Les copains de mon ancien voisinage me manquaient. Tout ce que j'avais à faire là-bas, c'était de sortir pour les retrouver dans la ruelle, où nous jouions à la *tag*, à la guerre, au hockey bottine sous un enchevêtrement de fils électriques et de cordes à linge. À Outremont, il n'y avait personne. Lorsque je sortais de la maison, je cherchais du coin de l'œil le petit garçon juif que j'avais rencontré la journée de notre arrivée. Mais il était rarement dans les parages, ou alors je l'entrevoyais sur sa bicyclette, tournant en rond dans la rue devant sa maison. Souvent j'ai voulu aller lui parler, sans trouver le courage.

Quelque chose me disait que si je franchissais ce Rubicon, je me retrouverais sur une terre mystérieuse peuplée d'êtres insolites et dangereux.

Je boudai sur le trottoir puis empruntai l'allée qui conduisait à l'arrière de la maison. Le passage s'insérait entre la maison et une haie plus haute que moi. La fraîcheur à l'ombre de la haie était agréable.

Ma tante Colette était dans son jardin, à genoux devant une platebande, à remuer la terre. À ses côtés, elle avait disposé l'arrosoir, ses cisailles, son râteau. Louis était de la partie. Il remua la queue en me voyant mais n'émit pas de jappements, pour une fois. Colette se leva et épongea la sueur qui perlait sur son front. Elle avait mis une vieille salopette d'homme, les jambes de pantalon étaient roulées au-dessus des chevilles, et elle portait une paire de souliers usés. Elle avait chaussé ses immenses lunettes de soleil qui donnaient une apparence loufoque à son gros visage rond.

— Tout va bien, jeune homme ?
— M'ouais…
— T'as l'air de t'ennuyer comme un crapaud. Ça me rend triste.
— Je m'excuse…
— Mais non, faut pas t'excuser pour rien. Tout ce que je peux dire, c'est que je sais comment tu te sens. Malheureusement, j'ai moi-même un grand talent pour m'embêter.

Elle eut un rire forcé.

— Je sais que c'est difficile pour un garçon de huit ans d'avoir personne avec qui jouer, dit-elle. Mais tu vas voir, tu vas te faire tout plein d'amis quand tu vas aller à l'école à l'automne.

Elle retira un de ses gants et se gratta une aile du nez.

— La dame qui vivait ici avant nous, c'était son jardin. Une vieille madame anglaise qui aimait les fleurs. En fait, elle devait passer tout son temps ici. Je me demande où elle trouvait l'énergie. Je pense qu'elle voulait faire pousser toutes les fleurs qui existent au monde. Il y a des jonquilles, des pensées, des glaïeuls et un paquet d'autres variétés dont je connais même pas le nom. Il faut sarcler, remuer la terre, arroser tout ça. J'y arrive pas. Au début, j'avais du plaisir à travailler ici, mais plus maintenant. C'est trop de fatigue pour moi. Le soir, mes bras sont comme du plomb.

— Qu'est-ce qui est arrivé à la vieille madame anglaise ?
— Elle est morte.

Je sentis un frisson me parcourir l'échine.

Colette me sourit et dit :

— Tout le monde meurt un jour ou l'autre, Marcel, mais ton tour va pas venir avant très, très longtemps. T'en fais pas avec ça.

— Est-ce qu'elle est morte à l'hôpital ?

— Je pourrais pas te dire. Ton oncle Philippe a acheté la maison de son fils... Pourquoi tu me demandes ça ?

— Ben, si elle est morte ici, la dame, peut-être que son fantôme est dans la maison ?

— Tu crois pas vraiment à ça, hein ? Les fantômes, ça existe pas. Quand les gens meurent, Dieu s'occupe de leur âme. Tu sais ça. Et il y a que trois endroits où les morts peuvent aller : le paradis, le purgatoire ou l'enfer. Pas dans une maison à Outremont.

La réponse de Colette me semblait raisonnable.

— Le sol est noir et riche. Pas étonnant que ce jardin soit si fourni, dit ma tante.

Elle s'était remise à l'ouvrage.

— Vu de chez nous, en haut, on dirait la jungle, fis-je.

— T'as bien raison, c'est une vraie jungle.

Un nuage de moustiques enragés tournoyait près de mes oreilles. J'exécutai de grands moulinets avec mes bras pour tenter de les chasser, sans trop de succès. Des bourdons vrombissaient autour de ma tante. Le tourniquet d'arrosage, à l'autre bout du jardin, était en train d'asperger des chaises et un verre abandonné.

— Tante Colette, dis-je à brûle-pourpoint, j'ai fait quelque chose de mal.

— Qu'est-ce qu'un gentil garçon comme toi peut bien faire de mal ?

— Il y avait une photo de tante Florida dans ta commode. Dans le tiroir. L'autre jour, je l'ai prise.

Je sortis la photo de la poche arrière de mon pantalon et la montrai à ma tante.

Colette y alla d'un sourire mélancolique et dit :

— Je m'en étais même pas rendu compte.

Elle me donna une petite tape amicale sur la joue.

— J'aime ça l'avoir sur moi et la regarder une fois de temps en temps.

— Ah, oui ? Tu peux la garder. Je te la donne.

Colette creusa dans la terre encore un peu, puis s'arrêta net.

— C'est trop pour moi. Sais-tu à quoi je viens de penser ? Peut-être qu'on devrait se débarrasser de tout ça et faire creuser une piscine à la place. Aimerais-tu ça, Marcel, une piscine dans la cour arrière ?

Un écureuil émergea d'un buisson et Louis courut vers lui. L'écureuil tourna le coin de la maison avec Louis à ses trousses. Colette et moi avons ri en voyant Louis revenir bredouille et la langue pendante. Il s'approcha de Colette en quête d'une caresse, puis il alla s'étendre dans un coin ombragé.

— J'ai entendu tes parents se disputer hier soir, fit ma tante.

Allez savoir comment l'affaire avait commencé – mes parents dansaient dans la cuisine sur un de leurs airs favoris joué à la radio et, patatras ! vingt minutes plus tard maman se déchaînait contre mon père, le bombardant d'insultes terribles et lui, en guise de riposte, il cognait sur les murs et les meubles.

— T'étais où quand ils se disputaient ?

— Dans ma chambre. J'essayais de lire ma bande dessinée.

— Tu sais, mes parents à moi se criaient tout le temps par la tête quand j'étais enfant. Ça me faisait tellement peur. Tes parents, est-ce qu'ils se chicanent souvent ?

— Ben, des fois...

— Faut pas les juger, Marcel. La vie est plus difficile quand tu deviens adulte.

Je ne pense pas que ma tante s'était rendue compte qu'elle s'était remise à creuser la terre dans le jardin. Ce qui ne l'empêchait pas de s'épancher.

— Le mariage, tu sais, c'est pas facile. Des fois, c'est un vrai crève-cœur.

Colette arracha une poignée de mauvaises herbes qu'elle lança par-dessus son épaule, me ratant de peu.

— Et puis souvent, c'est la monotonie qui t'empoisonne l'existence.

Ma tante continuait à piocher son jardin, le gras de ses bras gigotant à chacun de ses mouvements.

— La monotonie, continua-t-elle, c'est rien de catastrophique, mais ça te ronge les entrailles petit à petit. Tu sais c'est quoi, la monotonie, hein ? On en parlait tout à l'heure. C'est quand tu t'ennuies pour mourir...

Colette me jeta un œil et dit: «Je sais que les enfants ont un sixième sens, qu'ils perçoivent certaines choses même s'ils savent pas trop comment les expliquer.»

Elle avait raison. Moi, je sentais bien que l'existence de ma tante était un immense et affreux vide.

— Je sais que t'es gentille avec moi, lui dis-je.

— T'es un bon garçon, Marcel... Et c'est pas croyable comment t'as grandi. Quand tu étais bébé, t'étais un ange jusqu'à ce qu'on te mette dans ton lit. Après ça tu devenais un petit monstre braillard. Je me souviens, un soir chez Derby et Denise, on jouait aux cartes et tes pleurs étaient si énervants que j'ai suggéré à ta mère d'aller t'enfermer dans l'auto pendant une heure ou deux. Ta mère a pas trouvé l'idée fameuse...

— Dans l'auto tout seul ? J'aurais eu peur.

— C'était une blague, Marcel. J'aurais jamais fait ça.

— Aimes-tu les enfants, ma tante ?

Colette ajusta ses lunettes sur son nez. «Bien sûr que j'aime les enfants. Pourquoi tu me demandes ça?»

— Oncle Philippe m'a dit que tu pouvais pas en avoir.

Colette se raidit. «Ah oui? Il t'a dit ça? Qu'est-ce qu'il t'a dit en plus de ça, ton oncle?»

À ce moment le téléphone, dans la maison, se mit à sonner. Il sonna encore et encore et, à chaque fois, l'impatience de ma tante s'amplifiait. Elle était debout, sa truelle à la main, transpirant et regardant en direction de la maison.

— Pourquoi il répond pas?

Elle se tint immobile encore une minute, tenant serrée la poignée de la truelle, serrée à s'en briser les phalanges. Puis, elle leva l'outil au-dessus de sa tête, comme s'il s'agissait d'une arme, et le projeta à ses pieds. Elle retraita vers la maison, Louis sur les talons. Le téléphone, lui, continuait de sonner – dring, dring, dring, dring... La personne à l'autre bout du fil avait la patience d'un moine, ou alors il s'agissait d'un parfait crétin. Ou d'un être diabolique.

J'étais seul avec les moustiques, les bourdons, les écureuils et tout ce qui peuplait le jardin de ma tante. Je suis retourné devant la maison.

L'érable, chaque fois que je m'en approchais, m'interpellait, m'invitait, il me pressait d'aller le visiter, de grimper sur son tronc, ses belles branches. Une de ces branches était relativement près du sol. Mais encore trop haute pour que je puisse l'atteindre, même en sautant.

Si je me servais de quelque chose pour monter, je pourrais me hisser assez près de la branche pour m'y accrocher. Une fois là, les autres branches seraient aisément accessibles. Qui sait à quelle hauteur j'arriverais à grimper...

Près du buisson de rosiers, d'où le merle s'était envolé auparavant, il y avait un banc en rotin. Peut-être que ça ferait l'affaire, me suis-je dit. J'enlevai le coussin et essayai de soulever le banc. Il était gros et lourd, et le porter jusqu'au pied de l'arbre s'avérerait difficile. La meilleure façon d'y arriver était de le tirer ; heureusement qu'il était en rotin et non en métal. J'ai vite réalisé qu'en procédant ainsi, les pattes du banc creusaient des rainures dans le gazon et je me suis dit que j'allais payer pour ça. Mais il était trop tard, aussi bien continuer. Au pied de l'arbre, j'eus assez de force pour lever un côté du banc et le faire basculer contre le tronc. Le banc, placé en angle, me servirait de rampe. Après inspection, le tout me sembla parfait.

Je grimpai sur le banc sans trop de peine, ce qui m'amena tout près de la branche la plus basse. En l'attrapant je fis par mégarde glisser le banc, qui s'affaissa au sol.

La vue du banc renversé sur la pelouse m'a rendu vaguement inquiet. Ce que je devrais faire, me suis-je dit, c'était de lâcher la branche et de retourner dans le jardin, ni vu, ni connu. Mais me voilà qui empoignais plutôt la branche suivante, puis une autre, puis une autre. J'étais maintenant encore plus haut que notre logement au deuxième. À travers le feuillage, je pouvais voir une fenêtre – celle de la cuisine. Il me vint à l'esprit que maman pourrait être là et m'apercevoir. J'en prendrais toute une...

Un peu plus haut, dans les feuilles, un écureuil fit son apparition. Il n'était pas du tout heureux de ma présence, l'écureuil, et il tenta de me chasser avec ses petits cris aigus. C'était peut-être celui que Louis avait pourchassé plus tôt, et sa hargne se dirigeait contre moi.

Il était temps de redescendre.

Mais je n'y arrivais pas.

Il avait été facile de monter, mais voilà qu'en sens inverse, chaque mouvement me faisait craindre une chute. J'étais figé sur place.

Si seulement un camion de pompiers pouvait passer, pensais-je. Je crierais, j'appellerais les pompiers et ils viendraient me tirer de là avec leur échelle. C'est bien ce qu'ils faisaient pour les chats...

Désespéré, j'ai bien tenté de placer mon pied sur une branche plus basse, mais il resta coincé dans la fourche formée par le tronc et la base de la branche. Je réussis à retirer mon pied mais, ce faisant, mon espadrille s'arracha et dégringola, bondissant de branche en branche, jusque tout en bas.

J'ai serré le tronc de toutes mes forces.

Une familiale noire s'arrêta près du trottoir. J'ai tout de suite reconnu le père du petit garçon juif. Il a dû voir mon espadrille tomber de l'arbre. L'espadrille et le banc dans sa position inhabituelle. Le monsieur juif sortit la tête de sa voiture et me dit quelque chose en anglais.

Moi, je demeurais pétrifié.

L'homme gara sa voiture dans l'allée de mon oncle et se hâta vers la porte de la maison.

Le petit garçon sortit de la familiale à son tour. Je n'avais pas remarqué qu'il était là lui aussi. Il leva les yeux vers moi, une main en visière pour cacher ses yeux du soleil.

Je pressai mon front contre la surface rugueuse de l'arbre.

Le monsieur juif et oncle Philippe descendirent les marches de la véranda en courant.

— Qu'est-ce que tu fais là-haut ? me cria Philippe.

Les adultes posent de ces questions stupides !

Philippe dit quelque chose au monsieur juif, puis il leva une main vers moi.

— Reste-là, Marcel. Tu comprends ? Bouge surtout pas !

Lui et le monsieur disparurent de l'autre côté de la maison.

Qu'est-ce qu'ils faisaient ? Avaient-ils décidé de me laisser dans l'arbre pour me donner une leçon ? Mon cœur battait si fort que je voulais m'asseoir, mais je ne pouvais pas.

J'ai entendu : « Bouge pas, Marcel ! On va te descendre de là. »

C'était tante Colette, qui se prenait la tête entre les mains.

Et le petit garçon qui n'arrêtait pas de m'observer, comme si j'étais un animal dans un zoo.

Mon oncle et le monsieur juif revinrent enfin, toujours en courant mais, cette fois, avec une échelle. Ils la placèrent contre le tronc de l'arbre et mon oncle se mit à grimper tandis que le monsieur juif tenait l'échelle.

— Ça va, Marcel ? me demanda Philippe une fois tout près de moi.

— J'ai peur.

— Fais exactement ce que je te dis de faire et tout va bien aller. Je te le jure.

Philippe prit ma main droite et la posa sur une branche plus basse. « O.K., dit-il. Serre-la bien. » Puis il prit ma cheville et la dirigea sur une autre branche plus basse. « Plante bien ton pied », dit-il. Nous avions presque atteint l'échelle. Mon oncle m'attrapa alternativement les mains et les chevilles et me guida, tout lentement, jusqu'en bas de l'érable, tout en me répétant de ne pas avoir peur, que tout allait bien se passer, qu'on y était presque. Arrivé à sa hauteur, le monsieur juif m'agrippa par la taille et me déposa sur la pelouse, sain et sauf.

Mon oncle regagna le sol, et lui et le monsieur juif se serrèrent la main en riant.

Colette murmura quelques mots incompréhensibles.

Le petit garçon me sourit.

Moi, penaud/misérable/honteux, je m'enfuis dans la maison à toute vitesse.

[1965]

Viking

J'étais au lit, plongé dans ma lecture. Dehors, sur la véranda, deux hommes parlaient et rigolaient. Ils s'exprimaient dans une langue que je ne comprenais pas, mais je savais qu'il s'agissait de l'anglais. Je reconnus une des deux voix, celle de mon oncle Philippe. J'ai supposé que l'autre interlocuteur était son ami Joe. Je me levai et sortit la tête par la fenêtre, m'étirant le cou aussi loin que je pouvais, mais le toit de la véranda me cachait la vue. Un autre éclat de rire me parvint.

La porte derrière moi s'ouvrit et mon père entra dans ma chambre.

— Qu'est-ce que tu fais ?

— Rien. Je regardais dehors…

— C'est quoi, ça ? Il pointait le mur au-dessus de mon lit.

— C'est le tableau d'oncle Philippe.

— Ah, ça, je le vois bien, Marcel. J'aimerais savoir ce que ça fait ici dans ta chambre.

— Il me l'a donné.

— Pourquoi ?

— Je lui ai dit que je le trouvais beau et il me l'a donné. Il a dit que je pouvais le garder pour moi.

— Qui l'a accroché ?

— Oncle Philippe.

— Je l'aime pas, ce tableau, moi.

— Ça ressemble à un rêve.

— Ça veut dire quoi, « Ça ressemble à un rêve » ? De quoi tu parles ? Je veux que tu remettes ça à ton oncle.

Je baissai la tête.

— Tu passes pas mal de temps en bas, je trouve. Qu'est-ce qu'y a là que t'as pas chez nous ? Qu'est-ce qu'y a de si extraordinaire ?

Je ne pouvais pas lui avouer que j'adorais discuter avec mon oncle, que tante Colette était toujours gentille et qu'elle me gavait de chips et de Coke, que l'atmosphère était plus agréable en bas que chez nous.

Plutôt, j'eus la présence d'esprit de dire : « Ils ont la télé en couleurs. »

Le faciès sinistre de mon père disparut.

— Ah, ça, dit-il avec un grand sourire, je pense que c'est une vraie bonne raison... Seulement, écoute pas trop ce que ton oncle te dit. Ce qui sort de sa bouche, c'est souvent des stupidités.

— Oui, papa.

— Faut dormir à c't'heure.

— Oui, papa.

Avant de fermer la porte, il ajouta :

— Le tableau ? Tu peux le garder si tu l'aimes tant que ça.

Le lendemain, un camion de MEUBLES MALIVERNE INC. emprunta l'allée de la maison. De l'appartement, en haut, on entendit un claquement de portières. Maman, Minou et moi avons couru à la fenêtre de la cuisine pour voir mon père et Mario ouvrir la porte arrière du camion, y monter, puis descendre avec un volumineux téléviseur. Ils le montèrent à l'étage et entrèrent dans le salon.

— Où est-ce que tu la veux ? demanda mon père.

— Je sais pas... Qu'est-ce que vous faites ?

— Décide-toi, Marie. Ça pèse une tonne, ce meuble-là. Dis-nous où tu la veux, la TV.

Maman se hâta vers un coin de la pièce et déplaça la petite table basse qui s'y trouvait.

— Mettez-la ici.

Mon père et Mario grognèrent un peu pour la forme et déposèrent le téléviseur à l'endroit indiqué par maman.
— C'est parfait, dit mon père.
— C'est quoi, ça ? demanda maman.
Mon père échangea un regard complice avec Mario puis se tourna vers maman :
— Ça, très chère madame, c'est une *Viking Ranger Console*, et en couleurs, s'il vous plaît. Une vraie TV pour le monde d'Outremont.
— Elle vient d'où ?
— Mon patron m'a dit que je pouvais la prendre. Comme bonus...
— Comme bonus ? C'est pas plutôt la TV de quelqu'un d'autre que ton tordu de patron a fait saisir ?
Mon père grimaça :
— C'était la TV de... C'est à nous maintenant, c'est ça qui compte.
— J'aime pas ça pantoute, moi, ça. C'est comme si on avait du matériel volé dans la maison.
— Ben voyons, ç'a rien à voir !
— Je suppose que c'est toi-même qui as saisi ça chez du pauvre monde ?
— Marie, pourquoi tu peux jamais apprécier les bonnes choses qui nous arrivent ? T'as toujours ton maudit nuage noir au-dessus de la tête.
— Ha ! Elle est bonne, celle-là ! Regardez un peu qui parle de nuage noir.
— Arrête ! On va quand même pas s'engueuler pour ça. Pour ton information, c'est pour les enfants que je l'ai apportée, cette TV.
À mon intention, il dit :
— Marcel, t'aimes ça la TV en couleurs, pas vrai ?
Je pouvais difficilement le nier.

[septembre 1986]

Lettre no 75 (extrait, p. 2-4)

Tu peux pas savoir combien de fois j'ai pensé à Chinois Maliverne. À ce qu'il m'a fait. Tout ce temps-là dans ma petite cellule à penser à lui, c'est plein d'idées de vengeance qui me sont venues. J'ai ma préférée. J'ai joué le scénario dans ma tête tellement de fois que c'est devenu comme une vue. Dans celle-là, je suis dans l'entrepôt à côté du magasin de Maliverne. L'entrepôt servait aussi de garage pour ses camions de livraison. Il y a un établi à l'arrière avec toutes sortes d'outils. Et des contenants de gaz. Personne travaille cette journée-là ; c'est dimanche. Mais je sais que Chinois est dans son bureau. Il est toujours là. À côté de l'établi, y a un frigidaire où les employés mettent leur lunch. J'ouvre le frigidaire et je prends une bouteille de lait et je la vide sur le plancher et je la rempli de gaz. Je trempe mon mouchoir dans la gazoline et je bouche la bouteille avec et je cache la bouteille dans mon manteau – on est en hiver. Après, je me dirige vers le magasin de Chinois avec une barre de fer que j'ai trouvé sur l'établi. Je frappe à la porte du magasin et un des bodyguards de Chinois m'ouvre et me demande ce que je fais là un dimanche matin et je lui réponds en lui balançant la barre de fer sur la tête. Je marche vers le bureau de Chinois. Le cœur me bat fort mais je suis prêt à tout. J'ouvre la porte du bureau et je sors le cocktail Molotov de mon manteau. Tout de suite Chinois devient blanc comme un fantôme quand il me voit avec le cocktail et mon briquet dans la main. Je dis rien. Je regarde seulement Chinois pendant une minute tout en gardant la pose. Juste pour lui donner la chienne de sa vie. Chinois se lève en tremblant il me demande ce que je fais là et il me dit de mettre le briquet dans ma poche. Parlons mon ami, qu'il me dit. « Parlons mon ami… » Ha! À ce moment-là, je mets le feu à mon mouchoir et je lance la bouteille sur la table de toutes mes forces. Ça explose, mon vieux, de toute beauté! Chinois en reculant s'accroche dans sa chaise et il tombe sur le dos. Je sors du bureau et place la barre de fer dans la poignée de porte en forme de papillon et je la tiens en place. J'entends le feu qui gronde et je vois la fumée qui s'échappe sous la porte. L'odeur du gaz qui brûle me donne envie de vomir mais je tiens bon. J'imagine les papillons de Chinois qui se ratatinent à cause de la chaleur et qui se transforment en petites boules de feu, et les flammes qui lèchent les murs et les boules à mites dans les casiers vitrés qui explosent en faisant pop! pop! pop! comme une mitraillette. J'entends les cris étouffés de Chinois et les coups qu'il donne sur la lourde porte pour essayer de l'ouvrir. Mais, bientôt, on entend plus rien. Une belle histoire, tu trouves pas? Quand j'ai lu dans le journal que Chinois était mort d'une crise de cœur je me suis dit qu'il était mort d'une trop belle mort le gros enfant de chienne.

[1965]

Balconville

—Comme t'es mignonne dans ta robe soleil, dit tante Colette.
Ma sœur, embarrassée, baissa la tête.
— Une vraie petite dame, dit maman. Minou, remercie ta tante Colette pour ta belle robe.
— Merci, tante Colette.
— Ça me fait plaisir, ma chouette.
— Tu veux donner un bisou à tante Colette ?
Minou leva les yeux et dit : « Est-ce que je peux aller jouer dans ma chambre ? Mes jouets m'attendent. »
Colette trouva la spontanéité de ma sœur amusante et dit : « Laisse-la aller. C'est pas nécessaire qu'elle embrasse sa matante. »
Minou disparut.
— Colette, merci de lui avoir fait cette robe. T'as toujours eu des doigts de fée, toi.
— Tu sais bien que j'adore faire ça.
Colette jeta un regard en direction de mon père, puis vers moi et maman.
Le réfrigérateur bourdonnait dans son coin.
— Bon, dit Colette, je vous laisse…
Dès qu'elle quitta les lieux, mon père dit d'une voix impatiente :
— Viarge, quand est-ce qu'ils vont arrêter de gâter nos enfants ? C'est quoi, l'idée, nous faire mal paraître ?

Maman répliqua : « Paul, je pense vraiment pas qu'ils font ça pour nous embêter. Colette et Philippe gâtent Minou et Marcel parce qu'ils ont pas d'enfants et ils reportent leur affection sur les nôtres. Je vois rien d'anormal à ça. Et toi, t'en fais tout un drame. »

Mon père avala bruyamment sa gorgée de café.

— Tu sais, Marie, t'as pas à toujours être de leur bord. J'aimerais ça qu'une fois tu voies les choses à ma façon. Rien qu'une seule fois dans cette chienne de vie.

Mes parents se boudèrent pendant tout le reste de l'après-midi. Mais après le souper, maman suggéra que nous nous asseyions tous les quatre sur la véranda devant la maison, en bas, en famille.

Mes parents sortaient peu. Ils avaient peu d'argent, et maman étant avancée dans sa grossesse, la danse était exclue. C'est ce que mes parents aimaient faire, aller danser dans une salle où on jouait la musique des groupes et des chanteurs des années 1950. Les danses de l'heure – le twist, le yé-yé, le ska – ne leur disaient rien.

Philippe et Colette étaient absents. Ils avaient été invités chez des amis pour jouer au 500. Toute la maison nous appartenait, et c'est pourquoi nous pouvions nous asseoir en bas, sur la véranda. Mon père avait sa bière, maman un café instantané, Minou et moi une limonade. À l'intérieur, Louis avait fait son numéro de chien méchant à notre arrivée, mais il avait fini par s'en lasser. Il devait maintenant roupiller sur le sofa du salon.

Nous étions en juin. Il ne faisait pas encore nuit, mais le ciel était en train de passer du bleu au noir. Bientôt les chauves-souris allaient se mettre à voltiger au-dessus de nos têtes.

— Oh, dit maman, le bébé vient de bouger.

— Est-ce que ça te fait mal ? lui demandai-je.

— Non, pas vraiment. C'est un peu comme quand tu as faim et que ton ventre fait des gargouillis, tu comprends ?

Elle pressa le tissu de sa robe sur son ventre : « Approchez, les enfants. Le bébé va encore bouger, je le sens. Il est réveillé. »

Tel que prévu, le bébé s'étira, et nous avons tous ri de voir le ventre de maman remuer.

Mon père était aux côtés de maman sur la balançoire de la véranda. Devant nous, on distinguait encore, malgré la pénombre, les rosiers de Colette, l'érable, la pelouse. Ça sentait le gazon frais coupé, et le chant d'un oiseau se faisait entendre.

Sans avertissement, mon père s'exclama: «Jésus, c'est tellement tranquille dans le coin! Tellement ennuyant... Tu trouves pas, Marie?»

Maman sourit. À elle aussi ces moments devaient manquer, quand elle et mon père, les soirs d'été, après nous avoir mis au lit, sortaient leurs chaises sur l'étroit balcon qui donnait sur la rue Ontario. Ils s'assoyaient là, buvant leur café, passant à travers un paquet de Craven A, tout en observant le va-et-vient des clients du restaurant chinois, les panneaux-réclames illuminés des restaurants et des tavernes de la rue, la circulation des voitures, des motos et des autobus, les trottoirs encombrés de piétons. Aussi loin que nous pouvions voir, de chaque côté de la rue, tous les balcons du voisinage regroupaient des familles.

Il m'arrivait, une fois Minou endormie, de me lever et de demander à mes parents si je pouvais rester avec eux un moment. J'adorais Balconville, être là avec mes parents, la fumée de leurs cigarettes qui tournait autour de leurs têtes, leurs rires quand ils étaient témoins d'un événement cocasse en bas, dans la rue: un ivrogne chantant à tue-tête, un couple qui se disputait en gesticulant ou un loustic portant des vêtements ridicules.

Ici, à Outremont, dans cette rue déserte, c'était le royaume de l'harmonie, de l'air pur et frais, des citoyens respectueux et civilisés.

— Je sais bien que ça manque un peu de fougue ici, dit maman, mais c'est mille fois mieux pour les enfants. Tu dois bien être d'accord avec ça?

Au lieu de répondre, mon père se croisa les bras.

— En plus, où est-ce que tu voudrais aller?

— Je sais pas, moi. J'ai pas un endroit précis en tête, si c'est ce que tu veux dire. Quelque part dans Ville-Marie. C'est notre milieu, là-bas. Pas ici. On est né là, on a été élevé là. Même chose pour nos parents. Nos amis sont là. C'est notre vie, là-bas, il me semble. T'étouffes pas ici, Marie? C'est pas naturel pour nous autres. J'ai le goût de gueuler comme un bœuf ici, juste pour remuer l'air. On est pas à notre place à Outremont. J'aimerais que t'arrêtes de te faire des accroires.

— Je comprends ce que tu dis, Paul. Mais, je vais t'avouer, si c'était rien que de moi, jamais on partirait d'ici.

Mon père prit une gorgée de bière.

— Et tu sais quoi ? ajouta maman. Je peux très bien vivre sans respirer l'odeur du *chop suey* à longueur de journée.

Mon père, qui ne put s'empêcher de sourire, renchérit : « Ouais, ça et endurer les cris du bonhomme Wah. »

Mes parents eurent un fou rire.

— Presque chaque jour, il te l'engueulait, la pauvre femme », dit mon père.

— Complètement marteau.

Moi, le souvenir de ces engueulades ne m'amusait pas. Les cris effrayants de Monsieur Wah s'entendaient jusque dans notre logement. Un vrai monstre !

Une limousine aux vitres teintées passa dans la rue, semblable à un requin à l'affût d'une proie.

— Cette auto… dit maman. Je me demande quel genre de monde peut bien se payer une chose pareille.

— C'est ce que je disais : on est pas à notre place ici.

[1965]

Lady Clairol

Est-ce vrai que les blondes ont plus de plaisir ?
Les portes s'ouvrent devant les blondes...
Les gens s'arrêtent pour les blondes...
Les hommes les adorent, font plus pour elles...
La vie est belle pour les blondes !
Pourquoi ne pas vous en rendre compte vous-même ?
Une blonde Lady Clairol avec des cheveux brillants et soyeux.
Hé ! chérie, voilà ta chance !

Maman mit de côté le roman-photo qu'elle était en train de feuilleter, le récit houleux d'un couple de jeunes aristocrates résidant à Saint-Tropez.

Gantée de caoutchouc, Colette venait de faire irruption dans la cuisine, les doigts bien droits et pointés vers le plafond, comme un chirurgien prêt à passer à l'action.

— J'ai la teinture, des serviettes, le séchoir à cheveux... Tout ce qu'on a besoin.

Maman m'envoya un clin d'œil et dit : « C'est bon, allons-y. »

Colette approcha une chaise de l'évier, déballa la trousse de teinture et lut le mode d'emploi.

— Blonde, cette fois, hein ?

— J'ai pas été blonde depuis un bon bout de temps, dit maman.

Colette ouvrit le robinet et s'assura que la température de l'eau était bonne.

— Assoyez-vous, très chère madame.

Maman se plaça la tête au-dessus de l'évier, une serviette enroulée autour du cou.

— Es-tu confortable ? Ton cou est pas trop plié ?

— Non, c'est bon.

Colette se mit à savonner les cheveux de maman.

— Il faut bien laver avant d'appliquer la teinture. C'est ce que dit le mode d'emploi.

Son corps étiré, la tête penchée vers l'arrière, le ventre bien rond, maman avait l'apparence d'un phoque échoué sur la banquise.

— C'est pas une sinécure, toutes ces teintures, dit maman au milieu d'un éclaboussement de rinçage. Mon rêve, ça serait d'avoir un placard avec tout plein de perruques. Une différente chaque jour... C'est un peu fou de penser comme ça, non ?

Colette s'esclaffa.

— Mais non, on a toutes nos petites bizarreries...

— C'est quoi, les tiennes ?

Colette se contenta de hausser les épaules.

Les femmes restèrent silencieuses pendant que Colette en finissait avec le shampoing de maman. Puis elle se mit à répandre la teinture dans la chevelure de sa sœur et à masser le tout jusqu'au cuir chevelu.

— Haaa... dit maman. Ça fait du bien.

Bientôt, la pièce fut envahie par l'odeur intense de la teinture.

— O.K., dit Colette, ça devrait aller.

Avec précaution, elle essuya la teinture sur le front et les oreilles de maman et lui mit un sac de plastique sur la tête.

— Tu peux t'asseoir maintenant.

Alors qu'elle se redressait, maman se mit la main sous le nez.

— Seigneur, dit Colette, tu saignes !

Elle se précipita vers la table de cuisine et tira un Kleenex de la boîte.

— Est-ce que ça va ? demanda-t-elle en lui tendant le mouchoir.

— Oui, oui. C'est un petit saignement de nez passager. C'est un des plaisirs d'être enceinte...

— Chanceuse, va...

Le saignement s'arrêta enfin, et maman alla s'asseoir à la table, le sac de plastique bien fixé sur de la tête avec des pinces à linge.

— Une élégante Lady Clairol, badina Colette.

En retour, maman lui tira la langue, comme quand elle était enfant.

— Je fais du thé. Tu en veux ?

— C'est pas de refus, répondit maman, tout en allumant une cigarette.

Colette versa l'eau dans la bouilloire et dit :

— Comment on se sent quand on est enceinte ?

— T'es drôle, Colette.

— Pourquoi tu dis ça ?

— Chaque fois que je suis enceinte, tu me poses la même question.

— Pis après ?

— T'as vécu l'expérience, une fois...

— Oui, mais j'étais tellement jeune et paniquée que je me souviens plus de rien, sauf de la nausée du matin. Et puis, de partager ton plaisir va pas te faire mourir, non ?

Maman prit le parti de ne pas faire de cas de la sortie de sa sœur. Elle se palpa le ventre et dit : « Bien d'abord, tu vois, ton corps se transforme, mais tu t'en rends pas compte. Au début, tu peux avoir des nausées le matin, comme tu disais, mais autrement... T'as pas vraiment l'impression d'être enceinte jusqu'à ce que ta grossesse devienne bien évidente et que les gens réagissent en te voyant. Ils veulent te toucher, comme si tu détenais un pouvoir magique. Et moi, ça me fait tout drôle de penser que le bébé se développe en-dedans de moi sans que je fasse quoi que ce soit de spécial. Le cœur du bébé se développe et ses traits se forment malgré moi. Je me lève pas le matin en me disant : "O.K., aujourd'hui, je vais lui faire grossir les oreilles et demain, les orteils..." »

Colette sourit.

— À sept mois, poursuivit maman, t'es toujours fatiguée. Ton corps a bien moins d'énergie. Pour te donner une idée, je suis plus capable de soulever Minou. Elle est encore petite, et elle adore ça quand je la prends dans mes bras et que je me promène dans la maison en lui chantant une de ses chansons préférées. Je faisais ça souvent dans notre ancien logement. Elle aime la musique comme une petite folle. Mais là, j'arrive plus à la lever.

—As-tu crié?
—Quand j'ai accouché?
—Oui.
—Le premier accouchement, c'est l'enfer.

Moi, dans mon coin, j'avais les oreilles qui se dressaient. Ces histoires de douleurs et d'accouchements, c'était bien mystérieux.

—As-tu des regrets?
—Je regrette pas d'avoir eu mes enfants, pas une miette. Quoique, des fois, je te jure…
—C'est pas facile…
—Il y a rien de facile. C'est la vie qui est comme ça.

Colette déposa des tasses sur la table de cuisine.

—Des fois, dit maman, je me dis que j'aimerais que Marcel et Minou soient déjà adultes. Je dis ça, puis je suis encore enceinte…
—C'était un accident?
—Disons que c'était pas planifié.
—As-tu peur?
—Peur de quoi?
—Je sais pas, que le bébé soit malade… Ou pire.
—Je pense à ça de temps en temps. Je prie pour que le bébé soit en santé. Faut accepter ce que Dieu veut bien nous donner, pas vrai? T'espères pour le mieux.
—Amen.

La bouilloire sifflait. Colette s'approcha du poêle et remplit la théière.

—Est-ce que ça va, Colette? Tu m'as pas l'air dans ton assiette…
—Je suis triste.
—À propos de quoi?
—À propos de plein de choses… Y compris qu'on a pas d'enfants, Philippe et moi.
—Pourquoi vous en adoptez pas un? Les crèches en ville sont pleines d'enfants qui ont besoin de bons parents.
—J'ai essayé d'en parler avec Philippe. Mais avoir une vraie conversation avec lui… Il sort jamais de sa bouche ce que j'aimerais entendre.
—Comment il va, Philippe, au fait? Pas fort, il me semble. Je pensais qu'il s'était repris en mains.

— Pendant un certain temps, oui, après sa dépression. Mais là, il m'inquiète. Il a jamais été solide, mais c'est pire que jamais. Son alcoolisme, c'est comme un cheval fou. On dirait qu'il veut se tuer à boire de la vodka. Des fois, il est tellement paqueté et mêlé dans sa tête que j'ai peur qu'il fasse une autre dépression.

— Ça va si mal que ça ?

— Pour te dire, l'autre soir, il a passé la nuit sur le plancher du salon. Probablement qu'il était soûl et qu'il était en train de jouer avec Louis et il s'est endormi là, par terre. Quand je les ai trouvés, le matin, j'ai poussé un cri. Je pensais que Philippe était mort. Mais tout ce qu'il avait, c'était une gueule de bois carabinée.

Maman et Colette ne purent s'empêcher d'en rire.

— Je suis surprise que vous m'ayez pas entendu crier là-haut.

— Ouais, on a beau rire, mais de retrouver son mari de même...

— Tu peux le dire... Le pire, c'est qu'il lui arrive d'admettre qu'il a besoin d'aide, mais il fait rien. Dieu sait qu'il devrait. Les AA, un psychologue, un prêtre...

— Est-ce que tu essaies, toi, de l'aider ?

— Pendant des années, j'ai essayé. Des années... Mais il y a rien que je peux faire pour Philippe. Il m'écoute pas. Tiens, l'autre jour j'ai voulu le secouer, je lui ai dit qu'il était rien qu'un lâche, qu'il avait déserté notre relation, que tout ce qu'il voulait, c'était de se réfugier dans l'alcool, qu'il est rien qu'un ivrogne, chanceux d'avoir Joe pour pouvoir vivre comme un roi. Je lui tout garroché ça en pleine face.

— Qu'est-ce qu'il a dit ?

— Quelque chose de méchant. Quand il veut, Philippe a le don de me faire sentir comme une presque rien avec ses mots.

— Est-ce qu'il t'a déjà frappée ?

— Non. Philippe est jamais en manque de paroles.

— Qu'est-ce que tu veux dire ?

— C'est seulement quand un homme est à court de mots qu'il frappe sa femme.

— Je suppose que t'as raison.

— Et Paul, lui ?

— Quoi, Paul ?

— Est-ce qu'il a déjà levé la main sur toi ?

— Jamais, dit-elle. Quand même, je me dis que n'importe quel homme a une violence en lui, et ça peut exploser n'importe quand.

Les femmes sirotèrent leur thé dans une pause silencieuse.

— L'autre soir, dit Maman, Paul et moi on jasait… Il a encore en tête de partir d'ici à la fin de l'été. Il dit qu'il déteste vivre à Outremont et qu'on devrait retourner dans notre ancien quartier.

— T'es d'accord avec lui ?

— Mais non, tu le sais bien !

— Bon, ben d'abord, il faut trouver une raison assez bonne pour être certain que vous allez rester ici. Une fois que t'as vécu à Outremont, tu veux pas retourner à Ville-Marie. Ici, c'est comme vivre dans un autre pays. Un pays civilisé.

— Tu m'apprends rien, ma fille. Mais on a pas les moyens de vivre à Outremont pour toujours.

— Qu'est-ce que tu racontes ? Vous restez ici, un point c'est tout.

— On va pas payer le « tarif familial » pour toujours. Je suis certaine que Philippe…

— Philippe se fout de l'argent. En plus, il est bourré aux as. Sa *business* marche super bien.

— C'est certain que moi je veux pas retourner à Ville-Marie…

— L'idéal, ça serait de trouver une job à Paul près d'ici. Philippe a toutes sortes de relations, des entrepreneurs qui construisent des maisons à Westmount et Outremont. Ils ont toujours besoin de journaliers…

— C'est pas une si bonne idée que ça, j'ai bien peur. Paul l'admettrait jamais dans cent ans, mais il est jaloux de Philippe… C'est la principale raison qui le pousse à partir d'ici, je le sais très bien. Jamais il accepterait une job de Philippe.

Colette se tapa dans les mains.

— Je sais ce qu'on va faire ! On va inscrire Marcel et Minou à l'école de la rue Laurier, pas loin d'ici. C'est la meilleure de toute la ville. Je connais le directeur. Marcel va adorer cette école. C'est l'endroit parfait pour un petit gars intelligent comme lui. Avec une si belle opportunité pour vos enfants, vous allez devoir rester. Paul pourra pas contourner celle-là.

— Colette, ma chère, t'es une vraie démone.

Moi, on ne m'avait encore rien dit de cette nouvelle école que j'allais adorer ! Qu'est-ce que c'était que cette histoire ? Malheureusement, la conversation semblait avoir pris fin.

Une Colette toute souriante se leva.

— O.K., il est temps de rincer la teinture.

Maman repris sa position au-dessus de l'évier et Colette termina sa tâche. Quand tout fut complété, elle fit un turban à maman avec une serviette propre.

— Bon, dans une dizaine de minutes, je vais sécher tes cheveux, pis on verra ce que ça donne.

Maman retourna à la table de cuisine.

— Ah, en passant... dit Colette. On voyait qu'elle s'efforçait de prendre un ton aussi naturel que possible. J'ai parlé à maman hier, au téléphone.

— S'il te plaît, Colette, recommence pas avec tes histoires au sujet de maman.

— Tu penses pas qu'il serait temps que toi et maman vous arrêtiez de vous disputer ? Surtout que tu attends un bébé et tout...

— Dis lui ça à *elle*. C'est de sa faute, cette chicane. Sa façon de se conduire avec Paul... Sa manie de dire des choses épouvantables à son sujet et de lui lancer des insultes en pleine face. Le traiter de babouin devant tout le monde, ce soir-là, au restaurant. Tu t'en souviens ?

La propension au rire, chez les deux sœurs, prit le dessus.

— Maman a toujours été difficile, concéda Colette.

— Difficile ? Tabarnouche, elle était la pire des mères. Elle a toujours fait ce qu'elle a voulu, et ce qu'elle voulait était toujours plus important que n'importe quoi ou n'importe qui d'autre – papa, nous, tout le monde.

— Je sais... Mais faut dire qu'elle nous a aussi enseigné à être fortes et indépendantes. J'ai jamais connu une autre femme comme elle.

— Dieu merci, il y en pas d'autres comme elle.

— En tout cas, moi je pense que tu devrais quand même aller la voir. Elle se meurt, tu sais.

— Elle se meurt depuis des années...

— Non, non. Cette fois, je pense bien que c'est vrai. Son diabète est très sérieux. Elle voit presque plus rien. Et ses jambes... Elle risque de se les faire amputer. J'étais avec elle à l'hospice la semaine dernière. Elle a demandé à te voir.

— Ouais, bon...

— Ça fait quoi ? quatre ans que vos disputes ont commencé ?

— On s'est toujours chicané, elle et moi...
— Comment tu vas te sentir quand tu vas apprendre qu'elle est morte sans l'avoir revue une dernière fois ? Il faut que t'ailles la visiter.
Ma mère allait répliquer quand la sonnette d'entrée se fit entendre.
— Bon, dit Colette, qui ça peut être ?
Elle se dirigea vers l'entrée. Maman se réfugia dans une chambre, croyant que c'était sa mère qui arrivait. Colette était bien capable d'une telle ruse. Mais non, ce n'était pas sa mère.

Aimez-vous vous pomponner ? C'est la chance que vous avez aujourd'hui.
Si vous n'avez jamais expérimenté la félicité d'un nouvel arôme...
la douceur exquise d'une crème de nuit...
faire le choix d'un maquillage fait sur mesure pour vous,
dans la douceur de votre foyer...
une merveilleuse opportunité s'offre à vous à cet instant même.
« Voici Avon, madame. »

[octobre 1987]

Lettre no 81 (extrait, p. 1-2)

Salut Marcel,

Sais-tu ce que je viens de faire ? J'ai fini de lire L'étranger. C'est un des livres que ton oncle Philippe t'a donné à lire cette été-là, non ? Je l'ai lu en pensant à toi. Pas mal comme histoire pour être franc, le soleil qui tape sur la tête du gars sur la plage pendant qu'il tire à bout portant sur l'Arabe. Et ce qu'il dit au sujet de comment le temps passe en prison et comment la mémoire travaille quand tu es incarcéré, ça me fait penser que Camus lui-même a du passer du temps en prison ou bien c'est un maudit bon écrivain. J'ai lu d'autres livres aussi. Il y a pas grand-chose à faire ici dedans à part lire. Tu peux pas lever des poids toute la journée et mémérer avec les autres détenus du matin jusqu'au soir. 1000 fois je les ai entendus les histoires des gars avec qui je me tiens. Je commence à connaître le bibliothécaire pas mal bien. Il est Polonais comme ton oncle Derby. J'ai aucune idée comment il a fait pour se ramasser au Canada et travailler dans un pénitencier. C'est un bon gars par exemple. C'est lui qui me donne à lire et qui sort mes lettres de prison pour moi, et comme ça il y a personne qui les lit avant. On peut toujours trouver des employés pour faire rentrer et sortir des choses de prison, un screw, une infirmière, le bibliothécaire. C'est comme ça que la contrebande et le marché noir marche. Le gars dans L'étranger, au moins, il était condamné à être exécuté. Il avait pas à mourir à petit feu dans une cellule de 6 pieds par 8 comme nous autres. Ici c'est comme si on avait passé une porte et qu'on s'est retrouvé en enfer. Les portes, c'est la pire chose ici dedans. Dans le vrai monde, les portes t'amène à quelque part. Elles te laissent entrer dans une maison ou en sortir, un bureau, dans la rue, et tu peux aller n'importe ou tu veux aller, tu peux entrer dans un restaurant ou un théâtre ou dans un bar. Ostie que ça me manque de pouvoir entrer dans un bar. Mais dans le pen, toutes les maudites portes sont là pour t'enfermer, sont toutes faites en acier et elles ont toutes des barreaux et elles ferment dans ta face avec un grand bruit de métal pour te rappeler tout le temps que t'es enfermé ici comme un rat. Les portes en prison t'enferment et elles te laisse jamais vraiment sortir nulle part, seulement te faire passer d'une section de la prison à une autre. Pas de liberté, jamais. Pense un peu à ça. La prochaine fois que tu va aller au restaurant ou dans un marché, pense à moi. La prochaine fois que tu vois une belle femme marcher sur le trottoir, pense à moi. La prochaine fois que tu prends ton auto pour aller acheter une pinte de lait ou du pain comme si c'était la chose la plus normale au monde, pense à moi. Je dis pas ça pour te faire sentir mal, mais le monde dehors savent pas à quel point ils sont chanceux et à quel point c'est fucké d'être en prison. Ils te laissent même pas sortir pour aller à des funérailles, les chiens. Comme quand ton oncle Derby est mort l'an passé. La façon qu'il est mort, tellement vite, ça m'a fait quelque chose. J'aurais bien voulu aller à ses funérailles, mais les cochons m'en on empêché. C'est ça la prison, mon gars.

Un vieillard

La porte centrale du pénitencier s'ouvre. Je reconnais mon père sur-le-champ, mais ce qui me frappe est son apparence de vieillard. À soixante et onze ans il n'est pas si âgé, mais le stress derrière les barreaux, l'air vicié, la nourriture infecte, les traitements médicaux inadéquats – tout ça accélère le processus de vieillissement. Au début de son incarcération, il était dans la force de l'âge, mon père. Après quatre décennies en prison, le voilà libre, mais vieux. Il porte un parka vert et difforme, pas de chapeau, ni de gants, des souliers au lieu de bottes. Il transporte une valise en carton. Je le regarde s'amener en chancelant et me demande si ses pas sont hésitants parce que l'allée est glacée, ou si c'est sa liberté nouvellement retrouvée qui lui donne le vertige. Il cesse de marcher, lève la tête et hume l'air. « Même dans la cour extérieure, m'a écrit mon père dans une de ses lettres, l'air est pas frais. Ça reste de l'air de prison. »

Je sors de ma voiture et lui fais un signe de la main. C'est con, mais j'ai la gorge nouée. Et mes mains tremblent.

Mon père se dirige vers moi et j'attends de voir ce qu'il va faire. Je ne sais si je dois lui serrer la main, l'embrasser ou quoi... L'idée de le toucher me donne la chair de poule. Quand il arrive près de moi, je crains qu'il me prenne dans ses bras, mais non, il s'abstient ou n'en a pas le goût. Il ouvre la portière, côté passager, jette sa valise sur la banquette arrière, s'assoit, pendant que je prends place derrière le volant.

— *Let's go*, dit-il, partons d'ici au plus crisse.

— Avant qu'ils changent d'idée ?

Il émet une espèce de sifflement qui se veut un rire.

Nous sortons du stationnement et passons devant la guérite.

Mon père est silencieux.

J'essaye de trouver quelque chose de pertinent à dire, mais je n'arrive qu'à bredouiller :

— As-tu peur ?

— Peur de quoi ?

— Je sais pas. De te retrouver en liberté, comme ça ?

— Tu penses que j'ai peur de quoi que ce soit après avoir passé quarante ans en prison ?

— Bien, je me dis que si c'était moi...

— Je vais te dire, ça fait deux nuits que je dors pas. Je pense pas que c'est parce que j'ai peur. Mais peut-être que oui, après tout...

— C'est drôle. Moi aussi, j'ai eu de la misère à dormir depuis deux nuits.

La conversation s'arrête là, déjà à cours de carburant.

Il a pris du poids, mon père – on fait bouffer du sucre et de l'amidon aux détenus. C'est peu coûteux et ça fait l'affaire.

Je lui dis : « Je suis content de te voir... »

Je réalise que je ne sais pas comment l'appeler. Utiliser son prénom me semblerait bizarre, « Papa » encore plus.

— M'as-tu apporté des cigarettes ? qu'il me demande.

— Dans le coffre à gants.

Je lui ai acheté une cartouche de Craven A, sa marque de cigarettes préférée dans le temps.

Il ouvre un paquet sans faire de commentaire.

— Ça te dérange pas si j'en allume une ?

— Vas-y.

Je tourne la tête vers mon père. Il me regarde, me scrute, un œil fermé à cause de la fumée qui s'échappe de sa cigarette. Sans doute essaie-t-il de déterminer à quel point nous sommes toujours apparentés, liés. Je me demande ce qu'il en conclut, s'il me considère comme son fils ou une sorte d'étranger. Je n'ose lui poser la question.

Nous sommes maintenant sur l'autoroute et mon père scrute le paysage tout en fumant. Je tente d'imaginer ce qui lui passe par la tête en cette première heure de liberté.

— Toutes ces autos, dit-il. Elles ont changé depuis le temps... La tienne est pas mal du tout, en passant. Tu te débrouilles pas pire, mon garçon.

— Je me plains pas... Chose certaine, ma Volvo est un peu plus luxueuse que la vieille Rambler qu'on avait dans le temps.

Ma remarque le fait rire.

— Un méchant citron, dit-il. Mais, au moins, tu te promènes pas dans une Lincoln Continental.

Je souris et j'ajoute :

— Comme celle de John F. Kennedy quand il s'est fait assassiner ?

— Ton oncle, c'était tout un trou de cul... Qu'est-ce qu'elle est devenue, son ostie de Lincoln ?

— Tante Colette l'a donnée à Derby. Mais pas longtemps après il a décidé de la vendre. Parce qu'il pouvait pas payer les assurances et aussi, qu'il m'a dit, parce qu'il se sentait mal à l'aise de se promener dans une grosse bagnole tape-à-l'œil. Colette l'a pas pris pantoute, et elle a refusé de parler à Derby pendant un bon bout de temps.

Mon père éclate de rire, puis il dit :

— Ton oncle... Je voulais pas qu'il meure. Je t'ai déjà dit ça, pas vrai ?

— Plus d'une fois, oui...

— Ben, c'est parce que c'est la vérité.

— Ouais...

— Son petit crisse de chien manqué... Comment il s'appelait déjà ? Elvis ?

— Louis.

— C'est ça, oui. Louis. Louis Armstrong...

Il rit à nouveau puis ferme les yeux.

Il reste immobile quelques minutes.

Je regarde devant moi et c'est une projection sur un écran.

Les policiers sont arrivés à toute vitesse. Deux voitures, quatre policiers. Une voiture s'est arrêtée dans l'allée, l'autre près du trottoir. Les sirènes me perçaient les tympans. Deux policiers se sont élancés vers la porte avant de la maison, les autres vers la cour arrière. Mon père était encore sous l'érable avec oncle Derby. Tout ça était comme dans une comédie, un spectacle burlesque, les quatre policiers qui passent tout près de l'homme qu'ils étaient venus arrêter. Mon père aurait pu simplement s'enfuir. Mais il est resté sur place, et dans les secondes qui ont suivi, les policiers – avec maman, tante Colette, Joe et la plupart des invités – se sont précipités hors de la maison. Un des policiers avait dégainé son arme. C'était un jeune homme, à peine sorti de l'adolescence. On pouvait voir qu'il était tendu. Le taux de meurtres à Montréal, en 1965, était dérisoire, et les policiers municipaux n'étaient pas habitués à ce genre de drame. À plus forte raison ce jeunot. Derby s'est levé et le jeune policier lui a crié : « Haut les mains ! Mets-toi à genoux ! Bouge pas ! » Même ses collègues l'ont regardé de travers. Non mais, du calme… Le jeune policier a braqué son revolver vers Derby et tous se sont mis à crier : « Non ! Tirez pas ! C'est pas lui ! »

Du vaudeville…

Les policiers ont agrippé mon père et l'ont flanqué contre le capot d'une des voitures pour le fouiller. Je me souviens très bien du silence qui a suivi, du « clic » des menottes que les policiers ont passé à mon père, de la crispation de son visage. Je me souviens que maman a tenté d'intervenir et qu'un policier l'a alors repoussée assez rudement, ce qui a provoqué la colère de mon père et de Derby (« Vous voyez pas qu'elle est enceinte ? » a hurlé mon oncle) et une brève échauffourée s'en suivit. Je me souviens d'avoir vu mon père se faire embarquer à l'arrière d'une voiture de police, de la discordance tonitruante de la radio des policiers, du soleil frappant la vitre arrière de la voiture, si bien que je ne pouvais discerner si mon père regardait droit devant lui ou me saluait de la main alors qu'on le conduisait au poste.

Je me souviens que j'étais convaincu d'avoir assisté à la fin du monde.

[1965]

La caverne d'Ali Baba

Un dimanche après-midi de juillet, je saluai de la main Philippe et Colette au moment où la Lincoln Continental sortait de l'allée. Le toit de la voiture était baissé. Ma tante, qui portait un chapeau de paille à large bord et ses lunettes de soleil, tenait fermement Louis sur ses genoux pour éviter qu'il soit projeté hors de la voiture dans l'éventualité d'un accident ou même d'un freinage trop brusque. Les yeux exorbités du malheureux chienchien donnaient à penser qu'il s'attendait au pire.

— On va revenir en fin d'après-midi, m'annonça Colette de sa voix chantante.

La Lincoln, étincelante dans le soleil, s'éloigna majestueusement, comme dans un film américain.

Les mains dans les poches, je montai les marches de la véranda. Je tournai en rond pendant un moment puis m'arrêtai devant la porte d'entrée. Je mis la main sur la poignée et le « clic » me fit tressaillir. Je me glissai dans le vestibule et fermai la porte derrière moi.

Mes parents étaient à l'étage, avec Minou. Je pouvais entendre les sautillements de ma sœur sur le plancher là-haut.

Je filai droit vers le bureau de Philippe.

De toutes les pièces de la maison, une seule m'intriguait : le bureau. Ajoutant à l'attrait : personne n'avait le droit d'entrer dans le refuge de mon oncle lorsqu'il était absent. Même pas tante Colette.

Philippe y passait des heures, le soir, à lire, payer ses factures et écouter du jazz sans arrêt : John Coltrane, Charlie Parker, Dexter Gordon, Sarah Vaughan. Parfois il pianotait sur sa machine à écrire, croyant qu'il avait en lui un roman qui n'allait jamais voir le jour, et chaque soir il s'y soûlait la gueule.

— Sésame, ouvre-toi ! ai-je dit avant de tenter d'ouvrir la porte. Ça a marché !

Des livres, des disques et de la paperasse garnissaient les rayons d'une bibliothèque. Il y avait une grande table de travail sur un côté et, tout près, une table basse sur laquelle trônait une imposante chaîne stéréo. Des haut-parleurs étaient disposés de chaque côté d'un fauteuil moelleux. Les fenêtres étaient fermées et la pièce sentait les mégots de cigarettes, la poussière et les relents du purificateur d'air que Colette vaporisait de temps à autre.

— Ça empeste ici, se plaignait-elle à l'occasion. Comment tu peux endurer ça ?

— Colette, sors, s'il te plaît, était son unique commentaire.

Je m'assis à la table de Philippe. Sur le dessus, il y avait un cendrier, un verre vide, des papiers, une lampe, une machine à écrire avec une feuille de papier encore insérée dedans. Philippe y avait tapé : *Je ne suis qu'un dfjkihllkdds*...

Qu'est-ce que cela voulait bien dire ?

J'ai appuyé sur une touche. Rien. Peut-être que la machine était brisée ? Puis j'ai réalisé qu'il s'agissait d'une machine à écrire électrique et qu'elle était éteinte.

J'ai ouvert le premier tiroir de la table : un coupe-papier, des stylos, des trombones, une rondelle de hockey à l'effigie des Black Hawks de Chicago, des enveloppes. Pas mirobolante, la caverne d'Ali Baba... Mais dans le deuxième tiroir, deux choses : une bouteille de vodka et, j'ai senti un pincement au cœur en le voyant, un revolver. Ce revolver, tapis au fond du tiroir, semblait m'implorer de le prendre. Je ne pouvais refuser l'invitation. Je l'ai examiné sous toutes ses coutures. Il était beau. Brillant. Un objet fascinant.

Le poids du revolver m'étonnait. Le tenir le bras tendu m'était difficile. Tout de même, je l'ai pointé en direction de la lampe, puis des livres sur les rayons, puis de la machine à écrire. À chaque fois je faisais des « Pshhhhhh ! » avec la bouche.

Je n'entendais plus courir Minou à l'étage. Tout était tranquille...

Je sortis de la pièce, le revolver à la main, et rasai le mur du corridor, résolu à faire feu sur tout ennemi éventuel. La maison était infestée de nazis. Je devais être prêt à défendre ma peau à tout instant.

Je pénétrai dans la chambre à coucher de mon oncle et de ma tante, pour ensuite grimper sur le gigantesque lit. Je me mis à bondir. Le matelas était un véritable trampoline. J'y allai de plus belle, de plus en plus haut, tout en m'observant dans le grand miroir accroché à la porte du placard. Puis, je me mis à viser différents objets avec le revolver pendant que je sautais : le miroir, la fenêtre à ma droite, un tableau illustrant des chevaux à ma gauche – « Pshhh ! Pshhh ! Pshhh ! »

À force de bondir comme un diable, je devins étourdi et je ne retombais pas chaque fois au centre du lit. Et voilà que j'atterris trop près du bord. J'essayai de corriger ma trajectoire mais j'étais surexcité et au saut suivant mon pied donna contre l'extrémité du matelas et je perdis l'équilibre. En m'écrasant sur le plancher, j'ai frappé la table de nuit avec mon bras et sans le faire exprès j'ai pressé la gâchette du revolver : BANG ! La balle alla fracasser la fenêtre en mille éclats. Je gisais sur le sol, le revolver tout près de moi, une douleur indescriptible dans mon bras droit.

Presque immédiatement, m'a-t-il semblé, mon père est arrivé. « Marcel ? Qu'est-ce tu fais ici ? Qu'est-ce qui se passe ? »

Et ce fut au tour de maman de faire son apparition. « Mon Dieu, Marcel ! Qu'est-ce qui s'est passé ? Paul, regarde le *gun* par terre ! »

J'étais tellement abasourdi et souffrant que je ne parvenais pas à m'exprimer.

Mon père se pencha et me prit dans ses bras. « Reste ici avec Minou ! cria-t-il à maman. Moi, j'amène Marcel à l'hôpital. »

Le trajet dans la Rambler n'en finissait plus. Tout le long j'ai pleurniché, la douleur étant épouvantable. « Courage, mon Marcel. On arrive, disait mon père toutes les deux minutes. »

J'ai quitté l'urgence de l'hôpital avec un bras dans le plâtre, le poignet fracturé.

Un voisin, qui avait entendu la détonation, avait alerté la police, qui ne tarda pas à arriver. J'étais déjà en route vers l'hôpital. Un détective revint à la maison juste avant le souper, pour faire une enquête.

Je lui ai raconté ce qui s'était passé.

Mon oncle Philippe, mortifié et piteux, avait un permis de possession d'armes de poing. Il s'en est donc tiré sans pépin. Le policier, cependant, nous débita un long sermon sur la sécurité à respecter dans le maniement des armes à feu, pour ensuite tirer sa révérence.

Mon père, lui, voulait étriper son beau-frère. Idem pour maman et Colette.

Philippe promit de se débarrasser de l'arme.

Le soir même, il enveloppa le Smith & Wesson dans une serviette et fixa le tout bien serré avec du ruban gommé. Il se rendit ensuite au canal Lachine et lança le revolver aussi loin qu'il put dans le fleuve Saint-Laurent.

Pendant ce temps, j'étais dans mon lit, incapable de m'endormir à cause du tumulte des dernières heures.

Mon père n'était généralement pas enclin à venir me border, mais voilà qu'il apparut à ma porte.

— Comment il va, Marcel, ton bras ?
— Ça fait mal un peu...
— Ça va aller mieux bientôt, tu vas voir.

Il s'assit sur un coin de mon lit et regarda ma table de chevet.

— C'est quoi, ça ?
— Un livre...
— Je vois bien que c'est un livre, Marcel, sacrament. Je veux dire d'où il vient, ce livre-là ?
— C'est *Les Contes des Mille et Une Nuits*.
— Ton oncle Philippe te l'a donné ?
— Oui.
— Évidemment...
— Papa, es-tu fâché contre moi ? Pour cet après-midi...
— Je ne suis pas fâché contre toi, Marcel. Je suis en maudit contre ton oncle.
— Il l'a pas fait exprès.
— Défends-le pas, veux-tu ?

Je craignais que mon père s'en aille.

— Papa, me ferais-tu la lecture ?
— Quoi ?
— J'aimerais que tu me lises quelque chose...
— Je sais pas... Moi, la lecture...

— S'il te plaît.

Mon père prit le livre et le tint comme s'il s'agissait d'un objet étrange.

— Page 192, dis-je.

Mon père sourit :

— Un homme qui sait ce qu'il veut... C'est bon, ça !

Il ouvrit le livre, trouva la page 192 et prit une profonde inspiration.

— Deux frères vivaient dans une ville de Perse ; un s'appelait Cassim, et l'autre, Ali Baba...

Le lendemain matin, mon oncle se leva, se brossa les dents, se doucha, but une tasse de café noir. Ensuite, il s'attaqua à la tâche de récupérer toutes les bouteilles d'alcool éparpillées dans la maison, ainsi que dans le garage et dans sa voiture. Il les vida toutes dans la bouche d'égout qui se trouvait au bout de l'allée. Il procéda lentement, méticuleusement, tel un prêtre célébrant la messe.

Il savait que Colette l'observait de la fenêtre du salon. Il se doutait bien que, pour elle, il s'agissait d'une autre démonstration futile, du théâtre, sans plus.

Il n'était pas sans s'imaginer que mes parents aussi étaient témoins de ses gestes et qu'ils se moquaient de lui. Qu'ils aillent tous au diable...

Quand les bouteilles furent vidées, plus d'une douzaine, Philippe retourna dans la maison et annonça à sa femme qu'il ne toucherait plus à l'alcool. Fini. « Et cette fois, dit-il, c'est bel et bien la dernière. »

Il savait que Colette hurlait intérieurement.

[janvier 1989]

Lettre no 93 (extrait, p. 1-3)

Je pense que je t'ai déjà parlé de lui, le bibliothécaire. Le Polonais. C'était un chum à moi. Il nous arrivait souvent de jaser ensemble. Il me racontait sa vie dehors. Il avait une femme et deux enfants et ils vivaient dans un bungalow en banlieu et il y avait des lilas à côté de sa maison. Sa femme plantait des fleurs partout dans la cour. Et il me racontait ses années en prison dans le temps de Staline en Sibérie. Saint-Vincent-de-Paul c'est de la petite bière comparé à ce qu'il a enduré dans les camps de prisonniers en URSS. Tous ceux qui allaient à la bibliothèque, il les traitait avec respect. Comme si c'était des gars ordinaires, normaux, et pas des détenus. Tu vois pas ça souvent en prison. Les gardiens nous traitent comme du bétail parce qu'ils portent un uniforme, bande de facistes. Mais bon, un jour le bibliothécaire est pas venu travailler, ni le lendemain, ni jamais. Personne savait pourquoi. Mais les rumeurs ont commencé à circuler. Le bibliothécaire s'était suicidé, certains gars disaient. Le commérage et les histoires – vraies ou pas vraies – c'est le passe-temps favoris des détenus. Ça et penser au sexe et à la meilleure manière de se venger de leurs ennemis. Mais c'est peut-être vrai que mon ami s'est suicidé. Peut-être que quelque chose d'insupportable lui est arrivé et il a décidé d'en finir. Il y en a plein qui se tuent en dedans, tu peux me croire. La solitude, c'est ce qui est pire en prison. Des fois, je m'étends sur ma couchette, je regarde le plafond et je me demande ce que je fais là, comment je suis arrivé là. Je me dis que c'est pas ma place ici et que je suis fin seul au monde. Mais Dieu merci, j'ai jamais perdu la boule. Y a des gars qui sont tellement déprimés d'être tout seuls qu'ils pensent que les murs vont se refermer sur eux. Ils deviennent à moitié fous et se mettent à crier pour sortir. Il y a un gars qui s'est suicidé il y a à peu près deux semaines. Il s'est pendu. Il avait une sentence de deux ans seulement. Mon vieux, deux ans, moi je ferais ça les yeux fermés. Mais ce gars-là après deux mois il en pouvait plus et il s'est tué. Il était rendu à un point où il pouvait plus rien prendre. C'est ce qui est arrivé à ta tante Florida et tu dois la respecter pour ça. Tu arrêtes pas de me questionner à son sujet. Ça fait vingt-cinq ans de ça. Arrête!!!

Fort Lauderdale

Sans se presser, la Volvo, suivant le flot de la circulation, chemine sur l'autoroute comme un navire sur le Saint-Laurent. Mon père regarde par la fenêtre à sa droite, pas un mot. Chaque minute de silence additionnelle ajoute à la tension dans l'auto. Je trouve l'atmosphère suffocante, au point où j'ai l'impression que les vitres vont exploser.

Je veux rompre ce silence à tout prix, mais j'en suis incapable, et cela me rappelle combien il était difficile pour moi de parler à mon père quand j'étais enfant. De réaliser que la situation n'a pas changé aujourd'hui me rend malade. Non pas que je me sente comme si j'avais huit ans, là, maintenant, assis à côté de lui, non. Le problème, c'est qu'à part une poignée de gènes et un passé navrant, mon père et moi n'avons rien en commun. Et ce qui est frustrant, c'est que j'ai un paquet de questions dans le cerveau, et je n'arrive pas à en formuler une seule. J'ai tant d'interrogations concernant l'été 1965 et les événements qui ont mené à la bagarre avec Philippe. Cette confrontation entre lui et mon oncle à la fin du party, une engueulade qui tourne en explosion de violence, elle n'a duré que quelques minutes. Ces quelques minutes, mon père en a payé le prix durant le reste de son existence. Quelques minutes qui ont empoisonné la vie de maman, de même que la mienne et celle des mes sœurs.

Maman... Elle s'est remariée en 1979. Un type bien, il me semblait. Yves, de son prénom. Grand, mince, distingué, la moustache taillée à l'anglaise, Yves portait des pantalons (en lin l'été, en laine durant les autres saisons), jamais de shorts ou de jeans, et des chemises repassées avec soin. On avait l'impression que maman avait tout mis en œuvre pour trouver un homme à l'opposé de mon père. Je ne lui ai jamais demandé si tel était le cas. Je n'ai pas eu l'occasion de bien le connaître, non plus. À l'époque, j'avais déjà quitté la maison pour étudier à Toronto dans une école de cinéma. Je voulais être le Louis Malle québécois, le Bertrand Tavernier de ma génération... Yves s'est tapé un infarctus durant l'été 1982. Après les funérailles, maman a dit :

— C'est fini. Plus de mari. Mon cœur peut plus supporter ces émotions.

Yves lui a laissé un peu d'argent et un bungalow à Fort Lauderdale.

La dernière fois que j'ai passé du temps seul avec maman, c'était justement à Fort Lauderdale, en 1998. Le Miami International Film Festival m'avait amené en Floride, et j'en ai profité pour aller faire un tour chez ma mère.

Son bungalow était situé au bout d'un cul-de-sac, près de l'océan. J'ai garé la voiture de location dans l'allée. Le ciel était bleu et or, et lézardé de nuages clairs. La façade de la maison, qui n'avait que deux étroites fenêtres, était peinte en jaune, et un petit auvent surmontait la porte d'entrée.

J'ai jeté un œil à travers la porte moustiquaire. De l'arrière de la maison me parvenaient les rires artificiels d'une émission de télé. J'ai frappé.

— *Who is it ?*

C'était la voix de maman. Ça me faisait drôle de l'entendre parler anglais.

— Maman, c'est moi, Marcel.

Des pas rapides se sont rapprochés. Quand elle m'a vu, maman s'est touchée la poitrine, comme si elle subissait un malaise.

— Mon Dieu, Marcel ! Qu'est-ce que tu fais ici ?

Elle m'a ouvert la porte et m'a serré très fort dans ses bras.

— Allô, maman. J'avais envie de te visiter.

— Quoi, juste comme ça ? Où est Justine ? Et mon petit-fils ?

— À la maison. J'étais à Miami pour un festival. Ça s'est terminé hier et j'ai pensé venir te voir.
— Entre, entre.
Nous nous sommes dirigés vers la cuisine.
— As-tu soif? Veux-tu une tasse de thé?
— Non, maman. C'est bon.
— Tu vas prendre un jus d'orange?
— O.K., un jus d'orange.
Maman ouvrit le frigo et je m'assis à la table.
Un petit ventilateur, sur le comptoir, remuait de l'air chaud. Suspendu au plafond, dans le coin le plus éloigné de la cuisine, il y avait un serpentin de papier tue-mouches, bondé de victimes qui semblaient servir d'avertissement aux autres intrus ailés.
Maman avait soixante-quatre ans et ses cheveux étaient noirs comme le plumage d'un corbeau. N'étant pas du genre à passer la journée en robe de chambre, elle portait une blouse de coton et des shorts.
— Tu sais, maman, tu devrais fermer ta porte avant à clef.
— T'as fait tout ce trajet pour me dire ça?
Je souris.
Maman me donna un grand verre de jus et dit:
— Allons à l'arrière, il fait plus frais et c'est agréable.
Son bungalow était sombre et modeste mais immaculé. Le solarium était entouré de moustiquaires et donnait sur un jardin regorgeant de plantes tropicales et de fleurs sauvages. Il y avait un divan, une chaise en rotin et dans un coin un téléviseur posé sur une base de bambou. Au plafond, un ventilateur murmurait. Le vieux chat de maman, Max, qui se prélassait sur le divan, n'a pas daigné lever la tête quand je suis entré. Rien, y compris l'indifférence de Max à mon égard, n'avait changé ici depuis ma dernière visite, trois ans auparavant.
Maman m'indiqua la chaise en rotin.
Je m'assis et pris une gorgée de jus.
— Tu vois, c'est bien plus confortable ici. On sent une bonne brise.
— Comment tu peux vivre en Floride sans air climatisé, maman?
— La chaleur me dérange pas trop. Et je laisse les fenêtres ouvertes. Et la porte avant aussi.
— Mais c'est dangereux!

— C'est vrai que le voisinage était plus tranquille il y a pas si longtemps. Mais bon, faut pas s'empêcher de vivre...
— Peut-être que tu devrais faire installer un système de sécurité.
Maman haussa les épaules et alluma une cigarette.
— Pourquoi tu m'as pas téléphoné à l'avance ? Regarde-moi, je suis pas coiffée, rien.
— Tu es bien comme ça, maman. Je voulais te faire une surprise.
En fait, je n'avais pas prévu venir la voir. Mais ce matin-là, étant donné que le festival était achevé, j'ai décidé de reporter mon vol de retour d'une journée. Fort Lauderdale est à cinquante kilomètres à peine de Miami. Étant si près, je pouvais difficilement éviter d'aller visiter ma mère.
— Je suis contente que tu sois ici. Comment va la famille à Montréal ?
— Tout le monde va bien. Francis a commencé à marcher. Il est encore un peu chancelant sur ses petites jambes mais il arrive à traverser le salon sans tomber.
— Que j'aimerais donc ça le voir... Combien de temps tu vas passer ici avec moi ?
— Je peux seulement rester jusqu'à demain matin.
— C'est tout !
— Faut que je retourne à Montréal. Le travail... Je m'attaque à un nouveau projet.
— Ça raconte quoi, ton nouveau projet ?
— C'est l'histoire d'une femme impliquée dans un vol de bijouterie. Les choses tournent mal et elle aboutit en prison...
— Tu fais un film sur une personne qui est en prison ?
— Oui, mais c'est quand même plus que ça...
— Au moins, t'as l'avantage d'avoir des informations privilégiées à ce sujet-là.
— Te fais pas du sang de cochon. Je lui parlerai pas du film.
— Reçois-tu encore des lettres de lui ?
— Cinq ou six par année depuis environ trente ans.
— Tu le vois encore ?
— Pas souvent.
— Comment il va ?
— Tu sais...

— Laisse faire. Je pense pas vouloir savoir dans quel état il est après toutes ces années en prison, le pauvre homme.
— L'aimes-tu encore, maman ?
— J'ai divorcé de lui, tu le sais bien.
— Ça veut pas nécessairement dire que tu l'aimes plus.
— J'utiliserais pas le mot « amour »…
— Est-ce qu'il te manque ?
— Plus maintenant. Pas depuis longtemps.
Maman écrasa sa cigarette et en alluma une autre.
— Est-ce que tu regrettes de l'avoir marié ?
— Des regrets, faut pas se laisser empoisonner la vie avec ça…
— Je suis d'accord. N'empêche que les choses auraient pu mieux tourner pour toi.
— Tu sais, ton père, il l'a pas eu facile pendant presque toute sa vie… Il a grandi à Saint-Henri. Dans le temps, c'était un des quartiers les plus miséreux de la ville. Il a pas fréquenté l'école longtemps. À la place, il traînait dans les rues avec ses amis. Il a souvent été mêlé à des histoires. Il m'a déjà dit qu'il avait commencé à fumer à dix ans pour faire le dur. Ses parents étaient très instables. Apparemment, son père se tapait une dépression nerveuse presque tous les ans. Et puis c'était un vrai soûlard. Il s'est tué au travail en tombant d'un échafaudage sur un chantier de construction. La mère aussi est morte jeune, ça fait que ton père est passé d'un centre d'accueil à l'autre. Il en est resté amer toute sa vie. Ensuite, je sais pas pourquoi exactement, on l'a envoyé au Mont-Saint-Antoine, une école de réforme. Là, il a été maltraité par les frères qui s'occupaient de l'école et il est devenu violent. C'est là qu'il a appris à se battre, je pense. Quand il est sorti de l'école de réforme, il a commencé à se tenir avec des voyous et s'est retrouvé impliqué dans des magouilles de vols, de drogue, et Dieu sait quoi d'autre… Finalement, il s'est retrouvé en prison. C'est là qu'il s'est promis de changer, de marcher droit. Bien entendu, je savais rien de toutes ces choses quand j'ai commencé à sortir avec ton père.
— Comment vous êtes-vous rencontrés ?
Maman sourit. Le souvenir était encore manifestement agréable pour elle, même après toutes ces années, même après tout ce qui s'était passé entre eux.

— C'était dans un party, en 1954. En juillet. Chez un ami. J'avais à peine vingt ans. Ton père était assis sur un canapé, dans un coin du salon. Il avait les bras croisés et il avait l'air de s'ennuyer à mourir. C'était un bel homme, ton père. Un physique impressionnant et des yeux verts... Il était très cool. On aurait dit James Dean, mais en plus imposant. On pouvait pas faire autrement que de le regarder. Et tout d'un coup il s'est levé et il est venu me voir. Moi, je m'étais faite toute belle pour le party. Je peux le dire maintenant que je suis vieille, mais à l'époque les hommes me couraient après. J'étais désirée.

Maman gloussa un peu.

— On s'est mis à jaser, lui et moi, et à faire des blagues au sujet du party, à quel point c'était plate. Personne dansait, tout le monde restait planté debout à rien faire. Ton père a dit quelque chose du genre: «On dirait qu'on est dans une salle d'attente de dentiste.» Je l'ai trouvé drôle. J'étais nerveuse. Ton père a ri, lui aussi. Il avait un rire superbe, cet homme, un rire contagieux. Une fille peut tomber en amour avec un rire pareil. Ce soir-là, ton père et moi on a beaucoup dansé. Et le jour suivant, il m'a invité à aller avec lui à la plage de Laval-Ouest. Ses amis étaient là. J'avais un costume de bain rouge pétant et je te jure que je passais pas inaperçue. Mon Dieu, je me rappelle de tout ça...

— Et là, vous avez commencé à vous fréquenter?

— Oui. Et c'était merveilleux. Sauf que Paul allait au gym pour s'entraîner à peu près tous les soirs, même les fins de semaine. Que j'haïssais donc ça qu'il soit boxeur. Quand c'est devenu sérieux entre nous, je lui ai demandé d'arrêter son entraînement ou, au moins, de diminuer, mais j'ai bien vu que ça faisait pas son bonheur. Mais pas longtemps après il s'est fait démolir dans l'arène et il est jamais retourné au gym après. Fini la boxe. Une chance, parce qu'à sa sortie d'hôpital, on aurait dit un monstre. Mais c'est son amour-propre surtout qui en a pris un coup, son orgueil... On s'est mariés quelques mois plus tard.

— Vous avez pas perdu de temps.

— Ben, dans ce temps-là, les jeunes se mariaient plus vite, surtout parce qu'il était pas question de sexe hors mariage. En plus, à cause de ta grand-mère et de ce qu'elle faisait, je voulais me marier au plus tôt pour changer de nom. Morel, c'est un nom affreux. Pis, en plus, les enfants à l'école me taquinaient: Mort-Elle, qu'ils m'appelaient, à cause de ma mère et de ses avortements. J'étais tellement contente de prendre le nom de ton père. Lacroix, je me disais, quel beau nom, pas trop commun. Et en plus, un nom chrétien. Évidemment il a fallu que je sois assez malchanceuse pour que ça devienne le nom d'un criminel bien connu. Dans les années soixante, une tragédie de même, c'était rare, surtout à Outremont. Et vu que ton oncle était un homme d'affaires et un ancien joueur de hockey, les journaux et même la télé ont couvert le procès. Les gens m'abordaient et me demandaient en pleine face : « Êtes-vous parente avec le Lacroix d'Outremont ? » Lacroix, Lacroix, Lacroix... J'avais honte. Une fois, au beau milieu de la nuit, un homme a téléphoné et a demandé si j'étais bien la femme de Paul Lacroix. J'ai eu si peur que je vous ai habillés tous les trois et on est allés se réfugier chez ton oncle Derby. Peut-être que tu te souviens de ça ?

— Oh ! oui, je m'en souviens...

Dehors, le vent s'était levé et agitait la végétation dans la cour arrière. La pluie s'est mise à tomber.

— Méchant orage, ai-je dit.

— Ça arrive souvent en fin d'après-midi mais, en général, ça dure pas.

Au plus fort de l'orage, quelques minutes plus tard, maman et moi regardions la pluie tomber. Même Max, le chat, leva la tête pour assister au spectacle. Bientôt la pluie cessa, faisant place à un chœur de chants d'oiseaux et de grésillements d'insectes.

— Tout un concert...

— Oui. Des fois, il y a des branches qui tombent sur les fils électriques à cause du vent et on se retrouve avec une panne de courant. Ça nous plonge dans la noirceur pendant toute la soirée, et sans télé.

Cette fois, rien de tel. À l'écran, Jerry Springer et ses invités y allaient de leurs conneries, deux hommes habillés en femmes qui se disputaient l'amour d'un nain couvert de tatouages – c'est beau, l'Amérique. Heureusement que maman avait pressé le bouton *mute*.

Puis, je remarquai au mur la photo de nous trois, enfants. Je devais avoir dans les onze ans, Minou huit ans environ et Lisette était encore bébé.

— Comme je voudrais que tout ce gâchis soit jamais arrivé, dit maman en lorgnant la photo. J'aurais tant voulu une enfance plus heureuse pour toi et tes sœurs…

— Dis pas ça, maman. Rien de ce qui est arrivé est de ta faute, tu le sais bien.

— Oui… Mais j'ai quand même pas mal de regrets. C'est pour ça que j'ai toujours eu de la difficulté à parler de cette époque-là. Mais Dieu sait que tu t'es bien débrouillé malgré tout. Même chose pour Minou, un médecin… Pour ce qui est de Lisette, c'est celle qui ressemble le plus à ton père. C'est comme si elle avait en dedans d'elle une espèce d'énergie folle, malsaine. J'ai essayé de l'élever de la même façon que toi et Minou. Je sais pas ce que j'aurais pu faire d'autre.

— Fais-toi pas de souci à son sujet. Elle va mieux.

— Mais quand même… Ces deux enfants de deux hommes différents qu'elle a eus… J'aime pas dire ça, mais Lisette m'a toujours fait penser à ta tante Florida.

— Tante Florida, elle était comment?

— C'est drôle, t'étais tellement curieux au sujet de Florida après son suicide. T'arrêtais pas de demander ce qui lui était arrivé. Tu veux encore savoir… Je sais pas si je veux en parler.

— Maman, c'est important pour moi de savoir. Toute ma vie j'y ai pensé.

Maman me donna son air contrarié que je connaissais si bien.

— S'il te plaît, maman.

— Eh bien, ta tante Florida était la rebelle de la famille, même quand elle était petite. Elle a fugué quelques fois, surtout après la séparation de nos parents. Elle a lâché l'école de bonne heure, peut-être en 5e année, et elle a toujours souffert de son manque d'instruction. Elle m'a souvent avoué ça… Elle a longtemps été serveuse dans un restaurant de la rue Rachel. En plus, elle chantait dans des *clubs* sur Saint-Laurent et Sainte-Catherine. Elle était vraiment bonne. Elle a jamais étudié la musique mais elle avait de l'oreille et une voix en or. Malheureusement elle a pas eu de succès, peut-être parce qu'elle aimait chanter des vieilles chansons de jazz plutôt que le genre de tounes populaires qui jouaient à la radio dans le temps. Elle vivait dans des maisons de chambres, des fois seule, des fois avec un homme. La plupart du temps, ces hommes étaient plus âgés qu'elle. J'imagine qu'elle cherchait à être protégée, d'une certaine manière... Plus tard, elle a emménagé dans un petit appartement qu'elle avait décoré avec goût. Il y avait une cuisine ensoleillée, je me souviens. C'est là qu'elle est morte.

Maman ferma les paupières et, bizarrement, sourit.

Le soleil se couchait, plongeant progressivement le solarium dans la noirceur. Bientôt, la seule source de lumière provenait de l'écran de la télé. Maman fumait à la chaîne tout en parlant, les yeux rivés sur l'écran.

— Ta tante faisait toujours comme si rien l'affectait. Elle riait toujours. Mais c'était juste un masque, rien de plus. Aujourd'hui, on dirait qu'elle est en dépression et elle prendrait du Prozac ou je sais pas quoi. Mais dans le temps... Elle a fait une tentative de suicide, une fois, trois ans avant qu'elle y arrive pour de bon. Elle a avalé une grosse poignée de pilules. Son voisin, qui était aussi un ami, l'a trouvée à temps... Je suis allée la voir à l'hôpital. Ils lui avaient fait un lavage d'estomac. Elle était affreuse à voir, blanche comme un drap, les lèvres grises. Elle était sous étroite surveillance, avec une infirmière qui restait toujours dans la chambre, même quand on allait la visiter. Au cas où... Florida disait qu'elle arrivait pas à se souvenir de la tentative de suicide comme telle, mais qu'elle souffrait tellement durant les jours précédents qu'elle voulait en finir. Elle disait avoir l'impression d'avoir le cœur dans un étau que quelqu'un fermait. J'en tremble encore... Elle m'a aussi dit qu'aussitôt qu'elle a pris les pilules, elle s'est sentie mieux – enfin elle allait plus souffrir... Elle disait regretter sa décision et me demandait de ne pas lui en vouloir. Je l'ai consolée mais, aussi, je lui ai fait promettre de plus recommencer. Elle me l'a juré... Mais elle a pas pu s'en empêcher... C'est certain que la situation avec Philippe a pas arrangé les choses, loin de là. Elle a dû se sentir très coupable par rapport à Colette. Mais je pense que, de toute façon, elle se serait tuée un jour ou l'autre. C'est horrible à dire, mais elle avait ça en elle... Ça fait quoi, plus de trente ans maintenant? Mais ça me met toute croche encore aujourd'hui de parler de tout ça.

Le visage de maman exprimait une grande lassitude.

Dans la poche intérieure de mon veston se trouvait la photo de ma tante Florida, celle que j'avais piquée dans la chambre de Colette et Philippe à Outremont il y avait une éternité. Elle était défraîchie et écornée, la photo, mais reste que le pouvoir enchanteur qu'elle avait sur moi ne s'était pas complètement estompé avec le passage du temps. J'ai pensé la montrer à maman, mais je me suis ravisé. Sûrement que la photo lui aurait causé de la peine.

— L'heure du souper est déjà passée, dit maman en se levant. Tu dois avoir faim. Je pourrais te faire une sandwich.

— C'est pas nécessaire, maman.

— Ben quoi, faut bien que tu manges, voyons !

— O.K.

— Qu'est-ce que tu dirais d'une sandwich bacon-tomate ?

— C'est parfait…

— Je reviens tout de suite.

Alors que maman était dans la cuisine, je regardais distraitement en direction de la cour arrière en repensant à tout ce qu'elle venait de me raconter au sujet de Florida. Elle revint avec un plateau contenant mon sandwich et un autre verre de jus d'orange et, pour elle, une tasse de thé et deux biscuits. La poignée de chips près de mon sandwich, comme quand j'étais enfant, me fit sourire.

— Tu t'es pas fait de sandwich ? lui demandai-je.

— Non. Du thé et des biscuits, c'est mon souper, d'habitude.

Durant quelques minutes nous sommes restés assis à manger devant la télé : *Jeopardy !*, puis une insipide émission de potins sur des stars hollywoodiennes.

— C'est agréable d'être assis tous les deux devant la télé, sans rien dire, tu trouves pas ? dit maman durant une pause publicitaire. Il est pas nécessaire de toujours parler, non ?

— Je suis content d'être venu, maman.

Quand l'émission prit fin, elle mit la télé en sourdine, et avant qu'elle n'ait le temps d'ouvrir la bouche je lui dis :

— Est-ce que je peux te demander encore une chose ?

— Oui…

— C'est au sujet de grand-maman. Tu m'as jamais dit grand-chose à son sujet.

Maman eut un petit sourire en coin et s'alluma une autre cigarette.

— Ta grand-mère… Au cours des années 20, 30 et 40, elle était sage-femme. C'était à une époque où il y avait pas beaucoup de médecins pour soigner le monde de notre voisinage. En plus, laisse-moi te dire que quand un homme conduisait sa femme enceinte à l'hôpital Notre-Dame, il en sortait avec une grosse facture en plus du nouveau bébé. Les sages-femmes coûtaient bien moins cher et puis elles venaient faire leur travail chez vous. Et si vous étiez une sage-femme, dans ce temps-là, il était pas rare que vous faisiez aussi des avortements. Comme ta grand-mère... Ça prenait pas grand-chose : quelques instruments et de l'alcool à friction. Elle mettait tout ça dans un sac de cuir qu'elle transportait partout avec elle, ma chère mère. Je le vois encore, ce fichu sac, sur le comptoir de la cuisine. Laisse-moi te dire qu'il fallait avoir la couenne dure pour faire ce métier-là, parce que les gens du quartier savaient qu'elle faisait des avortements et ils la regardaient de haut et la méprisaient, même si elle avait aidé quelqu'un de leur famille dans le passé, sinon eux-mêmes. Ta grand-mère disait qu'il était pas rare que quelqu'un crache sur elle en la croisant sur le trottoir. Elle m'a raconté qu'une fois une vieille folle lui a flanqué un crucifix devant le nez en lui criant de se repentir sinon qu'elle allait se ramasser en enfer. Fallait vraiment croire en sa mission pour continuer, qu'elle disait, ta grand-mère. Je me souviens de l'avoir entendue dire : « Grâce à moi, il y a plein de petits anges heureux d'être au ciel plutôt qu'ici où tout est sale et déprimant. » Plein de petits anges... Quand elle sortait des choses pareilles, moi je voulais hurler. Je te disais tout à l'heure que j'étais contente de changer de nom en mariant ton père, bien c'est à cause de ces avortements que ma mère faisait. Moi et mes sœurs, on étaient toutes pointées du doigt dans la rue. C'était pire à l'école...

— Je pense au jour où on est allés la visiter à l'hospice, toi et moi, ai-je dit.

Maman émit un léger grognement :

— Mon Dieu, quel après-midi épouvantable ! Jamais j'aurais dû l'amener avec moi. Je me demande encore ce qui m'a passé par la tête.

— C'est drôle, je ne me rappelle pas que la visite ait été si pire. Au contraire, il me semble que je me suis amusé, même si grand-maman me faisait un peu peur.

— Elle était épeurante pas rien qu'un peu...

— Je me souviens qu'elle m'a raconté une histoire avec un roi et un rat...

À cet instant de notre conversation, maman baissa les yeux.

— Maman ?

— Je suis fatiguée, Marcel. Je pense que c'est assez d'émotions pour une soirée...

— Bien sûr, maman. Je comprends. On arrête. Je m'excuse de t'avoir brassé le passé comme ça.

— Pourquoi te me poses toutes ces questions aujourd'hui ?

— On est jamais seuls, tous les deux. Il y a toujours quelqu'un d'autre autour...

— En tout cas, je sais pas comment t'es arrivé à me faire parler de la famille de même... Je vais aller me coucher, si ça te fait rien.

— Oui, oui. Vas-y.

— Ça te va de passer la nuit sur le divan-lit ? J'aimerais bien avoir une chambre d'invités.

— Tout est parfait ici, maman.

Elle sortit de la pièce et revint avec un oreiller, des draps à fleurs jaunes et une couverture.

— Laisse tout ça sur le divan. Je vais regarder un peu la télé avant d'éteindre.

— Tu fais comme chez toi, mon garçon.

Elle m'embrassa sur le front.

— Dors bien, Marcel.

— Merci, maman. Pour tout. Bonne nuit...

Elle sourit et quitta à nouveau le solarium.

Elle avait vieilli, ma mère. Quelque chose dans sa manière de bouger, plus lourd qu'avant, et son dos un peu courbé.

Max se leva finalement et, sans s'abaisser à me jeter un coup d'œil, alla rejoindre maman dans sa chambre à coucher.

— Bonne nuit à toi aussi, vieux matou.

Pendant une vingtaine de minutes, j'ai zappé : du golf sur ESPN, la météo sur ABC, une reprise de *L'Île de Gilligan,* un chef cuisinier qui s'efforçait de se donner un accent français, les actualités assommantes sur CNN, le débile *Rocky III*. Je me suis levé pour vider dans la poubelle de la cuisine le cendrier rempli à ras bord de mégots. De retour dans le solarium, j'ai fait le lit. Je me suis déshabillé, j'ai éteint la télé et je me suis couché.

Dehors, le cri-cri des insectes formait un chœur assourdissant. C'était comme si la nuit s'exprimait dans une langue qui m'était inconnue.

[1965]

La diseuse de bonne aventure

Ma grand-mère vivait dans une résidence pour personnes âgées dans l'est de la ville. Nous avons pris l'autobus pour nous y rendre, maman et moi.

— Les taxis sont chers, me dit maman, et l'autobus, c'est agréable.

Nous avons quitté la maison après le départ de mon père pour son travail.

Colette avait accepté, avec joie, de garder Minou avec elle.

Durant le trajet, maman m'a expliqué qu'elle et sa mère avaient eu la veille une conversation téléphonique pour la première fois depuis longtemps. Les deux femmes s'étaient querellées quelques années auparavant. Ma grand-mère, apparemment, avait été méchante à l'endroit de mon père, et cela avait causé une chicane terrible. Mais, dit maman, le temps était venu de tourner la page.

Maman laissa errer son regard à l'extérieur. Sa chevelure blonde était ramenée sur le dessus de sa tête, tenue en place par une pléthore d'épingles à cheveux.

— Mais il y a plus que ça, ajouta-t-elle. Toute ma vie elle a été sur mon dos, ma mère. Pour être franche, Marcel, ta grand-mère est une vieille sorcière.

Mon cœur fit un bond.

— Mais pourquoi on va la voir si elle est comme ça ?

— Parce que tu peux pas être toujours en guerre avec ta famille. Surtout avec tes parents. Souviens-toi de ça, mon garçon.

L'autobus était bondé de femmes transportant des sacs d'épicerie, d'hommes en complet avec des attachés-cases en cuir, d'étudiants.

— Rue Longpré, annonça le chauffeur.

Maman me poussa du coude pour que je me lève.

— C'est ici, on descend.

Le hall d'entrée de la résidence était vaste et orné d'un faux foyer, de colonnes de style « Grèce antique » et un mur recouvert de babioles collectionnées par les résidents. Des images pieuses et un imposant crucifix complétaient le décor. Un peu partout, des vieillards étaient avachis dans des fauteuils roulants ou des berçantes. Certains dormaient la bouche ouverte, et les autres avaient l'air franchement misérable. Moi, des vieux, je n'en avais pas vu des tas, et ceux-là me donnaient la trouille.

Le réceptionniste nous indiqua le numéro de la chambre de ma grand-mère et pointa l'escalier.

— Quoi, dit maman, pas d'ascenseur ?

— Vous êtes pas au Ritz ici, madame.

L'homme avait de grosses dents jaunes.

— Ça, lui dit maman, vous pouvez le dire…

La chambre de ma grand-mère était au cinquième étage. En montant l'escalier, maman s'arrêtait à chaque palier pour reprendre son souffle et y aller d'une réflexion négative.

— Ça sent l'urine de chat ici, dit-elle au troisième étage.

Au quatrième, elle murmura entre ses dents : « Que j'haïs donc ça, être enceinte. »

Enfin, nous sommes parvenus au cinquième étage. Maman posa sa main sur mon épaule alors que nous traversions le long corridor menant à la chambre de ma grand-mère.

Arrivés à destination, maman me dit : « Marcel, j'allais oublier de t'avertir que ta grand-mère est presque complètement aveugle. »

Presque complètement aveugle… Comme si c'était un petit détail insignifiant, une bagatelle. Mais moi, c'était la première fois que j'allais être en présence d'une personne aveugle, et cette pensée me terrifiait. Je n'ai pas eu le temps d'imaginer ce que c'était que de vivre dans le noir, de ne jamais voir les gens qu'on aime, ou la maison dans laquelle on vit, ou le ciel par une belle journée d'été, que déjà maman frappait à la porte.

— Entrez, dit une voix étouffée venant de la chambre.

Ma grand-mère était assise dans son fauteuil roulant. Le soleil frappait la fenêtre de plein fouet, et du seuil de la porte, je ne pouvais voir que la silhouette de mon aïeule. Elle fit pivoter son fauteuil d'un mouvement étonnamment rapide et s'approcha de nous.

— Tiens, tiens. De la grande visite...

— Comment vas-tu ? dit maman.

Je me tenais collé à maman, ma main soudée dans la sienne. Je m'attendais à ce que maman fasse la bise à sa mère, mais non...

Ma grand-mère avait dans les soixante-dix ans, était extraordinairement mince, vêtue d'une robe de chambre rose et d'un foulard jaune qui pendait autour de son cou décharné. Elle portait une bague à chaque doigt et des boucles d'oreilles dorées. À la vue de ces bijoux, je me disais qu'elle avait dû être jadis une grande dame.

— Comment je vais ? Mon état se détériore, ma fille. Le docteur veut m'amputer les deux jambes, mais il en est pas question. La maladie m'a volé mes yeux, mais elle va pas me prendre mes jambes en plus, je te jure. Mais ils vont me garder ici jusqu'à la fin.

La vieille femme souriait en parlant. Le fait qu'elle allait bientôt mourir ne semblait pas l'affecter.

— À cause de mes jambes malades, je peux pas aller dehors. Mais ça me dérange pas vraiment. Y a trop de monde sur les trottoirs, ça m'étourdit. Dire que j'aimais tant les foules quand j'étais jeune...

— C'est une belle chambre, dit maman. Petite, mais ensoleillée.

— On dirait que ça te surprend.

— Ben, disons que ma première impression, dans l'entrée... Pas tout à fait le Ritz...

Ma grand-mère renâcla :

— Je suis bien ici. J'ai la radio, les gens prennent soin de moi, le docteur passe de temps en temps. Une infirmière me fait mes injections. Et puis je suis une vieille femme, mais ici, parmi les autres croulants, je suis belle. Quoi demander de plus ?

— Je suis contente qu'on s'occupe si bien de toi.

— Et qui c'est ce monsieur avec toi ? dit ma grand-mère en tournant la tête vers moi. Jean Béliveau ? Le général de Gaulle ? Maurice Duplessis ?

Je serrai la main de maman un peu plus fort.
— Marcel, dis bonjour à ta grand-mère.
— Bonjour, grand-maman.
— Eh bien, t'es un grand garçon, ma parole.
Elle montra le lit.
— Assis-toi, Marie. Et toi, Marcel, dépose ton petit derrière sur ce pouf à côté de moi.
— Vas-y, m'ordonna maman.
Elle prit place sur le bord du lit et moi sur le pouf.

Les pantoufles à longs poils rouges et enjolivées de boucles dorées de ma grand-mère reposaient sur l'appui-pieds de son fauteuil roulant. Ses jambes étaient parsemées de bosses et de vilaines veines bleues.

— Et toi, ma fille, comment va ta grossesse? demanda ma grand-mère, le menton tourné vers maman.

Maman se mit la main sur le ventre.
— Il bouge de plus en plus.
— C'est quoi, la date?
— À la fin de l'été. Fin août...
— Le signe de la Vierge. Les vierges sont des gens bien compliqués. Ils sont modestes, timides et fiables, mais ils sont aussi pointilleux et portés à critiquer. Tu vas avoir des problèmes avec cet enfant-là.

Maman secoua la tête mais se retint de répondre quoi que ce soit.
— L'astrologie, Marcel, c'est important, continua ma grand-mère. Ça et la bonne aventure. J'étais moi-même une diseuse de bonne aventure, tu sais. En te regardant dans les yeux et en te posant une ou deux questions, je savais ce qui t'attendait dans la vie. Pas de boule de cristal, de tarot, de feuilles de thé, rien de ces sornettes... Tout ça, c'était avant que le diabète vienne me gâter la vue.

— L'astrologie, la bonne aventure, c'est rien que de la bouillie pour les chats, et tu le sais bien, dit maman à sa mère.

— Toi, Marie, t'as toujours été pleine de doutes. Comme Thomas dans les Évangiles...

— C'est qui, Thomas?
— Laisse faire, Marcel. Je t'expliquerai une autre fois.

De la chambre voisine vint une espèce d'éructation animale.
— Mon Dieu, dit maman, c'était quoi ça?

— Ça, c'était mon voisin, Gédéon. Il tousse comme ça tout le temps. Longtemps il a travaillé dans une mine d'amiante, à Thetford Mines, je pense. Des fois, quand il s'arrache la gorge de même, je voudrais pouvoir le conduire à l'hôpital. D'autres fois, je le tuerais tellement il me rend folle.

— Misère, dit maman.

— Changement de propos, où est ta fille ?

— Elle pouvait pas venir. Elle se sentait pas très bien et je l'ai laissée avec Colette.

— Tu t'imagines quand même pas que je vais gober ça. Je suis pas née de la dernière pluie, ma fille.

— O.K. Si tu veux le savoir, j'ai pensé amener Minou, et puis je me suis dit que c'était pas une bonne idée. Minou est trop jeune. De voir une vieille femme aveugle, dans un hospice, ça l'aurait traumatisée. Les dernières semaines ont été éprouvantes pour elle : l'incendie, le déménagement et tout le reste…

— T'as pas le droit de me priver de la présence de mes petits-enfants avant ma mort.

— Pourquoi tu radotes au sujet de ta mort comme ça ?

— Parce que c'est vrai. Il me reste pas grand temps à vivre.

— Arrête. Ça fait des années que tu dis que tu vas mourir bientôt. Change de disque…

— Sois pas désagréable, veux-tu ?

— Écoute, Marcel est ici, non ?

C'est à ce moment que ma grand-mère décida de s'occuper de moi.

— Viens me voir un peu ici, mon garçon.

— Marcel, approche-toi de ta grand-mère.

— D'abord, apporte-moi ma loupe. Elle est sur la commode, là, près de la radio…

J'ai pris la loupe. Elle était lourde, avait un long manche, comme celle de Sherlock Holmes à la télé.

Ma grand-mère leva la loupe et se mit à bouger la tête.

— Je peux distinguer certaines choses avec ça.

Ses yeux, sillonnés de petites veines rouges, étaient humides, presque gluants. Elle m'examina avec insistance.

— Il te ressemble pas, dit-elle à maman.

— Il a les traits de son père.

— Oui, ton mari... Beau comme démon et un corps d'Adonis, mais si tu lui grattes un peu le crâne, tu découvres le cerveau d'un écureuil. J'espère que ton fils a un peu plus de matière grise.

Matière grise ? Je me demandais de quoi il s'agissait.

— Maman, ça suffit. Je te jure que si t'arrêtes pas tout de suite, moi et Marcel on s'en va.

Encore une fois, ma grand-mère mit la loupe devant ses yeux, ce qui les faisait paraître gigantesques. C'était à la fois drôle et effrayant.

— Qu'est-ce que vous pouvez voir, grand-maman ? osai-je demander.

— Bien, il y a de grosses taches noires partout. Faut que j'essaie de percevoir ce qu'il y a entre ces taches.

— Est-ce que vos yeux vous font mal ?

— Pas vraiment. Le problème, c'est que je les sens enflés, surtout le matin. C'est comme s'ils voulaient sortir de leurs orbites. Et, des fois, ils laissent couler une sorte de liquide, on dirait du pus...

— Arrête ça, maman. Tu vois pas que tu troubles Marcel avec tes détails dégueux ?

— Bon, d'accord... Grand-mère me toucha la poitrine avec son index crochu. Aimes-tu les histoires, Marcel ? Laisse-moi te raconter une histoire au sujet d'une personne aveugle. C'est arrivé il y a très longtemps.

— Dans le temps de la caverne d'Ali Baba ? lui ai-je demandé.

Ma grand-mère fit oui de la tête et dit :

— Peut-être, ça se peut...

— Marcel, laisse ta grand-mère raconter son histoire.

— Il y a très longtemps, donc, dans un royaume très, très loin d'ici, il y avait un diseur de bonne aventure aveugle. Même si l'homme était venu au monde aveugle, il pouvait voir ce qui allait arriver dans le futur. Une fois, il a prédit que le curé du village allait bientôt avoir un accident, et deux semaines plus tard, le bon curé – qui avait bu un peu trop de vin de messe – est tombé de son *buggy* et CRAC ! il s'est cassé le cou. Une autre fois, le diseur de bonne aventure a prédit qu'il y aurait une inondation et, la semaine suivante, il a plu au point où les gens s'attendaient à ce que Noé revienne pour construire une autre arche.

« Suite à ça, la réputation de l'aveugle était si grande que même le roi en a entendu parler. Mais le roi ne croyait pas à ces racontars.

Pour lui, l'aveugle n'était rien qu'un charlatan. Sais-tu c'est quoi un charlatan ?

Maman répondit pour moi :

— C'est quelqu'un qui prétend être une personne qu'il est pas en réalité. Comme ça, il peut exploiter les simples d'esprit.

— Bravo, ma petite fille ! dit grand-mère, du sarcasme plein la voix.

Maman poussa un soupir d'impatience.

— Continuez, grand-maman, dis-je.

— Un jour, le roi a décidé de faire venir l'aveugle à sa cour pour tester sa science. Le roi pensait qu'il allait s'amuser tout en donnant une bonne leçon au diseur de bonne aventure. Le roi a fait mettre un rat aux pieds de l'aveugle et il lui a demandé : « Qu'est-ce qu'il y a sur le plancher ? » Tout de suite, l'aveugle a répondu : « Il y a des rats sur le plancher, Votre Majesté. » Le roi était un peu surpris. « Des rats ? Combien il y en a ? Peux-tu me le dire ? » « Il y en a trois, Votre Majesté. » Le roi a éclaté de rire et il a dit : « Ha ! Je le savais ! Tu es un charlatan. Il y a qu'un rat ici et tu dis qu'il y en a trois. Maintenant, nous savons que tu n'es qu'un aveugle qui trompe les gens. Tu es une menace pour mon peuple et je te condamne à être décapité demain à l'aube. »

Je sursautai.

— Et qu'est-ce qui est arrivé ?

— L'aveugle, lui, il insistait qu'il avait raison. « Votre Majesté, je suis certain qu'il y a trois rats devant moi », qu'il disait, l'aveugle. Mais le roi riait encore plus et il a dit à ses gardes : « Chassez cet homme de mon palais ! »

Tout en racontant son histoire, ma grand-mère faisait tourner ses yeux malades et secouait la tête, ce qui rendait le récit encore plus dramatique.

— Mais, poursuivit-elle, certains hommes de l'entourage du roi étaient intrigués et ils ont décidé d'examiner le rat de plus près. À l'aide d'un couteau, l'un d'eux a ouvert le ventre du rat, et devine ce qu'ils ont découvert ? Le rat était une rate et elle était enceinte, et dans son ventre il y avait deux bébés rats.

— Ça veut dire que l'aveugle avait bien deviné, ai-je conclu.

— Tu as absolument raison, Marcel ! T'es un garçon intelligent...

— Qu'est-ce qui est arrivé après ?

Après, les hommes du roi sont revenus en courant pour lui annoncer la nouvelle. En entendant cela, le roi a été si impressionné que non seulement il a fait libérer l'aveugle mais, en plus, il l'a nommé premier ministre.

— C'était une belle histoire, grand-maman.

— Je suis pas convaincue, moi, dit maman. La partie où on coupe le ventre du rat m'a donné mal au cœur.

Ma grand-mère fit comme si elle n'avait rien entendu.

Maman récupéra son paquet de Craven A dans le fond de son sac à main, alluma une cigarette.

— On dit que fumer la cigarette est mauvais pour une femme enceinte, tu sais, dit ma grand-mère.

— Fumer, ça me calme les nerfs. Je ne vois pas comment ça peut être mauvais pour moi.

Ma grand-mère me remit la loupe et elle dit à maman :

— Merci de m'avoir appelée hier. Ça me fait plaisir d'être avec toi au moins une fois avant de mourir.

— J'aimerais que t'arrêtes de dire des choses de même, maman. T'es morbide.

Ma grand-mère sourit : « C'est pas mon intention... Je suis juste contente que tu sois ici pour qu'on puisse parler après tout ce temps. »

Maman se tourna de mon côté : « Marcel, pourquoi tu vas pas jouer avec tes soldats de plastique, là, près de la fenêtre ? »

Je lui obéis, me mettant à genoux par terre et étalant mes soldats sur le tapis beige.

— Et puis, dit ma grand-mère, c'est comment, vivre à Outremont ?

— Tu devrais voir la maison de Colette...

— C'est bien que tu sois installée là, après l'incendie et tout le reste. Mais le beau Philippe, à mon avis, c'est une vraie vipère.

— Pourquoi tu dis ça ?

— J'ai mes raisons.

— Pourquoi tu fais la mystérieuse ?

— J'ai mes raisons.

— Jésus-Marie, on est supposées avoir une conversation franche et ouverte, toi et moi, mais avec cette attitude... Maman explora des yeux la chambre pour trouver un cendrier, mais sans succès. Elle fit tomber la cendre de sa cigarette dans la paume de sa main et enchaîna :

— Ce que je peux te dire, en tout cas, c'est que Philippe a été très généreux avec nous…

— La vie est belle, donc ?

Maman, plutôt que de répondre, y alla d'un froncement de sourcils.

— Puisqu'on se parle pour une fois, dit-elle, il y a une chose que je veux que tu me dises. C'est un poids que je traîne depuis longtemps.

— Je t'écoute.

— Après que t'as mis papa à la porte, j'ai dit à tous ceux qui me le demandaient que mon père était mort, parce que je voulais pas admettre que mes parents étaient séparés. Mais tout le monde savait que c'était pas vrai. J'ai souffert pas pour rire de ça à l'école, tu sais. Les enfants me traitaient comme si j'avais la peste.

— Je suis désolée d'entendre ça.

— Non, tu l'es pas.

— Qu'est-ce que tu veux que je te dise ?

— Pourquoi t'as fait ça ?

— Fait quoi ?

— Pourquoi t'as mis papa à la porte ?

— Marie, tu te rappelles donc de rien ? Ton père, c'était le pire des salauds. La journée que je m'en suis débarrassée, le cher homme a levé la main sur moi une fois de trop. Tu sais ce que j'ai fait ? Je lui ai lancé une poêle de fonte en plein visage. Puis, je l'ai pris par la gorge et je l'ai poussé en bas des marches. Il s'est frappé le dos et la tête en déboulant jusqu'au palier en bas. Il s'est ramassé avec une bonne grosse poque sur le front et les reins en compote, mais il méritait encore plus que ça. Et le lendemain, il a voulu revenir, ton merdeux de père, mais je lui ai pas ouvert la porte. C'était fini entre nous…

— Qu'est-ce qui s'est passé après ? Comment ça se fait que je l'ai jamais revu ?

— C'est à lui qu'il aurait fallu demander pourquoi il a jamais essayé de te voir. Ce que je sais, c'est qu'il a continué à travailler – si on peut dire travailler – dans ce bar de danseuses du boulevard Saint-Laurent. Sa job, c'était de s'occuper des filles. Il allait les chercher à la gare ou au terminus d'autobus. Certaines avaient des enfants, et ton père devait les surveiller dans les coulisses pendant que les poupounes faisaient leur show – il leur donnait à manger, de la limonade, de la crème glacée. Et après la fermeture du bar, il devait conduire les filles et les enfants à leur motel. Un minable, je te dis... Et c'est pas de ma faute s'il est mort quatre ans plus tard. Mais laisse-moi te dire une chose : quand j'ai su que le cancer lui rongeait le cerveau, je me suis dit : bon débarras.

— Pourquoi tu l'as marié s'il était épouvantable à ce point-là ?
— Pourquoi je l'ai marié ? Quelle question... Je sais pas. Il était beau, j'étais jeune et stupide. Et puis je suis devenue enceinte par ses bons soins, fait qu'on s'est mariés obligés. Mais, je pourrais te poser la même question, Marie. Pourquoi t'as marié Paul ?
— Tu veux le savoir ? Surtout parce que je voulais changer de nom. Je voulais me débarrasser de mon nom de famille une bonne fois pour toutes, pour tout effacer.

Ma grand-mère émit un son qui se situait entre un grognement et un toussotement. « C'est une raison qui en vaut d'autres », dit-elle.

Il y avait une tasse vide sur la table de nuit ; maman y jeta son mégot. Le lourd silence qui suivit s'éternisa.

— J'aurais voulu que tu m'appelles après la mort de Florida, dit maman finalement. Me semble que c'était la chose à faire, tu trouves pas ?
— Je t'ai pas appelée parce que je me disais que tu voudrais pas me parler. Surtout quand j'ai appris qu'il y aurait pas de funérailles. Maudite Église catholique et ses bêtises au sujet du suicide qui est un péché mortel et tout le reste... Je me suis dit que tu voudrais vivre le deuil de Florida sans avoir à te frotter à moi. C'est ce que je croyais...
— Tout a toujours été en fonction de ce que tu croyais. C'est pour ça qu'on a jamais pu s'entendre, dit maman.
— Si tu le dis...

D'où je me trouvais je pouvais tout entendre dans la chambre. Maman était tellement stressée par la conversation qu'elle semblait avoir totalement oublié ma présence. À quelques pas de moi il y avait là ces deux femmes qui se regardaient en chiens de faïence. Il me vint à l'esprit que c'était là une constante dans ma famille et que j'étais venu au monde au sein d'une famille de cinglés. Moi qui, pourtant, n'avais rien fait à personne...

— Tu savais qu'elle avait déjà essayé de se tuer, pas vrai ? dit ma grand-mère. Trois ans auparavant.
— Oui...
— Florida... J'étais certaine qu'elle se suiciderait un jour.

— C'est terrible ce que tu dis là.
— C'est pourtant la vérité vraie.
— Pourquoi t'as rien fait pour l'empêcher d'abord ?
— Bien, comment j'aurais pu savoir quand exactement elle allait passer à l'acte ?
— Me semblait que t'étais une diseuse de bonne aventure !
— Ce que tu peux être blessante... Ce que je dis, c'est que je croyais que les choses finiraient mal pour ta sœur. Elle menait une vie secrète, et les gens qui mènent une vie secrète sont souvent vulnérables.
— Qu'est-ce que tu veux dire : elle menait une vie secrète ?
— Elle a fini par regretter plusieurs choses qu'elle a faites. Et les gens comme elle, quand un désastre les frappe, tout s'écroule.
— Quel désastre ? Pourquoi tu parles en paraboles ? Maman s'épongea le front du revers de la main. Tu sais, j'ai jamais eu une conversation aussi frustrante.
— Je suis désolée.
— Deux excuses au cours de la même journée, c'est un record !
— Arrêtons de nous quereller, veux-tu ? On a eu assez de disputes dans le passé... Viens près de moi, Marie. Laisse-moi toucher ton ventre, que je détermine si c'est un garçon ou une fille que tu portes.

Maman était figée, le visage renfrogné.

— Allez, lui dit ma grand-mère, je te dis que je peux prédire le sexe de ton enfant. Je ne me suis jamais trompée.
— Je veux pas que tu me touches.
— Pourquoi pas ?
— À cause de ce que tu avais l'habitude de faire.
— Il y a une éternité de ça...
— Ça fait rien. Tes mains sont encore couvertes de sang.
— Là, tu fais l'ignorante.
— C'était une autre raison pourquoi je voulais changer mon nom. Ce que tu faisais.

Quelqu'un frappa à la porte, ce qui nous fit tous sursauter.

Sans attendre la permission d'entrer, un vieillard se montra.

— Allô, Gédéon, dit ma grand-mère d'une voix neutre.

Gédéon avait la face bouffie et ses yeux proéminents faisaient penser à ceux d'un lézard. Son nez, un amas de chair rouge et veinée. Il faisait peur à voir.

— Comment t'as su que c'était moi ? dit-il à ma grand-mère. T'es pas supposée être aveugle ?

— C'est ton odeur qui t'a trahi, mon cher. Ton parfum : *Mauvais Gin No 5*.

Le rire de Gédéon se termina par une toux à vous glacer le sang.

— C'est ce que j'aime de toi, ton sens de l'humour, parvint-il à dire quand sa toux se calma finalement.

— Bon, mais là, lui dit ma grand-mère, comme tu peux voir, je suis occupée...

— Tu pourrais au moins me présenter, dit le vieil homme.

Ma grand-mère s'y plia de mauvaise grâce.

— Le garçon, là, c'est Marcel, mon petit-fils. Et ça, c'est ma fille Marie.

— Oh, dit Gédéon, c'est toi, Marie. *La* Marie...

— Qu'est-ce que vous voulez dire ? demanda maman.

— Ta mère m'a parlé de toi. Elle est très fière de toi.

En entendant cela, maman eut un air sceptique.

— Non, non, dit Gédéon, c'est vrai. Ta mère m'a dit que tu es la seule de ses filles qui sait se tenir debout devant elle.

— T'as pas besoin de répéter tout ce que je dis, lui reprocha ma grand-mère.

— Mais qu'est-ce qui se passe ici aujourd'hui ? dit Gédéon. Une réunion de famille, on dirait. J'espère que je dérange pas.

— Pas du tout, dit ma grand-mère. Pas plus qu'un cheveu sur la soupe.

Gédéon sourit, puis s'adressa à ma grand-mère :

— Lui as-tu dit, à Marie ?

— Me dire quoi ? demanda maman.

— Rien, intervint ma grand-mère. Gédéon, mêle-toi de tes affaires.

L'homme gratta son horrible nez et dit : « Bon, je veux pas abuser de votre hospitalité... Salut bien, tout le monde ! »

Gédéon sifflota en quittant la chambre mais la mélodie se transforma en une lugubre toux.

Après le départ du vieillard, maman demanda :

— Mais qu'est-ce qu'il racontait ? C'est quoi, ce que tu devais me dire ?

— Rien, dit ma grand-mère. Gédéon radote. L'alcool lui détraque le cerveau.

Puis, s'adressant à moi : « Donne-moi ma sacoche qui est là, près de la commode. »

Elle fouilla dans son sac, dans ce qui semblait être un fouillis.

— Tiens, tu t'achèteras des bonbons ou ce que tu veux.

Ma grand-mère mit quatre pièces de vingt-cinq cents dans ma main. J'étais abasourdi – jamais je n'avais eu une telle somme. Même tante Florida ne m'avait jamais donné autant.

— Dis merci, Marcel.

— Merci, grand-maman.

Ma grand-mère émit un marmonnement, appuya son menton contre sa poitrine, et cessa de bouger.

Je lui touchai l'avant-bras : « Grand-maman ? »

Maman se leva.

— On s'en va.

— Mais qu'est-ce qu'elle a ?

— Elle s'est endormie. Les vieux sont comme ça. Ta grand-mère est malade. Elle se fatigue vite. Il faut partir maintenant.

Je me dirigeais vers la porte quand maman me dit : « Laisse les sous qu'elle t'a donnés sur la commode. »

Avant que j'aie le temps de protester, elle ajouta : « Je vais te donner deux dollars quand on va être à la maison. »

Je ne comprenais pas son raisonnement, mais deux dollars, c'était une fortune.

— Ta grand-mère a besoin de son argent, dit maman.

Elle jeta un dernier coup d'œil à sa mère et dit :

— Sortons d'ici.

— Attends ! Mes jouets.

Je courus au pied de la fenêtre pour ramasser mes soldats en plastique.

Dans le corridor, maman marchait rapidement et me tirait par la main quand je n'arrivais pas à suivre. Pour une femme enceinte elle était loin de traîner la patte.

Plus pour elle-même que pour moi, elle dit : « Chaque fois que je la vois, elle me met toute à l'envers. Toucher mon ventre... Non mais, jamais de la vie ! »

Nous avons descendu les cinq étages pour aboutir dans le hall d'entrée de l'hospice. Le groupe de vieux, assoupis dans leurs fauteuils roulants et leurs berçantes, n'avait pas bougé depuis plus d'une heure.

M'imaginant ma grand-mère laissée à elle-même dans sa chambre là-haut, je dis : « Pourquoi il faut que grand-maman vive ici ? Elle pourrait venir avec nous à Outremont. Elle pourrait dormir avec moi dans ma chambre. Il y a assez de place pour mettre son lit. »

Maman sourit et me caressa la tête sans prononcer une parole, et j'ai bien compris que la discussion finissait là.

En attendant l'autobus, maman me dit :

— Je veux pas que papa sache qu'on est venus ici aujourd'hui tous les deux. Il serait pas content.

— Pourquoi ?

Maman hésita :

— C'est compliqué, Marcel, et t'as pas besoin de tout savoir ce qui se passe entre les adultes. Disons seulement que c'est un secret entre toi et moi, O.K. ?

Les adultes et leurs secrets…

Parc Belmont

Je sais que pour mon père, la direction que nous prenons conduit loin de la prison, loin de l'enfer carcéral. Le chemin de la liberté. En ce qui me concerne, par contre, cette même route mène tout ailleurs. Mon père est là, à mes côtés, et sa présence altère ma notion de la normalité, et il me semble que je me dirige vers un territoire inconnu, en route pour une vie nouvelle, une vie remplie d'événements imprévisibles. Et cela me fait peur. Une peur irrationnelle, j'en suis bien conscient, une peur qui me fait penser à celle que j'ai vécue à huit ans quand mon père venait d'être envoyé en prison et que rien n'avait plus ni queue ni tête.

Mon père se redresse sur son siège et ouvre les yeux. Il sourit.

— Cet été-là, dit-il, on a quand même eu de bons moments, non? Tu te souviens du parc Belmont?

Oui, le parc Belmont...

Je me souviens que du centre-ville, nous avions pris l'autobus jusqu'à Cartierville, au nord de l'île de Montréal, où se trouvait le parc d'attractions. L'autobus était tout neuf, les sièges en cuirette, agréables au toucher. Je pris place aux côtés de mon père, tandis que maman et Minou occupaient le siège devant nous. Mon père avait passé son bras par-dessus le dossier du siège et, mine de rien, je m'y appuyai la tête. Maman et Minou ont chanté pendant presque tout le trajet: *Le bon roi Dagobert*, *J'ai du bon tabac* et *Sur le pont d'Avignon*.

Des passagers montaient et descendaient à chaque arrêt, autant de nouveaux visages à scruter.

Le chauffeur soudain cria : « Cartierville, parc Belmont ! »

Sitôt la porte du bus ouverte, je me suis précipité vers l'entrée du parc. Mes parents et Minou tentaient de me suivre :

— Attends, Marcel ! Attends-nous !

— Une piasse et trente-cinq, dit la dame au guichet.

Mon père paya sans sourciller.

Dans un enclos, près de l'entrée du parc, des faisans, des paons et d'autres oiseaux exotiques exhibaient leur plumage multicolore.

Je tirai mon père par la main. Il y avait tant de manèges que je n'arrivais pas à faire mon choix : la Grande roue, la Souris folle, le Rapido, le Tourbillon et, bien sûr, les montagnes russes.

Maman ne voulait monter dans aucun de ces manèges.

— Les mouvements brusques sont dangereux pour une femme enceinte.

— Moi, je pense qu'elle est poule mouillée, ta mère, conclut mon père en me glissant un clin d'œil.

— Ben, pas moi, lui ai-je dit.

— Moi non plus, renchérit mon père.

— Bon, dit Maman, pendant que vous deux, les courageux, vous allez vous amuser dans le secteur des grands, moi et Minou on va se contenter des manèges pour les petits…

J'ai adoré les autos tamponneuses, et les montagnes russes encore plus. La Maison Hantée, toute croche et sombre, recelait des surprises terrifiantes, et les rires de la Grosse Femme me donnaient à la fois des frissons et l'envie de rire avec elle. Puis, mon père et moi avons couru vers le Rotor.

Alors que nous attendions notre tour, je voyais les braves utilisateurs de l'engin soudés au mur du manège qui tournait à une vitesse folle. Deux adolescents étaient parvenus, sans tomber, à se placer la tête en bas. Comment cela était-il possible ? Les garçons riaient mais, à cause du tintamarre infernal produit par l'appareil, je ne pouvais pas les entendre.

— Papa, je suis plus trop certain d'avoir le goût de l'essayer, celui-là, ai-je dit.

— Quoi ? Es-tu en train de me dire que t'as peur, fiston ?

— Ben, ç'a a l'air épeurant.

— C'est pour ça que c'est le fun. Sois pas femmelette.

Comme mon père passait ces remarques, le Rotor s'arrêta et les deux garçons sortirent, les jambes tremblantes. Ils avaient eu le temps de se remettre debout avant l'arrêt du manège. Ils riaient encore de leur prouesse.

La file d'attente avança et mon père et moi sommes entrés à l'intérieur de cette sorte d'énorme baril qu'était le Rotor. Nous avons pris place le dos appuyé à la paroi, avec les autres téméraires.

Mon père était l'unique adulte.

— T'es prêt? me demanda-t-il.

— Tiens-moi la main, s'il te plaît... lui ai-je demandé.

— Appuie ton dos contre le mur et mets les bras chaque côté de ton corps. Tu vas aimer ça, prends-en ma parole.

Le Rotor commença son mouvement giratoire, d'abord lentement, puis, en augmentant de vitesse de seconde en seconde. J'étais écrasé contre le mur, comme si une main géante m'y poussait, jusqu'à ce que j'aie la sensation d'être broyé. Et puis, soudain, le plancher sous mes pieds disparut. J'allais tomber et me faire écrabouiller avec tous les autres casse-cou, incluant mon père. Je criai plus fort que je ne l'avais fait de toute ma vie. Puis, je réalisai que la force centrifuge me plaquait sur place. J'ai essayé de tourner la tête vers la droite pour voir si mon père était toujours là, mais la main invisible rendait tout mouvement difficile. Je suis tout de même arrivé à me tordre le cou suffisamment pour apercevoir mon père. Il affichait un sourire que je ne lui avais jamais vu. Puis je constatai qu'il essayait de se décoller du mur, qu'il poussait de toutes ses forces avec les coudes, et je me mis à pleurer. Voyant cela, mon père est redevenu sérieux et a réussi à se rapprocher de moi.

Quand le plancher est revenu sous nos pieds, une cloche annonça la fin de mon calvaire et la vitesse du manège a diminué graduellement, en même temps que la main géante relâchait sa pression. Enfin, le Rotor s'est arrêté et je suis tombé à genoux. Mon père m'a aidé à descendre les marches. Je l'ai agrippé et j'ai pleuré de plus belle.

— O.K., Marcel, dit-il. Y a plus de danger, là.

J'ai cru qu'il allait se fâcher à cause de mes larmes, mais non.

Maman et Minou firent leur apparition.

— Qu'est-ce qui se passe? Qu'est-ce qui t'arrive, Marcel?

— Il est un peu secoué, dit mon père. Rien de grave.

Il me serra dans ses bras encore un peu et dit :

— Ça va, Marcel. Arrête de pleurer. Venez, je pense qu'il est temps de s'acheter de la barbe à papa.

— Oui ! Oui ! s'exclama Minou.

Nous nous sommes dirigés vers le comptoir où l'on vendait de la barbe à papa. Mon père lançait des blagues à la volée et fit même un pas de danse ou deux avec maman.

En un rien de temps, j'étais de nouveau en pleine forme.

— Tu vois, me dit mon père, y a rien qu'une barbe à papa et un Pepsi peuvent pas guérir. On retourne dans les montagnes russes ?

COMME UN INTRUS

Scène : La gare Windsor
INT. LE BUREAU DE « Chinois » MALIVERNE – JOUR

Derrière son bureau, « Chinois » Maliverne retire ses lunettes pour vérifier s'il devrait les nettoyer. Il regarde furtivement Paul qui entre dans le bureau.

Sur un signe de « Chinois », Paul s'assoit. Le mastodonte replace ses lunettes sur son nez.

« CHINOIS »

Bon. Mario me dit que tu aimerais bien faire un peu de *fric on ze side*?

PAUL

Oui, Monsieur Maliverne.

« CHINOIS »

D'après Mario, tu fais bien ton travail.

PAUL

Mario et moi on est une bonne équipe, je pense.

«Chinois» approuve d'un signe de tête.

«CHINOIS»

Mais surtout, Mario dit qu'on peut te faire confiance. Et j'ai quelque chose pour toi. Une mission. Rien de difficile, mais important.

Il dépose un sac de papier brun sur son bureau.

«CHINOIS»

Je veux que tu apportes ce colis à la gare Windsor. C'est de l'héroïne. De la bonne came blanche – pas de cette merde brune – bien emballée. Ce que tu vois là vaut quatre-vingt mille balles.

Il pousse le sac brun vers Paul.

Paul hésite, puis prend le sac, le soupèse.

«CHINOIS»

À la gare, tu vas le remettre à Gérard Laflamme.

PAUL

Gérard Laflamme...

«CHINOIS»

Le ministre de l'Éducation en personne. Le grand défenseur de la cause des Canadiens français, oui Monsieur! Le bonhomme nous aide de temps en temps. Le ministre Laflamme, le pauvre, est héroïnomane. Nous, on s'efforce de combler ses besoins, et en retour il nous rend de petits services à l'occasion, lorsqu'il va à l'étranger. Personne ne met le nez dans ses bagages aux douanes. On ne fouille pas les bagages d'un ministre, tu comprends?

Maliverne s'essuie les commissures des lèvres avec son mouchoir.

«CHINOIS»

Laflamme part cet après-midi pour assister à une conférence aux États-Unis. Ce que tu dois faire, c'est le rencontrer à deux heures dans les toilettes de la section des casiers pour les voyageurs, et lui refiler le sac en catimini. On lui a donné ton signalement. Il va te reconnaître. C'est tout ce que tu dois faire. Un collègue à nous va prendre l'héro à Détroit.

PAUL
(à voix basse)

Gérard Laflamme, tu parles... Qui aurait pu penser ça?

«CHINOIS»

C'est pourquoi la transaction doit se faire dans les toilettes. C'est à peu près le seul coin où on peut lui donner la marchandise sans se faire remarquer. Habituellement, tout ça se fait dans un endroit moins achalandé, mais il s'agit d'une affaire de dernière minute. Une faveur pour un ami. Alors voilà, tu remets le sac à Monsieur le ministre, et tu décampes, ni vu ni connu. C'est un cent dollars vite fait pour toi, pas vrai?

Paul tente vainement de sourire.

«Chinois» allume un des cubains qu'il a l'habitude de fumer, une monstruosité puante.

«CHINOIS»

Je veux que tu sois prudent, Paul. Ça devrait être de la tarte, mais les agents de la Gendarmerie royale essaient de s'infiltrer dans le racket des narcotiques. Faut être sur ses gardes.

Le téléphone sonne. Pour toute conversation, «Chinois» pousse quelques grognements. Il raccroche.

«CHINOIS»

Paul, j'ai besoin de quelqu'un de fiable pour ce genre de mission.

PAUL

Je vous laisserai pas tomber.

Paul se lève.

«CHINOIS»
(pointant le sol devant Paul)

Dernière chose. Lorsque tu seras à la gare, fais cirer tes souliers, veux-tu? Tu ne peux pas travailler pour moi avec des souliers dans un tel état. Tes souliers, mon gars, ça dit tout de ta personnalité.

Paul regarde ses souliers, puis fixe «Chinois».

On voit bien qu'il a envie d'envoyer promener son patron, mais il se retient.

Il quitte le bureau sans dire quoi que ce soit.

EXT. DEVANT LA GARE WINDSOR – JOUR

La portière du taxi s'ouvre, et voilà Paul qui apparaît.

PAUL
(voix off)

Je dois être complètement malade de me promener en plein centre-ville avec plus de deux livres d'héroïne sur moi. Si je me fais pincer, je suis bon pour au moins quinze ans en dedans…

Avec son imposante façade en grosses pierres, sa tour carrée et ses meurtrières, la gare Windsor a des airs de forteresse. Une puissance quasi palpable émane de l'édifice.

Paul s'engage dans la rue, le regard fixé sur les corniches pullulantes de pigeons, et il évite de justesse d'être frappé par un autobus, sauvé par le klaxon du chauffeur.

Le portique de la gare regorge de passagers et de porteurs chargés de valises et de colis de toutes sortes. Tout près de l'entrée principale, un jeune homme jongle avec trois balles. Le type est saoul ou bien il est malhabile ; reste que les balles ne cessent de tomber au sol et le soi-disant jongleur passe son temps à les récupérer. Paul lance une pièce de vingt-cinq cents dans la boîte de métal aux pieds du jongleur et se dirige vers les portes tournantes.

À droite de l'entrée principale, un indicateur fixé au mur informe des heures de départ et d'arrivée des trains :

Boston/New York/Miami
Toronto/Winnipeg/Vancouver
Toronto/Detroit/Chicago
Québec/Rivière-du-Loup

On entend à l'arrière-plan le son étouffé d'un train qui quitte la gare.

Un va-et-vient continuel de voyageurs anime les lieux.

De nombreux voyageurs sont aussi en attente; certains lisent un journal, d'autres dorment, assis, le menton appuyé sur la poitrine ou la tête renversée, la bouche béante de ronflements.

Paul tâte le sac dans la poche intérieure de son veston.

Personne ne semble faire attention à lui.

PAUL
(voix off)

Quatre-vingt mille piasses. Avec autant de *cash*, je pourrais me pousser de Montréal pour toujours. Je pourrais aller en France. Ou, mieux que ça, quelque part où il fait toujours beau. Comme Miami. Passer toutes mes journées sur une plage de sable blanc, une bière à la main, un ciel tout bleu au-dessus de ma tête... Je pourrais prendre le train et vendre l'héro une fois rendu à Miami. Trouver un acheteur serait pas difficile...

Un porteur qui pousse un chariot plein de valises donne un coup de sifflet. Paul s'écarte de son chemin.

Il consulte sa montre: presque deux heures.

PAUL

(voix off)

C'était une idée stupide... Je peux quand même pas partir, de même, et abandonner Marie et les enfants...

Le coin des casiers se trouve à l'autre extrémité de la gare. Paul traverse la salle au plancher de marbre, passe devant un groupe de cireurs de souliers, le kiosque à journaux, le comptoir d'information, une salle d'attente, la billetterie, le monument dédié aux combattants de la Grande Guerre :

À la Mémoire des Combattants
de Verdun, Vimy,
La Somme, Ypres, La Marne.

Arrivé près des casiers, il déambule comme si de rien n'était, s'assurant que personne ne se cache derrière les colonnes en granite. Il se glisse dans les toilettes.

Gérard Laflamme est là, penché au-dessus d'un lavabo. Il jette un coup d'œil dans le miroir lorsque Paul fait son apparition.

Laflamme n'est pas grand, mais il a de bonnes épaules et un cou puissant.

Paul reconnaît l'homme grâce à sa célèbre tignasse rousse.

PAUL

Hé, Monsieur Laflamme ! Ça me fait plaisir de vous rencontrer.

La voix de Paul ricoche contre les murs de tuile de la salle de toilettes et fait sursauter Laflamme.

LAFLAMME

(aboyant)

Contente-toi de me donner la marchandise et disparais, sacrament ! Maliverne m'envoie pas d'amateurs, d'habitude...

Paul avale de travers et remet l'héroïne à monsieur le ministre de l'Éducation, qui l'engouffre dans son attaché et s'éclipse.

PAUL

(dans un murmure)

J'espère que tu vas te faire pincer à la frontière, enfant de chienne.

Paul sort des toilettes avec l'air inquiet de celui qui a l'impression qu'on l'observe.

PAUL

(voix off)

Il y a personne de louche autour, mais ça veut rien dire. N'importe qui pourrait m'espionner. La bonne sœur, là-bas, près de la cabine téléphonique, on sait pas, mais elle pourrait bien être une agente de la Gendarmerie royale...

Paul achète une copie du *Montréal-Matin* et il prend place sur la chaise d'un *shoeshine boy*. Il n'arrive pas à lire son journal, n'arrêtant pas de scruter les environs.

Juste avant de sortir de la gare, il fait brusquement volte-face.

Personne...

PAUL
(voix off)

That's it, c'est la dernière fois que je m'embarque dans quelque chose de même. Je vais me taper une crise cardiaque si je fais ça encore…

Le boulevard Gouin

Je prends la bretelle menant au boulevard Gouin. Nous entrons dans Montréal. Le boulevard Gouin, dans cette partie de la ville, est une succession de *fast food*, de stations-service et de magasins de meubles et d'électroménagers bon marché. Toute cette beauté, cet après-midi, baigne dans une lumière glauque.

Mon père garde les yeux fermés mais je sais qu'il ne dort pas.

— Ça va ? que je lui demande.

— Oui, mais il y a tellement de choses à voir. J'ai la tête qui tourne.

Il se redresse sur son siège et porte son attention sur le tableau de bord. « Tous ces gadgets électroniques... »

Il saisit le boîtier du CD *A Love Supreme*, puis un autre. Il l'ouvre et en extirpe le disque.

— C'est la première fois que je prends un CD dans mes mains. C'est fou, non ? En passant, ça te dérangerait de fermer le son ? J'haïrais pas ça, un peu de silence. En prison, t'es toujours bombardé par la radio des autres, des musiques que tu peux pas blairer. Pis moi, justement, le jazz... Ton oncle Philippe, il faisait jouer ce genre de musique tard le soir à tout bout de champ. Ça me faisait grimper dans les rideaux. Des fois je descendais lui dire de baisser le son, et ça rendait ta mère furieuse...

J'accède à sa demande et fait taire la musique. En me penchant, je remarque que ses pantalons sont quelques centimètres trop courts. Ses souliers noirs, de qualité douteuse, contrastent avec le blanc de ses chaussettes.

Du pied droit il pousse quelque chose sur le plancher et récupère l'objet. C'est un petit soldat de plastique vert. Mon fils joue sans arrêt avec ces soldats depuis que je les ai trouvés, par hasard, dans l'allée des jouets de Kmart l'autre jour.

— Jésus ! s'écrie mon père, ça me rappelle des souvenirs...

Il examine le soldat et un sourire triste passe sur son visage. Il place le jouet sur le tableau de bord.

— Comment est ta mère ? demande-t-il. Elle vit toujours en Floride ?

— Oui.

Mon père hoche la tête. « Ta mère, elle était si contente de déménager à Outremont, avec les gros bonnets... »

S'il me sort des propos désobligeants au sujet de maman, je vais péter un plomb, c'est certain. Je serre les mâchoires à m'en faire mal aux dents et me passe la langue sur les molaires pour vérifier qu'elles ne sont pas brisées.

— Une des choses qui me manquaient le plus en prison, c'est niaiseux à dire, c'était de danser dans la cuisine avec ta mère, pendant que toi et Minou vous nous regardiez. C'est des riens comme ça qui nous manquent en prison.

Je me dis que je suis mieux de ne rien dire. Je laisse le vieil homme vider son sac.

— Je peux pas croire que Minou soit jamais venue me visiter. Pas une maudite fois. Et Lisette... Peux-tu t'imaginer comment c'est d'avoir jamais vu sa propre fille ?

— Non, je t'avoue...

— Ta sœur, un docteur... Me semble qu'elle devrait avoir du cœur, hein ? De la compassion. Qu'elle devrait être capable de pardonner.

— Minou est médecin, pas bonne sœur...

— Arrête de la défendre.

— Je la défends pas. T'arrêtes pas de me demander pourquoi elle refuse de te voir. Je ne sais pas... Les choses ont été dures pour nous après ton arrestation. Je veux dire que Minou en a souffert beaucoup, et moi aussi. De voir son père se faire embarquer par les flics avec tout le monde qui crie autour, je te jure...

— T'essaies de me faire sentir coupable ?

— Mais non, mais tu veux savoir pourquoi elle t'a jamais parlé, Minou. J'essaie de t'expliquer.

— Je lui ai envoyé des tas de lettres, à ta sœur, au fil des années. Elles ont toutes été retournées. Elle en a même pas ouvert une.

— Je sais, je sais... Tu m'as répété ça souvent.

— Qu'est-ce tu veux, je suis un vieux radoteur...

— Bon, arrête. Changeons de sujet, veux-tu ?

Mon père regarde dehors et me dit :

— T'aurais pu venir me voir plus souvent.

— C'est vrai, j'aurais pu...

— Mais je te remercie de m'avoir envoyé des photos de tes enfants. Ta petite fille, elle ressemble à Minou quand elle avait son âge. Tu trouves pas ?

Je souris.

Mon père se masse les tempes.

— Penses-tu qu'on pourrait arrêter prendre un café ? Le mouvement de l'auto, ça me donne mal à la tête. J'ai pas l'habitude.

— Bien sûr. Pas de problème.

— Là, dit-il, en désignant du doigt un restaurant.

[mai 1992]

Lettre no 113 (extrait, p. 2-3)

Ta grand-mère. Tu es au courant à propos des avortements, non? Dans les années 40. Ça me surprend qu'elle a jamais été arrêté et jeté en prison. Je suis certain qu'elle brûle en enfer maintenant. C'était une vieille sorcière ta grand-mère, une tueuse de bébés. Une femme qui adorait me faire des misères et me critiquer et ta mère aussi. Elle a jeté son mari dehors et paradait dans le voisinage comme si elle était la reine Victoria. C'est ce que les gens disaient à son sujet. Tout le monde la haïssait à cause des bébés morts. Tout le monde en avait peur aussi. Elle me lançait des bêtises en pleine face. J'ai jamais frappé une femme de ma vie, mais j'ai passé proche une fois ou deux dans son cas même si elle était vieille et presque aveugle à cause du diabète. Si je croyais en Dieu je dirais que le diabète était une punition pour ses péchés et pour avoir été une femme sans cœur. Même ta mère a juré de ne plus jamais la voir, mais elle y est retourné juste avant sa mort. Tu t'en souviens sûrement, tu étais là. Ta mère a toujours eu honte de sa propre mère, et elle avait honte que ses parents soient séparés. Personne divorçait dans le temps et les autres enfants tourmentaient ta mère et même les adultes du voisinage, même les trous de cul qui restaient mariés même s'ils haïssaient leur femme ou leur mari. C'est toujours les pires, les plus malheureux, qui jugent. Ta mère se sentait diminué quand elle était avec ta grand-mère, parce que la vieille prenait un malin plaisir à écraser les autres. Et ce qu'elle a accepté de faire pour Florida, c'est à faire vomir.

J'ai une nouvelle job. Je travaille au cimetière de la prison. Maintenant que le beau temps est là, on peut creuser la terre. Il y a un lot de cadavres qui sont morts pendant l'hiver et qui faut enterrer. Le boulot est dur pour le dos, mais au moins je suis dehors. Tu peux voir le ciel. Et au cimetière, j'ai pas à me méfier des autres cinglés tout le temps, j'ai personne dans mon dos.

[1965]

Les funérailles

Le salon funéraire empestait, avec toutes ces gerbes et ces couronnes de fleurs qu'on ne cessait d'entasser derrière le cercueil, pour bientôt former un mur de pétales exhalant des odeurs qui imprégnaient les vêtements, les cheveux et la peau de ceux venus pour les funérailles de ma grand-mère.

Le directeur de l'hospice avait téléphoné quelques jours auparavant pour nous apprendre la nouvelle. Il avait trouvé le nom et le numéro de téléphone de maman parmi les effets personnels de ma grand-mère.

Cet appel avait contrarié mon père.

— Me semblait que t'avais plus de contacts avec ta mère, avait-il dit, que tu la voyais plus depuis longtemps.

Maman n'eut pas d'autre choix que d'avouer qu'effectivement elle avait rendu visite à sa mère peu de temps avant sa mort.

Mon père cessa de la harceler avec ses questions quand il se rendit compte qu'elle était au bord des larmes.

Pour l'enterrement, les femmes avaient revêtu leur toilette des grandes occasions, alors que les hommes portaient des costumes gris, noirs ou bleu foncé, à l'exception de Philippe, accoutré d'un veston jaune moutarde sur des pantalons bruns, ce qui lui attirait les regards furieux d'à peu près tout le monde.

— Franchement, il charrie, dit maman.

— Tu peux être certain que ça lui donne un *kick* de faire un petit scandale comme ça, l'animal, affirma mon père.

Ma grand-mère, étendue dans un cercueil aux poignées ciselées dorés, avait la tête et les épaules qui reposaient sur un nid de dentelle et de satin. Visage de cire et mains de spectre, la mort avait transformé la vieille femme en une marionnette géante.

Moi, je pensais à ses yeux malades et au pus qui s'en échappait. Bientôt, non seulement les yeux mais tout le corps de ma grand-mère allaient être bouffés par les vers. Cette vision me tournait l'estomac.

Pour la seconde fois depuis notre arrivée, maman s'approcha du cercueil, s'agenouilla et se mit à prier. Maman croyait en Dieu comme certaines gens espèrent qu'un jour elles vont gagner à la loterie, avec passion mais en se disant qu'au fond, tout ça était peut-être une fumisterie. Mais étant donné qu'il s'agissait de la mort, valait mieux ne pas prendre de risque.

La famille était là, de même que quelques vieux de l'âge de ma grand-mère, six ou sept, regroupés dans un coin. Ils avaient tous la même physionomie : les épaules tombantes, un aspect décrépi, un costume noir ancien. On aurait dit des membres d'une confrérie secrète.

Je reconnus l'un d'eux. C'était Gédéon, le voisin de chambre de grand-mère à l'hospice. Avec une démarche chancelante, il s'approcha de maman alors qu'elle se levait du prie-Dieu.

Gédéon lui prit la main et d'une voix grave lui dit : « Mes sympathies, madame. »

Maman baissa les yeux.

— Votre mère était une... Votre... Elle était...

Tout comme lors de notre première rencontre, j'ai été frappé par le fait que Gédéon était prodigieusement ridé et qu'il avait de grosses poches sous les yeux. Et je ne pouvais me retenir de fixer son nez hideux. Gédéon me regarda de façon bizarre, puis, se tournant vers maman, il finit par lui dire : « Votre mère était ma meilleure amie, mais c'était aussi une vieille chipie. »

Maman sourcilla. Elle ne trouva rien à dire, si ce n'est : « Merci. » Elle a dû regretter sa réponse immédiatement...

— Je suis au courant au sujet de votre sœur Florida, ajouta Gédéon. Ça a dû être terrible pour vous.

— Ma sœur? dit maman. Mais qu'est-ce que vous racontez? On est pas ici pour ma sœur. On est ici pour ma mère.
— Oui, bien sûr... Pour votre mère...
Puis, Gédéon remit une enveloppe blanche à maman.
— C'est une lettre, dit-il. Votre mère me l'a dictée pas longtemps après votre visite l'autre jour. La nuit de sa mort, je l'ai trouvée dans le tiroir du haut de sa commode et j'ai pensé qu'il valait mieux que je vous la remette moi-même. Pour être certain que personne d'autre ne la lise avant vous. La mauvaise personne...
Maman se mit la main sur le front comme pour vérifier si elle faisait de la fièvre.
— Surtout, l'avisa le vieillard, lisez pas la lettre ici ou avec des gens autour de vous. S'il vous plaît, rappelez-vous ça.
Avant que maman puisse réagir, Gédéon se dirigea vers la sortie, avec les autres vieux débris dans son sillage.
Maman semblait soulagée que ces personnages douteux n'allaient pas se joindre à la procession funèbre.
Mon père aborda maman et lui demanda qui c'était, ce type.
Elle lui expliqua.
— Qu'est-ce qu'il t'a dit? La face t'a changé.
— Il m'a dit que ma mère était une vieille chipie.
Mon père ne put s'empêcher de rire.
— Arrête!
— Écoute, c'était une personne détestable au possible, ta mère, tu le sais bien.
— Peu importe. Ma mère est morte et faut être respectueux.
— T'as raison... Excuse-moi, Marie.
— Ce vieux monsieur, il m'a donné cette lettre. De ma mère...
Elle lui montra l'enveloppe.
— Ta mère? Qu'est-ce que ça dit?
— Je sais pas, moi. Je l'ai pas encore lue.
Maman enfouit la lettre dans son sac à main.
Colette et Philippe s'approchèrent de mes parents.
— Florida l'an dernier, dit Colette, et là maman... À qui le tour après ça?
— Sors-nous pas des trucs pareils, lui dit Philippe. C'est déprimant.

— Quand je suis allée la voir, l'autre jour, dit maman, elle a dit quelque chose à propos de la vie secrète de Florida... Je me demande de quoi elle parlait.

— Fouille-moi, dit Colette. Tu sais que Florida et moi on n'était pas intimes. Pas autant que toi et elle.

— Qu'est-ce que tu racontes? répliqua maman. J'étais pas aussi près d'elle que tu penses. Personne l'était, j'en ai bien peur...

— C'était une drôle de femme, ça c'est certain, dit Colette.

— Quand même, dit maman, après sa première tentative de suicide, peut-être que j'aurais dû... Je sais pas, j'ai l'impression d'être un peu coupable. Comme si j'avais pu faire quelque chose pour prévenir ça...

— Ça va faire, Marie! s'écria mon père. Toutes ces idées noires sont mauvaises pour toi. Et je suis sûr que c'est pas bon pour le bébé que tu portes non plus.

— Ton mari a raison, dit Philippe. Les regrets vont pas ramener ta sœur.

— Reste que, dit maman, je me demande ce qu'elle voulait dire, maman, avec cette histoire de vie secrète... C'est sûr et certain qu'elle avait quelque chose derrière la tête.

Maman jeta un œil à son sac à main, absorbée dans ses pensées. Puis elle dit:

— Si seulement Florida nous avait laissé une note pour nous expliquer pourquoi elle a fait ce qu'elle a fait...

— Moi, je dois dire, soupira Colette, que je me suis toujours demandé si c'était pas un accident plutôt qu'un suicide.

— C'était pas sa première tentative, dit mon père, ça devrait te dire quelque chose.

— Je sais, je sais... concéda Colette.

— Chose certaine, affirma Philippe, ç'a aurait été bien mieux si le médecin légiste avait triché quand il a rempli son certificat de décès.

— Qu'est-ce que tu veux dire? demanda Colette.

— Pour que sa mort soit pas officiellement un suicide...

— Ils peuvent faire ça? demanda maman.

— Ils peuvent faire ce qu'ils veulent. Comme ça, il y aurait eu des funérailles à l'église et toute cette histoire aurait été plus facile pour tout le monde.

Les propos de Philippe les laissèrent tous pensifs.

Puis maman dit :
— J'aime pas l'avouer, mais je remercie le ciel de pas avoir été celle qui a trouvé Florida.
— Moi aussi, dit Colette. Seigneur...
— Vous trois, dit Philippe, vous parlez sans arrêt de Florida. On est à ses funérailles ou à celles de votre mère ?
— T'as raison, dit maman en s'essuyant une larme. Je me demande ce que j'ai à pleurer, moi. J'arrive pas à me contrôler.
— Elle est belle, maman, dans son cercueil, non ? demanda Colette. Ils ont fait de la bonne ouvrage, vous trouvez pas ?
— Oui, c'est vrai, approuva maman, sans trop de conviction.
Elle et Colette retournèrent vers la défunte. Une ancienne voisine venait d'arriver et se tenait près du cercueil. Philippe et mon père ne se dirent rien de plus et prirent chacun une direction opposée.

L'odeur des fleurs me donnait mal à la tête et je sortis de la pièce à mon tour.

À droite, un corridor conduisait à la sortie arrière du salon. La porte donnait sur le stationnement. Je l'ouvris et vis mes cousins, Éric et Claude, qui couraient autour des voitures stationnées. Ils étaient descendus de l'Abitibi avec leurs parents pour les funérailles. En dépit de la chaleur, Éric et Claude portaient un costume et un *trench coat* à la Humphrey Bogart.

Je ne voulais rien savoir de ces bons à rien mais, comme je m'apprêtais à retourner à l'intérieur, j'entendis : « Hé ! Marcel ! Attends ! »

Éric et Claude se tenaient côte à côte dans le stationnement, essoufflés.

— On fait semblant de jouer dans un film d'espionnage, dit Éric.
Le commentaire avait pour but de m'impressionner. Les jumeaux se tenaient bien droits, posant comme des vedettes de Hollywood.
— On te demanderait bien de jouer avec nous, dit Claude, mais t'as pas l'air trop, trop d'un espion avec ce que ta p'tite maman chérie te fait porter. Ton nœud papillon moumoune...

Ils se dilataient la rate, ces deux tarés. J'aurais voulu leur dire de... de... Mais je n'arrivais pas à trouver une brillante réplique, quelque chose d'adulte à leur envoyer par la tête.

— Pis, dit Éric, comment t'aimes ça habiter à Juifville ?
— Quoi ?

— Tous tes voisins à Outremont, ils sont Juifs, non ?

— Non, pas tous...

— Tu trouves pas qu'ils sont bizarres ? demanda Claude. Les Juifs...

— Qu'est-ce que tu veux dire ?

— Quoi, dit Éric, t'es pas assez allumé pour t'apercevoir qu'ils sont différents de nous ?

— Pour commencer, dit Claude, leurs pénis sont pas comme les nôtres.

C'était la chose la plus invraisemblable que j'aie jamais entendue, et une série d'images floues me passa devant les yeux.

— Ben oui, renchérit Éric, les Juifs se font couper une partie de leur pénis quand ils sont bébés.

— T'es rien qu'un menteur, lui dis-je. Comment ils peuvent avoir leur... leur pénis coupé ? Vous êtes malades dans la tête, tous les deux.

— Pas besoin de nous croire sur parole, dit Claude. T'as qu'à demander à l'un d'eux de te le montrer.

— Ils parlent pas français...

— Tu vois ? dit Éric. On te l'a bien dit qu'ils sont bizarres, les Juifs.

Encore là, je ne trouvai pas de répartie valable à leur décocher.

— Bon, dit Claude. On a assez perdu de temps. On retourne jouer aux espions.

— C'est vraiment dommage que tu peux pas jouer aux espions habillé de même, dit Éric, comme un bébé.

Les jumeaux m'inspectèrent de la tête aux pieds et éclatèrent de rire. Puis, ils s'élancèrent dans le stationnement, leurs chaussures claquant sur l'asphalte pendant qu'ils se pourchassaient.

Moi, ces vauriens, je les enviais et les maudissais à la fois.

Je retournai à la salle où était exposée ma grand-mère.

Les employés du salon funéraire s'affairaient à enlever les bouquets et les couronnes. Quand le croque-mort fit son entrée dans la pièce pour annoncer qu'il fallait fermer le cercueil, maman se cacha la figure avec ses mains. Elle me rappelait madame Wah devant son restaurant en flammes, les épaules agitées par les soubresauts de ses sanglots. Mes tantes se faufilèrent dans le fond de la pièce, voulant éviter de voir le couvercle du cercueil se fermer pour toujours sur le corps de leur mère. Maman, elle, sortit de la pièce avec mon père, en tenant Minou par la main.

Je restai avec Derby, Philippe et Gérard. Je voulais tout voir et ainsi peut-être comprendre ce qu'était la mort. Mais tout ce qui m'est venu, alors que le croque-mort fermait le cercueil, fut une vague d'émotion. Mon souffle court perdura tout le temps que la religieuse affectée au salon funéraire récita les prières d'usage. Elle avait une voix nasillarde, la bonne sœur, et ses dévotions n'en finissaient plus.

Puis, tous sortirent pour former un cortège derrière le corbillard. L'église était à dix minutes de marche du salon funéraire. Le soleil était haut et chaud au point où je sentais mes joues brûler. Maman me prit la main, épongea la sueur sur mon front avec son mouchoir et me demanda si je me sentais mal. J'ai dû dire que tout allait bien.

La procession se mit en branle, sans hâte.

La main de maman était moite. J'ai voulu retirer ma main mais elle la serra plus fermement et me dit : « Sois sage ! » Elle ne pleurait plus mais reniflait de façon régulière.

Devant nous, on ne pouvait rater oncle Philippe dans son accoutrement jaune et brun. Il y avait aussi tante Colette, tante Denise et Derby (ce dernier chaussé de souliers lourds dont le martèlement sur le sol semblait donner le rythme à la procession), le porteur de la croix, deux enfants de chœur, Laure et Gérard, et mes cousins, ridicules dans leurs costumes et leurs *trench coats*, qui marchaient tête basse en se donnant une allure grave pour singer les adultes.

Mon père et Minou nous suivaient, maman et moi.

Minou se plaignait qu'il faisait chaud et qu'elle avait soif.

— Moi aussi j'ai chaud et j'ai soif, lui dit mon père, pis je me plains pas.

Puis, prenant pitié de ma sœur malgré tout, il lui refila une gomme à mâcher, et en entendant le froissement du papier d'emballage j'en voulais, moi aussi, une gomme, mais alors que j'essayais de me retourner, maman me serra la main et m'ordonna de me tenir tranquille. Nous marchions tous péniblement, telle une bande de forçats en route vers le bagne. Des gens sur le trottoir s'éventaient avec leur chapeau ou un journal tout en nous reluquant – des enfants sur leur vélo, des femmes en jupes d'été, des vieillards appuyés sur leur canne – comme si nous tous avions été reconnus coupables de quelque méfait. J'aurais voulu qu'ils fichent le camp.

Au bout de la rue principale se dressait une église en pierres grises avec un très haut clocher.

Six porteurs tirèrent le cercueil du corbillard et l'apportèrent devant l'autel, où attendait un jeune prêtre à la peau vérolée. Sa chasuble violette était ornée d'une grande croix jaune.

Et tout à coup des sons fantastiques s'échappèrent de l'orgue, si forts que je craignais que les murs de l'église ne s'écroulent. Heureusement, après quelques instants, l'instrument se fit presque silencieux, accompagnant une voix de ténor qui s'éleva de l'arrière de l'église.

Après le chant, le prêtre accueillit les gens endeuillés par :

— Le Seigneur soit avec vous...

Le ton ampoulé était tout à fait de circonstance.

J'avais de la difficulté à bien respirer dans l'église et mes vêtements restaient imprégnés de l'odeur des fleurs funéraires.

Maman regardait droit devant elle, frottant du doigt la croix de son chapelet. Elle n'épongeait pas son visage, bien que des coulisses sombres de mascara lui descendaient le long des joues, comme si les larmes y creusaient des sillons de chagrin. Mon père essayait bien de lui mettre son mouchoir dans une main, mais elle l'ignorait.

Moi, j'avais les yeux qui me piquaient. Parce que ma grand-mère était décédée, parce que maman était si peinée, et parce que personne d'autre ne pleurait. La mort de ma grand-mère, me disais-je, aurait dû rendre ses enfants malades de tristesse, mais ce n'était pas le cas. Je ne voulais même pas essayer d'imaginer comment je me sentirais si c'était maman qui était morte.

La cérémonie s'est déroulée lentement. Du théâtre bien rodé. Le prêtre marcha autour du cercueil en faisant balancer son encensoir en or d'où s'échappait la fumée aromatique censée élever les prières jusqu'au paradis, fit l'éloge de ma grand-mère, ordonna une collecte pour que des messes soient célébrées à l'intention de la défunte. Tous reçurent la communion et, enfin, la cérémonie prit fin.

Dans une espèce de grand souffle, les notes de l'orgue remplirent l'église pour éclater dans les portes qui s'ouvrirent avec fracas.

Les cloches se mirent à sonner, et une fois dehors je levai les yeux vers le ciel et fus cinglé par un soleil phosphorescent. Dans ce foisonnement de lumière je parvins à distinguer le clocher, mais j'eus l'impression qu'il vacillait et qu'il allait s'effondrer sur la foule rassemblée sur le parvis de l'église. Confus, je titubai vers la rue sans m'en rendre compte. Mon père m'attrapa par un bras alors qu'une voiture passait en trombe tout près de moi.

— Mais qu'est-ce que tu fais, viarge ? s'exclama-t-il. Il me secouait le bras, me faisait mal. T'as passé à un cheveu de te faire frapper par une auto !

À ce moment, l'idée d'aller au cimetière m'était devenue insupportable et je demandai à mon père si on pouvait s'en aller à la maison.

— Voyons, Marcel, fais pas ton bébé.

Il se tourna vers maman et dit :

— Mais qu'est-ce que t'as ?

Maman pressait une feuille de papier contre sa gorge. À ses pieds, l'enveloppe blanche que Gédéon lui avait remise.

— Marie, dit mon père, qu'est-ce qu'il y a ?

Grimaçant dans le soleil, maman s'appuyait sur le corbillard.

— Ramène-moi chez nous, Paul, dit-elle. Tout de suite.

COMME UN INTRUS

Scène : Zombie
INT. LE CLUB TOULOUSE – SOIR

Le Club Toulouse, une boîte de nuit, est rempli à craquer et Florida est au centre de cet univers. Les musiciens l'accompagnent avec aisance, transportés qu'ils sont par sa voix chaude et puissante.

Florida est grande et mince. Ses traits sont fins et sa chevelure brune est dissimulée sous une perruque blonde. Sa robe pourpre, ornée de paillettes, brille sous les projecteurs de la scène.

Philippe est au bar. Un HOMME attifé d'un smoking se tient à ses côtés.

L'HOMME
La Billie Holiday Canadienne française… C'est comme ça qu'on l'appelle.

Philippe opine de la tête.

La chanson se termine et l'auditoire applaudit avec enthousiasme. Florida salue la foule et le rideau se ferme devant elle.

Le MAÎTRE DE CÉRÉMONIE bondit sur scène.

MAÎTRE DE CÉRÉMONIE

(beuglant dans le microphone)

Mesdames et messieurs, c'était la seule et unique Florida. Elle est pas croyable, vous trouvez pas ?

Ce qui provoque de nouveaux applaudissements.

Le MC continue sur sa lancée.

MAÎTRE DE CÉRÉMONIE

O.K. ! Avant de vous présenter notre prochaine vedette, laissez-moi vous parler d'une fille que je connais bien. Elle a travaillé dans un bordel pendant trois ans, et puis elle a fait une dépression nerveuse… quand elle s'est rendu compte que les autres filles étaient payées pour leurs services.

Le MC se plie en deux, et quelques rires fusent çà et là.

PHILIPPE

(entre ses dents)

Ostie de cave…

Philippe vide son verre et se dirige vers le côté gauche de la scène.

Un des gorilles de la maison lui bloque l'accès. L'homme n'affiche aucune expression.

PHILIPPE

Je m'appelle Philippe Décarie. Florida – celle qui vient de chanter – est ma belle-sœur. Pourriez-vous lui dire que je suis ici ?

GORILLE

Une seconde.

Le gorille fait demi-tour et se dirige vers les coulisses.

Philippe se donne une contenance en sortant ses cigarettes de la poche de son veston.

Tandis qu'il attend, Philippe observe les lieux : la scène, le bar, les nombreuses tables. Le plancher de danse est bondé, la plupart sont des gens d'âge mûr. Bix Bélair et son Band jouent *My Dreams are Getting Better All the Time* de Les Brown, un vieux truc du temps de la guerre.

Le gorille est de retour.

GORILLE
(conservant sa face de bois)
C'est bon. Vous pouvez y aller. Loge numéro trois.

Philippe refile un billet de cinq dollars au gorille et prend la direction de l'arrière-scène.

INT. LA LOGE DE FLORIDA - SOIR

Florida reçoit Philippe avec un baiser sur chaque joue.

FLORIDA

Qu'est-ce que tu fais ici ?

La loge est remplie de vêtements, suspendus à des cintres ou empilés ici et là. Il y a un mannequin nu, sans tête, dans un coin de la pièce, et des tables à maquillage partout avec un miroir entouré d'ampoules électriques. D'autres filles partagent la loge; elles sont à moitié nues, en train de se maquiller ou d'ajuster leur perruque. Elles ne font pas attention à la présence de Philippe.

Florida porte un peignoir à motifs écossais. Elle prend place à sa table de maquillage et pointe du doigt un paravent près du mur.

FLORIDA

Installe donc ça. On aura un peu plus d'intimité.

Philippe se plie de bonne grâce à la directive de sa belle-sœur.

Elle lui sourit par le biais du miroir.

FLORIDA

Tu veux boire quelque chose ?

PHILIPPE

Avec grand plaisir.

FLORIDA

Là, au bout de la table...

Parmi les *eye-liners*, les rouges à lèvres, les eaux de toilette, les mascaras, et les flacons de toutes formes se trouvent une bouteille de whisky et deux verres.

PHILIPPE

Magnifico !

FLORIDA

J'ai bien peur qu'on doive se passer de glaçons.

PHILIPPE
(en remplissant les verres)
À la guerre comme à la guerre.

Florida sourit.

FLORIDA

Santé !

Les deux prennent une bonne rasade.

FLORIDA

Dis-moi ce que tu fais ici.

PHILIPPE

Je suis venu te voir. Voir ton spectacle… Tu sais à quel point j'aime la musique. Puis, je me suis dit qu'il fallait bien que je vienne te rendre une visite dans ta loge.

FLORIDA

Ma belle loge de vedette, oui…

Philippe reprend la bouteille.

PHILIPPE

Je peux…?

FLORIDA

Faites comme chez vous, cher Monsieur.

Philippe verse à nouveau une bonne ration d'alcool dans les deux verres.

Florida enlève son mascara à l'aide d'un tampon démaquillant.

Philippe prend une gorgée de whisky.

PHILIPPE

Tu étais super ce soir. Comme toujours…

FLORIDA

Arrête, tu vas me faire rougir.

Avec un papier mouchoir, Florida s'attaque à son rouge à lèvres. Ses mains ont la grâce d'un oiseau.

PHILIPPE

La Billie Holiday Canadienne française.

FLORIDA
(s'esclaffant)

Arrête de dire des niaiseries !

Elle s'essuie le visage avec une serviette. Le maquillage de scène est disparu.

PHILIPPE

J'aime l'odeur dans cette loge.

Florida renifle l'air, se plisse le nez.

FLORIDA

Qu'est-ce que ça sent ?

PHILIPPE

Un mélange de parfum et de poudre et… Je sais pas trop… Des odeurs de femme et j'aime ça.

FLORIDA
(soudain affichant un air sérieux)
Colette, elle sait que t'es ici ?

PHILIPPE

Je lui ai dit que je sortais. Mais tu connais ta sœur, elle est pas du genre oiseau de nuit. Elle dit que c'est trop bruyant dans les cabarets et que la fumée de cigarette lui donne mal à la tête… C'est drôle à quel point toi et Colette pouvez être différentes, pas juste physiquement…

Le haut du peignoir de Florida est entrouvert.

Philippe ne manque pas de s'en apercevoir.

Florida se met la main sur le cou et referme les pans du vêtement.

Philippe fait le type qui n'a rien remarqué et sort son paquet de cigarettes.

PHILIPPE

T'en veux une ?

FLORIDA

J'ai les miennes.

PHILIPPE

J'insiste.

Philippe se trouve directement derrière Florida. Le tiroir de la table à maquillage est ouvert.

PHILIPPE

Qu'est-ce que c'est que ça?

FLORIDA

Ça se voit…

PHILIPPE

J'en prendrais bien. Avec toi…

Florida lance un regard interrogateur à Philippe.

FLORIDA

Je savais pas que tu…

PHILIPPE

Il y a plein de choses que les gens savent pas à mon sujet… Mais c'est bien comme ça. Je suis certain que tu me comprends.

Florida lui envoie un clin d'œil et sort du tiroir le sac, un petit miroir rond et une lame de rasoir.

FLORIDA

Prépare-nous donc tout ça pendant que je refais mon maquillage.

Philippe se met à la tâche, puis il dépose devant Florida le miroir avec, dessus, deux belles lignes de poudre blanche. Il roule un billet de cinquante dollars et le tend à Florida.

Florida remarque la valeur du billet et y va d'un sourire narquois.

FLORIDA

Frimeur, va.

PHILIPPE

S'il te plaît. Les dames d'abord.

FLORIDA

Tu vas voir, c'est de la bonne came.

Florida chipe le billet de banque.

Puis, c'est au tour de Philippe. Il aspire son rail de coke, se renverse la tête vers l'arrière et se pince le nez comme s'il allait éternuer.

FLORIDA
(en riant)

Je te l'avais bien dit que c'est pas de la merde.

Philippe avale une bonne dose de whisky.

PHILIPPE

Vas-tu chanter encore ce soir ?

FLORIDA

Non, la Billie Holiday de l'Est de Montréal a fini son *set*.

PHILIPPE

Tu veux aller quelque part ?

FLORIDA

Je suis pas certaine que ce soit une bonne idée. Colette…?

PHILIPPE

Quoi ? J'ai pas le droit de prendre un petit cordial ou deux avec ma belle-sœur préférée ?

FLORIDA

T'as toujours été un sacré flirt.

PHILIPPE

Évidemment, si t'as quelque chose d'autre au programme – un rendez-vous galant, par exemple…

FLORIDA

J'ai rien d'autre, non. Mais restons ici si tu veux bien. Dans ce cabaret, je veux dire…

PHILIPPE

Ça me va...

FLORIDA

Pourquoi tu retournes pas au bar? Je m'habille et je vais te rejoindre dans quelques minutes.

PHILIPPE

D'accord, madame la marquise...

INT. CLUB TOULOUSE – NUIT

Philippe se retrouve dans les coulisses et se faufile parmi les décors utilisés pour les spectacles, les accessoires, la circulation des musiciens et des techniciens. Tout en marchant, il se frotte les narines. La cocaïne fait son effet. Sa perception de la musique est altérée, et les gens et les choses semblent papillonner autour de lui, comme si tout était sous haute tension.

À travers le nuage de la fumée de cigarette et la pénombre ambiante, il entrevoit le bar qui longe un côté du cabaret, le plancher de danse et la scène.

Une vendeuse de cigarettes est appuyée à une extrémité du bar, son éventaire reposant sous sa poitrine. Elle a le visage long et étroit d'une fouine. À peine âgée de dix-sept ans, les cercles mauves sous ses yeux la vieillissent d'une bonne décennie. Un client s'approche d'elle; son sourire est un pli d'accablement.

Les clients, accoudés au bar, boivent allègrement. Philippe parvient à s'y faire une place. Il s'offre une Smirnoff Blue qu'il avale en moins de deux. Il commande une autre vodka et s'éloigne du bar.

Une nouvelle chanteuse est sur scène. Elle a son propre groupe de musiciens, un trio composé d'un pianiste, d'un bassiste et d'un guitariste.

Voilà Florida qui s'amène. Elle porte une robe blanche avec une ceinture brodée multicolore qui accentue ses rondeurs. Ses gants blancs lui montent jusqu'aux coudes.

Certains clients la reconnaissent. Un couple l'applaudit. Une femme ne peut s'empêcher de lui toucher un bras.

Florida indique à Philippe la table libre qui est réservée aux employés de la boîte.

PHILIPPE

Qu'allez-vous boire, Madame-la-Grande-Star?

FLORIDA

Je crois que je vais prendre du champagne. Ta façon d'étaler tes gros billets tout à l'heure…

Philippe commande une bouteille de Dom Pérignon.

Florida se tourne vers la scène et écoute la chanteuse.

PHILIPPE

Elle chante bien.

FLORIDA

Ouais…

PHILIPPE

Et toi ? Ta carrière ?

FLORIDA

Je suis presque arrivée à enregistrer un disque il y a quelques semaines, mais à la dernière minute tout a foiré.

PHILIPPE

Désolé... Mais, tu sais, je connais certains personnages dans le milieu. En fait, c'est mon associé Joe, surtout, qui est bien branché. Un de ses bons amis est propriétaire du Zombie.

FLORIDA

Le Zombie ?

PHILIPPE

Oui, Le Zombie, sur Sainte-Catherine.

FLORIDA

Je connais très bien Le Zombie. J'adorerais chanter là. Ici, c'est tellement pépère...

PHILIPPE

Bix Bélair et son Band de dinosaures...

Florida sourit.

La serveuse revient avec le champagne.

Philippe fait sauter le bouchon.

FLORIDA

(après une première gorgée)

Que c'est bon.

PHILIPPE

Pour en revenir au Zombie, si je demande à Joe, il va pouvoir organiser une rencontre pour toi. Une audition... As-tu un impresario?

FLORIDA

Non, plus maintenant. J'en avais un mais il était nul. C'est lui qui a fait toute la merde avec la compagnie de disque. Le type était surtout intéressé à se défoncer avec moi.

PHILIPPE

T'en fais pas. On va faire avancer les choses.

Florida scrute son beau-frère tout en buvant son champagne.

PHILIPPE

Ça te tente d'aller au Zombie?

FLORIDA

Quand? Tout de suite?

EXT. DEVANT LA BOÎTE LE ZOMBIE – NUIT

Philippe gare sa Lincoln devant le Zombie et refile la clef au préposé au stationnement. Le Zombie est un édifice rouge érigé entre le cinéma Chéri et une maison de jeu déguisée en salle de danse. Le nom du band vedette est inscrit en grosses lettres sur la marquise, et sur le mur près de l'entrée il y a une affiche :

> DE L'ACTION AU ZOMBIE !
> HARLEM À MONTRÉAL !
> Le seul VRAI spectacle de noirs en ville !
> ÉNERGIQUE ÉTINCELANT EXOTIQUE !!!
> Musique !!! Danse !!!

Le PORTIER s'incline en voyant Philippe et Florida.

PORTIER

Comment allez-vous, Monsieur Philippe ?

PHILIPPE

Très bien et toi, Satchmo ?

L'homme ressemble bel et bien à Louis « Satchmo » Armstrong – les yeux globuleux, les bajoues, le sourire immense. Son manteau lui tombe jusqu'aux mollets et il porte un chapeau de fourrure de type russe, avec les oreillettes qui lui encadrent le visage.

Philippe lui jette un coup d'œil amusé.

PORTIER
(souriant)

Quand il fait froid comme ce soir, faut ce qu'il faut… Même si j'ai l'air d'un Russe noir.

PHILIPPE

Oui, on va t'appeler Satchmo Staline à l'avenir.

Le portier rit à gorge déployée et se frappe les mains.

PORTIER

Satchmo Staline… Elle est bien bonne !

Philippe glisse deux billets dans la poche du manteau de Satchmo et lui souhaite une bonne soirée.

INT. LE ZOMBIE – NUIT

L'entrée du Zombie est décorée d'affiches de vedettes du jazz des années 1940 et 1950 : Ella Fitzgerald à l'Apollo, Duke Ellington sur scène au Cotton Club, Bennie Goodman au Carnegie Hall, Henry Fink au Club Samoa.

À l'intérieur, une murale recouvrant le mur de gauche présente des femmes noires à demi nues dansant parmi des hommes hilares attifés de «Zoot suits». Un bar parcourt le mur de droite, et des tables rondes occupent l'espace devant la scène. De lourdes draperies pendent derrière les musiciens, un trio dont le rôle est de réchauffer la salle. Les trois gars portent nœud papillon et smoking, comme s'ils avaient rendez-vous au Ritz-Carlton après leur concert. Le joueur de contrebasse se prend pour Dizzy Gillespie avec son béret et ses lunettes de soleil, et il étreint son instrument comme s'il s'agissait de la femme de sa vie. Le batteur joue les yeux fermés, les dents serrées sur son fume-cigarette. Le trompettiste, lui, porte une mince moustache et un petit arbuste de barbe sous sa lèvre inférieure. À ses pieds, on peut voir son étui à trompette et des sourdines. Le plancher de la scène est jonché de mégots, de bouteilles de bières vides, de verres.

Un placier conduit Philippe et Florida à leur table, non loin des musiciens.

Une serveuse s'amène et fait la bise à Philippe.

Baraquée comme si elle jouait demi-arrière pour les Alouettes de Montréal, la serveuse a une voix rude et une paire d'yeux capable de flanquer une peur bleue à quiconque lui chercherait des histoires.

SERVEUSE

Allô, mon amour. On t'a pas vu depuis un bout.

PHILIPPE

J'étais en mission à l'étranger. Je travaille pour la CIA maintenant.

SERVEUSE
(souriant)

Dis-moi pas… Et qui c'est, la jeune demoiselle qui est avec toi?

PHILIPPE

Florida, je te présente Madame Guadeloupe.

FLORIDA

Enchantée.

MADAME GUADELOUPE

Vous buvez quoi, les tourtereaux?

PHILIPPE

Apporte-nous une bonne bouteille de champagne, veux-tu?

SERVEUSE
(envoyant un clin d'œil à Florida)

Du champagne? Elle doit être spéciale, la Florida...

Et Madame Guadeloupe de se déhancher en direction du bar au son de la musique du trio.

À l'aide de son mouchoir, Florida fait disparaître les traces de rouge à lèvres que la serveuse a laissées sur la joue de Philippe.

PHILIPPE

Tout le monde l'appelle Madame Guadeloupe. Je connais pas son vrai nom, mais on m'a dit qu'elle est née et a grandi dans le quartier Saint-Henri. Elle travaille ici depuis toujours.

À la table à la droite de Philippe, un maigrelet dans la cinquantaine, au cheveu rare et à la mince moustache gribouillée le long de sa lèvre supérieure, est accompagné d'une femme rousse à la poitrine généreuse. La dame examine ses bras croisés sur la table.

PHILIPPE

Elle a l'air de s'amuser comme un petite folle, non?

Florida rit, puis devient sérieuse.

FLORIDA

Je me suis toujours demandé comment ça se serait.

PHILIPPE

Quoi donc?

FLORIDA

Être prostituée. Bien entendu, pas dans la rue ou dans ces cafés miteux sur la rue Stanley. Non, moi je serais une pute de luxe dans un bordel du nord de la ville, dirigé par une Madame sophistiquée. Je me promènerais en déshabillé transparent avec une coupe de champagne à la main, dans un salon avec des chandeliers de la grosseur d'un piano à queue et des tapis de Turquie, à attendre qu'un riche docteur vienne, ou un politicien ou un acteur. Ils me laisseraient des pourboires exorbitants et me demanderaient en mariage. Je dirais toujours non.

PHILIPPE

(ricanant)

Vous avez une imagination fort intéressante, très chère belle-sœur.

Florida allume une cigarette et inhale avec une satisfaction manifeste.

FLORIDA

J'adore la cigarette. J'aime comme la fumée crée comme une distance entre moi et tout le reste.

PHILIPPE

Ah oui? Moi je fume parce que j'aime bien tousser en me levant le matin.

Florida sourit.

Madame Guadeloupe est de retour avec le champagne.

MADAME GUADELOUPE

Si vous voulez quelque chose d'autre, vous levez le doigt. Bonne soirée.

Les musiciens qui, jusqu'alors, s'étaient contentés de blues langoureux, attaquent un morceau endiablé. Le batteur a les yeux écarquillés et pioche sur ses tambours et cymbales, son fume-cigarette toujours emprisonné entre ses dents. Le bassiste, lui, se balance et frappe la scène du pied et s'acharne sur les cordes de sa contrebasse avec une telle vigueur qu'on s'étonne que le béret et les lunettes restent en place. Mais c'est le trompettiste qui surtout attire l'attention de Philippe. Son visage est défait par l'effort déployé à jouer, et le cuivre de la trompette étincelle sous l'éclairage de la scène. Il joue de plus en plus fort, de plus en plus vite, avec les deux autres qui suivent le tempo effréné, la musique heurtant Philippe de plein fouet, le grisant de décibels, jusqu'à ce qu'elle atteigne un paroxysme féroce, pour s'arrêter à mi-note, créant un trou noir de silence dans lequel tout s'engouffre.

Puis Philippe se lève d'un bond et applaudit.

PHILIPPE

BRAVO !

Les autres spectateurs sursautent, comme tirés d'un état hypnotique, et ils applaudissent à tout rompre à leur tour. Les musiciens font la courbette à la foule – le trompettiste salue Philippe – et quittent la scène.

FLORIDA

Wow !

PHILIPPE

Parfois je me dis que j'aurais aimé naître à Harlem et être Noir et jouer de la trompette dans un groupe comme celui-là.

FLORIDA

Un Noir de Harlem... Tu me fais marcher, non ?

PHILIPPE
(un peu penaud)

J'adore le jazz, c'est tout...

Une odeur à la fois âcre et douce provient d'une table voisine. Deux couples se passent un joint, prenant de longues bouffées. Les hommes ont l'allure cool des musiciens. Une des femmes porte un chapeau orné d'une profusion de plumes de paon. On dirait que l'oiseau vient tout juste de se faire abattre en plein sur sa tête.

Florida cligne de l'œil en direction de Philippe. Elle se passe les doigts dans les cheveux et y va d'une gorgée de champagne.

FLORIDA

Sans blague, t'as des contacts dans le monde de la musique pour vrai ?

PHILIPPE

Oui, absolument. Et je peux t'aider.

FLORIDA

Espérons… C'est extrêmement difficile de faire son chemin dans cette *business*. Si tu savais…

Florida retire de son sac à main une petite boîte en métal. Ses gestes sont posés et ses yeux ne rencontrent pas ceux de Philippe, comme si elle était assise seule, perdue dans ses pensées.

FLORIDA

Faut que j'aille poudrer mon joli nez.

Florida se lève et se dirige vers les toilettes

EXT. DEVANT LE ZOMBIE – NUIT

Philippe et Florida attendent que le préposé au stationnement se pointe avec la Lincoln. Florida, sérieusement pompette, s'agrippe au bras de Philippe.

Trois marins sont assis sur le bord du trottoir malgré le froid. Tous trois boivent à même une bouteille enfouie dans un sac de papier. Leurs manteaux sont crottés, leurs bottes, usées.

FLORIDA

Qu'est-ce qu'ils font là? Le port est fermé en hiver, me semble. Je pensais que tous les marins étaient partis jusqu'au printemps.

PHILIPPE

Je te gage qu'ils ont manqué le dernier bateau. Littéralement. Ils sont partis sur une brosse en ville et leur paquebot a pris le bord sans eux. Quelque chose du genre. Mon père travaillait au port de Montréal quand j'étais petit. Il allait boire avec des marins de partout dans le monde, des gars comme ceux-là. Il m'a raconté une fois l'histoire d'un marin Danois qu'il connaissait. Le type se saoulait la gueule tout le temps, peu importe dans quelle ville du monde il se trouvait, et il se ramassait toujours dans les bars les plus durs et il revenait au port sans son portefeuille et avec un œil un beurre noir. Le lendemain matin, il se souvenait jamais de ce qui lui était arrivé. Une fois, même, il est revenu au bateau nu comme un ver, et une dent en moins.

L'anecdote fait rire Florida.

Un des marins regarde en direction du couple.

MARIN

Fuck you!

PHILIPPE

Bonne soirée à vous aussi, Capitaine Haddock.

La Lincoln s'arrête devant lui et Florida.

SATCHMO

Votre auto, Monsieur Philippe.

INT. LA CUISINE CHEZ FLORIDA − NUIT

Philippe et Florida entrent en trébuchant dans la cuisine. Les deux pouffent de rire.

Florida se laisse choir sur une chaise et lance son sac à main et ses clefs sur la table.

FLORIDA

Mes jambes me supportent plus.

Elle enlève le foulard qu'elle s'était nouée autour de la tête comme Audrey Hepburn.

FLORIDA

Sais-tu quelle heure il est?

Elle ne donne pas à Philippe la chance de répondre, et elle sort de la cuisine.

FLORIDA

(du corridor qui mène à l'arrière du logement)

J'ai quelque chose dans ma chambre. Je reviens tout de suite. Sors la bouteille de vodka du congélateur, veux-tu?

Philippe ouvre le congélateur et y prend la vodka et les glaçons. Il allume la radio perchée sur le réfrigérateur. Il verse la vodka et apporte les verres sur la table.

Florida est de retour avec un sac de poudre blanche et une seringue.

Philippe siffle entre ses dents.

PHILIPPE

Dis donc, tu y vas pas de main morte.

Florida dédie un clin d'œil à Philippe et se dirige vers l'évier. Elle verse de l'héroïne dans une cuiller et ajoute un peu d'eau. Puis, elle amène le tout à ébullition avec la flamme de son briquet.

PHILIPPE

Very cool, my dear...

Florida termine sa préparation.

FLORIDA

Tu en veux?

PHILIPPE

Non, merci. Je vais me contenter de la vodka.

Florida s'assoit, trouve une veine dans son bras droit et s'injecte l'héro. La seringue est vide et Florida défait la ceinture qui lui a servi de tourniquet.

Ses paupières sont closes.

Son sourire est radieux.

Philippe l'observe en buvant.

Tout ce temps, Florida conserve l'apparence sereine de celle qui s'est réfugiée dans un monde qu'on ne peut atteindre qu'en s'injectant la même drogue.

Philippe se lève et monte le volume de la radio.

Un orchestre joue un paso-doble.

Florida ouvre les yeux.

Ils dansent dans la cuisine, puis le long du corridor – c'est elle qui l'entraîne – et aboutissent dans la chambre. La caméra les suit de près.

Une fois dans la chambre à coucher, Philippe déshabille Florida, toujours aux sons du paso-doble.

Les marques sur le bras de Florida sont à la fois repoussantes et terriblement excitantes.

Ses seins sont superbes.

[1965]

Une croix à porter

— Pourquoi elle m'a rien dit la dernière fois que je l'ai vue, à l'hospice ? se demanda maman.
— Peut-être parce que Marcel était avec vous deux, suggéra mon père. Ou parce que ta mère était trop lâche...
— Là, tu m'aides pas du tout. Au contraire...
— Excuse-moi, Marie, mais tu m'as demandé ce que je pensais...

La lettre que ma grand-mère avait dictée à Gédéon était sur la table de la cuisine, entre maman et mon père. Il fallut quelques secondes à celui-ci pour absorber la nouvelle. Les deux fumaient en prenant un café.

Moi, j'observais la scène, dans un coin de la pièce. C'était comme si mes soldats de plastique avaient un pouvoir magique, celui de me rendre invisible aux yeux des adultes, même mes parents.

— Peux-tu croire ce que dit cette maudite lettre ? lança maman. M'annoncer tout ça, la vieille sorcière... Me mettre un fardeau pareil sur le dos...
— Vas-tu le dire à Colette ?
— J'ai aucune idée ce que je vais faire.

Songeur, mon père regarda sa tasse et y trempa les lèvres.

— J'y pense... dit-il ensuite. Philippe et sa dépression, c'est pas arrivé à peu près deux semaines après le suicide de Florida ?
— Oui. Il me semble.

— Ben, je me demande s'il y a pas un lien entre les deux choses...
— Tu crois? dit maman.
— Imagine un peu comment il s'est senti quand il a appris sa mort...
— Mon doux...
— Qu'est-ce qu'on va faire avec cette histoire de fous qui nous tombe dessus?
— Je sais pas. J'arrive pas à croire tout ça. Je peux pas croire que ma mère m'a fait ce coup-là avec sa damnée lettre. Un maudit secret que je vais devoir garder avec moi pour toujours. Et moi qui pensais qu'elle faisait plus d'avortements depuis des années. Peux-tu comprendre comment elle a pu accepter de faire ça à sa propre fille? Tout ça à cause de Philippe, le chien galeux...
— Tu vas pas le dire à Colette?
— Pense une minute à ce que ça lui ferait. Mon Dieu...
— Tu dois lui dire la vérité.
— Non, non, je vais rien lui dire. Je parlerai de ça à personne. Et je veux que tu me promettes de faire la même chose.
— O.K., je te le promets.
— Comment je vais pouvoir fixer Philippe dans les yeux à l'avenir, le salaud? dit maman. Et, Seigneur, comment je vais pouvoir fixer Colette dans les yeux et rien dire?
— Bonne question, dit mon père. C'est une autre bonne raison pour qu'on s'en aille d'ici au plus sacrant.
Maman lui lança un regard hostile. «Essaie pas de tourner tout ça à ton avantage. Franchement, tu fais dur...»
Mon père laissa tomber ses mains sur la table, l'air agité. Mais se retint de dire ou de faire quoi que ce soit.
— Je veux que tu me jures de rien dire à personne, Paul. Sur la tête des enfants.
— Pas un mot, je te le jure.
Moi, j'écoutais la conversation, et la gravité de mes parents et ce qui sortait de leur bouche m'inquiétaient sérieusement. J'aurais été bien incapable de formuler clairement mes craintes, mais je sentais que les choses allaient mal tourner.
Maman se leva en se tenant au dossier de sa chaise pour maintenir son équilibre puis se dirigea lentement vers la fenêtre. Elle souffla dans sa tasse bien qu'elle ne fumait plus, machinalement, tout en

regardant en direction du jardin de Colette. Dehors, une guêpe se posa sur la vitre réchauffée par le soleil, ses antennes remuant lentement autour de sa tête. Puis elle s'envola.

Maman, elle, pouvait à peine contrôler son tremblement.

Une fin de scène, comme ça, dans un film hollywoodien, et ce sont les violons qui se mettent de la partie, immanquablement.

[1965]

Downtown

Maman en était à son huitième mois de grossesse, si bien qu'elle avait commencé à aiguillonner mon père pour acheter un berceau et tout le nécessaire au confort d'un nouveau-né. Rue Ontario, maman gardait, enfouie dans un garde-robe, une boîte de vêtements que Minou et moi avions portés quand nous étions bébés. Dans une autre boîte se trouvaient des bouteilles, des hochets, des couches de coton, une chaise haute démontable et plus encore. L'incendie avait tout emporté. Maman voulait aussi décorer la chambre qui allait être celle du bébé.

Mon père faisait la grimace à l'idée. Non pas qu'il avait en horreur les activités reliées aux enfants, bien au contraire, mais il se disait que plus nous amassions d'objets dans le nouveau logement, plus nous faisions d'efforts pour en faire notre chez-nous, plus il serait difficile d'envisager un départ. Et il répétait, *ad nauseam*, qu'il voulait que l'on plie bagage au plus tôt.

— Quelques semaines après la naissance du bébé on va se trouver un appartement dans Ville-Marie, qu'il disait.

Mes parents se disputaient souvent à ce sujet, mais finalement maman lui dit que peu importait où on habitait, le fait était que le bébé allait avoir besoin d'un berceau et de vêtements. « Là-dessus on s'entend, oui ou non ? »

Mon père fermait sa trappe.

Ce ne fut donc une surprise pour personne lorsque maman, un bon samedi avant-midi, annonça à mon père qu'elle revenait tout juste de chez Franklin's, où elle et Colette avaient acheté le nécessaire pour le bébé.

— Maintenant faut que t'ailles chercher tout ça au magasin, dit-elle à mon père. Et comme il y a pas assez de place dans la Rambler, j'ai demandé à Philippe d'y aller avec toi, avec sa Lincoln. Il y a plein d'espace dans le coffre de ce monstre. Vous y allez cet après-midi.

Mon père dévisagea maman en essayant de trouver une issue à ce bourbier, mais il se sentait comme un rat de laboratoire dans un labyrinthe.

Tout ce qu'il a trouvé à dire, c'est :

— Quoi, Franklin's fait pas la livraison à domicile ?

— Oui, mais ça prend trois jours et je veux mes choses aujourd'hui. En plus, la livraison est pas gratuite. Tu veux quand même pas payer pour ça ? Tout ce que t'as à faire est de te présenter au comptoir de service et de leur remettre la facture.

— Où t'as pris l'argent pour acheter tout ça ? dit mon père.

— J'ai acheté à crédit. Tu vas devoir contresigner la facture, en passant...

— Pourquoi t'es allée chez Franklin's... Chez les Anglos ? Pourquoi pas chez Maliverne, où je travaille ?

— Parce que, pour une fois, je voulais de la qualité. Pas le genre de d'affaires *cheap* qu'on a toujours eues. T'as une job, pas vrai ? On va pas avoir de problème pour payer.

Mon père avait l'air d'un homme abattu.

— Quelle heure ? demanda-t-il d'une voix blanche.

— Philippe m'a dit qu'il sera prêt à partir à une heure.

— Est-ce que je peux y aller aussi ? demandai-je.

— Bien sûr, dit maman. Vous, les trois hommes, vous allez avoir un fun noir au centre-ville. Ça va être une aventure.

Maman me sourit pendant que mon père rongeait son frein.

À une heure précise, Philippe fit retentir le klaxon de sa voiture.

Mon père éteignit sa cigarette.

— Envoye, Marcel, on y va.

— Pourquoi je peux pas y aller, moi aussi ? rechigna Minou.

Nous avons laissé cet épineux problème entre les mains de maman.

Philippe était dans l'allée, bien assis dans sa Lincoln, le bras droit appuyé sur le dossier du siège. Le toit de la voiture était baissé.

— Votre limousine est avancée, messieurs, dit-il en ébauchant un sourire.

Je me faufilai à l'arrière et mon père prit place en avant en grognant.

— Comment va ton bras, jeune homme ? me demanda Philippe.

— O.K.

— Est-ce que ça te fait encore mal ?

— Non. Mais ça pique sous le plâtre.

Mon plâtre était devenu un fatras d'œuvres d'art et d'autographes : oncle Derby y avait dessiné un cheval ailé et inscrit un message mystérieux en polonais, tante Colette une rose, maman un cœur avec un « Je t'aime », Philippe le visage de Tintin. Minou, elle, avait écrit son nom en lettres moulées au meilleur de ses capacités. Quant à mon père, son inspiration s'était limitée à la simple signature de son prénom suivi de « papa », comme s'il fallait expliquer...

— Ayoye, dit Philippe, je me souviens quand ma jambe était dans le plâtre, la démangeaison me rendait maboul... Mais ça va passer, tu vas voir... O.K., les gars, attachez vos ceintures avant qu'on parte.

— Pas question, répliqua mon père. La supposée ceinture de sécurité, moi, j'y fais pas confiance. Si l'auto capote et que le feu prend, on reste poigné et c'est le barbecue...

— Ben voyons, je vais pas rouler à quatre-vingt-dix milles à l'heure.

— Pourquoi, d'abord, on a besoin d'une ceinture si tu vas conduire lentement ?

— Laisse faire, j'oubliais que j'ai affaire à un adolescent.

Mon père ne fit pas attention aux propos de mon oncle et se tourna plutôt vers le tableau de bord : « Il y a plus de patentes brillantes sur ce *dash* que sur la couronne de la reine Élisabeth. »

J'étais surpris de constater que mon père, somme toute, était de belle humeur.

Sa main glissa sur le tableau de bord jusqu'à ce qu'un doigt atteigne le coffre à gants. Il pressa le bouton.

— C'est quoi, ça ?
Une flasque de métal s'y trouvait.
— Touche pas à ça, aboya Philippe.
— Je pensais que t'étais à jeun...
— J'ai pas besoin d'une deuxième femme, O.K. ?
Alors que nous passions devant la maison du jeune garçon juif, une question me brûlait la langue : « Est-ce que c'est vrai que les Juifs ont seulement une moitié de pénis ? »
Mon père se tourna vers moi :
— Mais qu'est-ce que tu racontes ?
— Éric et Claude m'ont dit l'autre jour que les garçons juifs ont leur... leur bizoune coupée. Un morceau... ?
Mon père et Philippe éclatèrent de rire.
— Tu t'occupes de celle-là, dit Philippe à mon père.
Ce dernier entreprit de m'expliquer ce que c'était que la circoncision, le tout entrecoupé de pauses, de « tu comprends ? » et de grattements de tête.
Philippe a ri allègrement pendant toute la leçon, et chaque détail me rendait encore plus mal à l'aise.
Mon père conclut en déclarant : « Tes cousins Éric et Claude, c'est deux beaux Mongols à batterie. Écoute pas ce qu'ils racontent, jamais. »
Oncle Philippe prit la Côte-des-Neiges puis l'avenue du Parc, pour aboutir rue Sainte-Catherine. Instantanément, la Lincoln fut absorbée dans le capharnaüm de « la Catherine ». Tout, sur cette artère, était en effervescence : les automobiles et les bus qui filaient dans un tohu-bohu de klaxons et de freinages, le va-et-vient incessant des passants, les panneaux-réclames géants des grands magasins, les enseignes lumineuses des cinémas et des cabarets.

J'avais décidé d'apporter avec moi deux soldats de plastique, dont un tireur d'élite. Il faisait feu sur des piétons et sur des gens qui sortaient des magasins devant nous, mais aussi sur un policier, sur cette dame là-bas avec le drôle de chapeau de paille, et même sur un pigeon qui volait au-dessus de nous. La Lincoln de mon oncle était un tank qui envahissait le territoire ennemi. Si seulement les copains de mon ancien voisinage pouvaient me voir...

Downtown se mit à jouer à la radio.

— Ça, mon garçon, dit mon père, c'est Petula Clark! Et Petula Clark, c'est toute une chanteuse!

J'ai vu le sourire approbateur de mon oncle dans le rétroviseur.

Pour une fois, ces deux-là étaient d'accord.

Mon père sifflait de concert avec la chanson jusqu'à ce que la Lincoln roule devant un magasin de meubles.

— Marcel, c'est là où ton paternel travaille.

— Tu travailles pour «Chinois» Maliverne? dit Philippe.

— Tu le connais?

— Tout le monde qui est en affaires à Montréal connaît «Chinois». En fait, il est un peu notre associé, à moi et à Joe.

— Ah, oui...? Moi, je pense qu'il est un peu beaucoup détraqué, «Chinois»...

Philippe y alla d'un petit rire:

— Un peu beaucoup détraqué, oui, et tellement *crook* qu'il aurait pas de scrupule à escroquer une bonne sœur si ça pouvait lui rapporter un dollar ou deux.

— Et tu fais des affaires avec lui?

— C'est un bon gars à avoir de ton bord, en autant que tu t'organises pour le voir venir.

Nous avions alors dépassé le magasin de «Chinois».

— Je me demande pourquoi Marie a magasiné chez Franklin's, dit mon père. Pourquoi pas chez «Chinois»? Elle aurait eu de meilleurs prix... Marie est devenue une vraie bourgeoise d'Outremont.

— Bah, laisse-la donc vivre un peu.

— Facile à dire. C'est pas toi qui vas devoir tout payer.

— Si t'as besoin d'argent...

— J'ai besoin de rien.

— Si tu veux une job...

— J'en ai une job. Je viens de te le dire, j'ai tout ce qui me faut.

— Pour ton information, Joe et moi, on va bientôt signer un gros contrat pour construire la dernière station du métro. Tout doit être fini avant la fin de l'année prochaine, à cause de l'Expo'67. On va avoir besoin en masse de travailleurs et ça va bien payer. Si jamais...

— C'est quoi, un métro? ai-je demandé.

— C'est un train, répondit Philippe. Un train qui circule sous terre.

Un train qui circule sous terre! Je n'arrivais pas à me le représenter. Sous terre, il devait faire noir? Et il devait y avoir plein de rats, sans parler d'autres bêtes terrifiantes?

Nous sommes arrivés à une intersection où des femmes aux cheveux de couleurs flamboyantes se tenaient sur les trottoirs et semblaient attendre. Toutes portaient des jupes très courtes et elles fumaient des cigarettes en public, sans gêne.

Mon père me dit : « Il y en a, de l'action dans cette rue, hein, mon garçon? La Main qu'on l'appelle. Pis c'est encore mieux le soir, encore plus fou! »

Mais d'un coup mon père changea d'expression. Une forme d'impatience se lisait sur son visage.

— D'un autre côté, dit-il, ce que j'haïs du centre-ville, c'est les affiches.

— Qu'est-ce qu'elles ont, les affiches? demanda Philippe.

— T'es aveugle? Elles sont quasiment toutes en anglais, les affiches.

— Oui, et puis après?

— Toi, tu regardes ça et ça t'achale pas?

— Ben, qu'est-ce que tu veux...?

— Les affiches devraient être en français. On est à Montréal, avec un accent aigu sur le « e ». La majorité des habitants de Montréal sont Canadiens français. Fait qu'explique-moi pourquoi toutes les affiches sont en anglais.

— Qu'est-ce que tu veux que je te réponde? Les commerces appartiennent aux Anglais. C'est eux, les propriétaires. Et ça, mon vieux, ça veut dire qu'ils peuvent écrire leurs affiches comme ils veulent, dans la langue de leur choix.

— Je pose ma question encore une fois. Ça t'écœure pas de voir ça?

Un garçon, sur une bicyclette de livraison, le panier débordant de marchandises, faisait du slalom parmi les voitures; mon franc-tireur lui a réglé son cas – « Pshhhh »...

— L'argent, mon vieux, dit Philippe, c'est ça qui compte, dans ce bas-monde, que ça te plaise ou pas. *Money talks*...

— Tu dis ça parce que ça t'arrange. T'as joué un peu au hockey et tu t'es accroché à l'argent des Anglos et t'es gras dur : la grosse maison à Outremont, la Lincoln Continental – la vie de pacha.

— Tu dis n'importe quoi.

— Ton *chum* Joe, est-ce qu'il parle français au moins?

— Comme une vache espagnole... Mais, au fond, c'est pas comme s'il en avait vraiment besoin...

— C'est ça! C'est un Anglo qui vit à Montréal et il se crisse de pas parler notre langue.

— Mais non... Écoute, Joe est mon meilleur ami. Sans lui, je serais rien. Je suis assez honnête pour l'admettre. Laisse-le tranquille, veux-tu? Et pourquoi t'es anti-Anglo comme ça?

— Parce qu'ils nous exploitent.

— Ils nous exploitent... Tu parles comme un communiste.

— Non, je parle comme quelqu'un qui en a plein le cul des injustices.

— Depuis quand tu t'intéresses aux choses politiques?

— C'est pas parce que je suis pas instruit que je suis ignorant. Maudite marde, Philippe, c'est toi qui devrais allumer tes lumières!

La voiture s'arrêta à cause d'un camion de livraison stationné en double. Une femme était assise en tailleur sur le trottoir, adossée à un édifice. Près d'elle, un chariot de supermarché était rempli de vêtements sales, de pots, de casseroles, de journaux. Ses cheveux coupés très courts dévoilaient ses grandes oreilles, et sa tête semblait désaxée sur son cou. Elle tenait une pancarte en carton sur laquelle était écrit:

Je m'apelle Francine
S'il vous plaîs, aider-moi.
J'ai faim.

Cette femme, si pitoyable, m'a rendu triste. Mon tireur d'élite s'est abstenu de faire feu sur elle.

— Ce que je dis, continua mon père, c'est que je voudrais vivre dans un monde où les ouvriers, après avoir travaillé comme des ostie de chiens pendant cinq jours, pourraient passer leur fin de semaine à faire autre chose que de boire leur paye de crève-faim comme des *losers* et de retourner à la maison pour battre leur femme et leurs enfants, quand c'est pas de s'en prendre à un autre qui est pogné dans la même marde. Tout ça parce qu'ils sont frustrés à cause de leur job de cul, de leur vie de misère. Moi, ce que j'aimerais c'est que les

Canadiens français qui travaillent dans les *shops* pis dans les bureaux se fassent pas chier dessus par les *big shots* qui ont tout, surtout des Anglais. Je te parle d'un monde meilleur pour ces gars-là, des gars comme moi. Pour nous autres. Comprends-tu ce que je te dis ?

— Ben oui, Monsieur Mao Tsé-Toung, je comprends. Mais c'est tout un contrat, ce que t'avances là.

— Aux États-Unis, dans le Sud, les Noirs se battent pour leurs droits. T'as vu à la TV, la semaine passée, ce qu'ils ont fait à Los Angeles ? C'est peut-être le temps de faire quelque chose comme ça à Montréal. Une bonne émeute pour tout faire sauter.

— Non mais, t'as perdu la tête… Faut être un sacré abruti pour comparer les conditions de vie des Canadiens français à celles des Noirs du Sud des États-Unis. À ce que je sache, personne à Montréal te force à boire à une fontaine à part. Personne se fait lyncher sur la place publique. Et toi, même si tu connais rien de rien, tu peux voter comme un gars qui a fait dix ans d'université…

Mon père, à ce point de la conversation, avait perdu un peu de sa superbe, ça, on le voyait bien.

— Écoute, reprit Philippe, ça m'enchante pas que le centre-ville de Montréal ressemble à celui de Londres ou de Glasgow, mais je suis un réaliste. Les choses sont ce qu'elles sont, c'est comme ça.

Mon père se tourna vers moi.

— Sois jamais, au grand jamais, un réaliste, Marcel. O.K. ?

Je ne comprenais rien à leurs palabres, à ces deux-là, mais cela n'avait aucune importance. Je puisais tout mon plaisir à observer le branle-bas de la rue Sainte-Catherine, peu m'importait la langue inscrite sur les enseignes.

Juste devant nous s'élevait un édifice de dix étages avec une façade décorée de drapeaux de plusieurs pays, tous flasques par cet après-midi sans vent. Sur le côté de l'édifice, un panneau indiquait : FRANKLIN'S DEPARTMENT STORE, EST. 1897.

— Là, dit mon père en pointant du doigt. On est chanceux. On n'aura pas à tourner en rond vingt minutes pour chercher un *spot* où stationner.

Philippe gara sa voiture et, avant d'éteindre le moteur, il pressa un des nombreux boutons sur le tableau de bord. Le toit se releva dans un vrombissement futuriste qui me figea sur la banquette arrière.

— Pourquoi tu remontes le *top* ? demanda mon père.
— Je veux pas qu'un jeune pouilleux jette une cigarette ou un cœur de pomme sur le siège, dit mon oncle.
— T'es pas un peu parano ?
— Non, je sais seulement une chose ou deux au sujet de la nature humaine.

L'angle du parcomètre rappelait celui de la tour de Pise. Un pseudo-conducteur avait dû gravir le trottoir et le happer. Alors que Philippe allait y introduire une pièce de dix cents, il dit : « Le parcomètre est brisé. Bon, qu'est-ce que je vais faire de ce dix cents ? »

Il me lança la pièce. « Bon *catch*, Willie Mays ! » dit-il.

J'ignorais qui était Willie Mays, mais je venais de faire dix cents facilement, et j'étais aux oiseaux.

Nous nous dirigeâmes vers le magasin. De loin, l'édifice était peu attrayant, mais en s'approchant, on pouvait constater qu'il avait des corniches avec de belles formes, de hautes fenêtres d'un style qui se voulait gothique, des marches en marbre qui conduisaient à une porte tournante. Avant de nous engager dans l'entrée principale, notre regard fut attiré par l'étalage des vitrines. On y voyait des mannequins à l'effigie de gangsters de l'époque de la Prohibition américaine, nous expliqua Philippe : Al Capone, John Dillinger, Bonnie et Clyde, et certains autres que mon oncle n'arrivait pas à identifier. Ils portaient des chapeaux de feutre, de style Borsolino, et des costumes à rayures, et ils tenaient des mitraillettes. Tous avaient une cigarette ou un cigare coincé dans le coin de la bouche, et des sacs plein de fric étaient empilés à leurs pieds. Al Capone était court et rondelet et une vilaine cicatrice lui montait le long de la joue, comme dans *Tintin en Amérique*. Quant à Bonnie, elle arborait une jupe rouge vif et un pull blanc qui épousait ses formes généreuses. Ses faux cils étaient énormes.

— C'est bien fait, me dit mon oncle. Tu trouves pas ?
— Oui, bon, dit mon père, on a pas rien que ça à faire…

Il mit ses mains sur mes épaules et me guida à travers les imposantes portes tournantes, et nous fûmes aspirés dans ce qui était à la fois cathédrale, paquebot transatlantique et bazar turc. Je fus frappé par l'animation dans le magasin, l'affluence, l'activité des commis et des vendeurs, les ventilateurs géants suspendus au plafond et qui fonctionnaient à plein régime. L'air était saturé des parfums que de jolies femmes, maquillées comme dans les revues de mode de tante Colette, offraient à la clientèle féminine en tendant des fioles multicolores. À travers les hautes fenêtres, les rayons du soleil éclairaient les présentoirs, la publicité, les comptoirs, les escaliers roulants et les colonnes blanches massives qui soutenaient le plafond.

Je me demandais où pouvait être la section des jouets mais je n'osais pas poser la question.

— Ils vendent de tout ici, affirma mon oncle. Tu peux acheter des œufs de poisson qu'on appelle caviar, un manteau de vison de Russie, un train électrique d'un mille de longueur, des diamants gros comme ton poing.

Mes yeux devaient s'ouvrir au rythme de la description grandiose de Philippe. J'étais fasciné par l'abondance des richesses qui m'entouraient.

— Tu peux même acheter de la crotte de pape, continua-t-il. Il y a rien de plus rare et difficile à trouver que de la crotte de pape, tu sais.

— Ah, oui? ai-je réussi à répondre malgré mon étonnement.

Mon père sourit vaguement et me dit que mon oncle me menait en bateau. « T'es comme ta mère. Tu crois tout ce qu'on te dit. »

Je réalisai que ce n'était pas un compliment. Mais il me donna une petite tape sur la tête qui se voulait pleine de tendresse.

— Bon, dit-il, fini le bavardage, on passe aux choses sérieuses. Le comptoir de service est là-bas, je le vois. On y va.

Nous nous sommes présentés, tous les trois, au comptoir, attendant que la préposée s'occupe de nous. Son comptoir était encombré de piles de papier, d'un téléphone et d'un microphone. La préposée était vêtue d'un tailleur gris souris, ses cheveux roux bien tenus en place avec du fixatif.

— Bonjour, lui dit mon père.

— *Good afternoon*, dit la préposée. *What can I do for you gentlemen?*

Elle nous gratifia d'un sourire pincé.

Mon père parut déconcerté : « Ben, pour commencer, dit-il, vous pourriez nous parler en français, Mariette. »

Il avait lu son nom sur son badge. De plus, son accent de Montréalaise francophone était indéniable. Mon père lui présenta la facture des achats faits par maman.

— *I see*, répondit la préposée, *you're here to pick up your purchases.* Une constatation rehaussée d'un nouveau sourire insipide.

Mon père regarda son beau-frère avec des yeux pleins d'une colère difficilement retenue. Mon oncle avait l'air tout aussi consterné par le comportement inexplicable de la préposée.

— Écoutez, dit Philippe, je vois pas pourquoi...

Le téléphone, près de la préposée, sonna. Elle dit, comme momentanément soulagée: « *Please excuse me, gentlemen...* » Elle prit le combiné, fit un signe de tête affirmatif, raccrocha. Ignorant notre présence, elle attrapa le microphone, l'activa et déclama: « *Ms. Rita Lambert, please go to the ladies' Shoes Department. Ms. Lambert, to the ladies' Shoes Department.* »

La préposée posa le micro sur le comptoir.

À ce moment, la pression artérielle de mon père était dangereusement élevée.

— Écoutez, mademoiselle. Je suis ici pour prendre ce que ma femme a acheté ce matin et je veux être servi en français. C'est quoi, ces histoires de nous parler en anglais, bout de viarge?

En disant cela, il tapa énergiquement sur le dessus de comptoir. La préposée sursauta et eut un petit rire nerveux.

— Un instant, parvint-elle à dire entre les dents, en français cette fois. Elle reprit son micro: *Floor manager to the Service Desk, please.*

La communication par interphone se propagea à la grandeur du magasin.

— C'était pas nécessaire de faire ça, dit Philippe à la préposée. Qu'est-ce qui vous prend, coudonc?

— Ben oui, renchérit mon père. Vous avez qu'à nous dire où on ramasse les meubles que ma femme a achetés. En français... On vous demande pas la lune, verrat!

— *Ms Trudeau*, dit l'homme qui venait de faire son apparition derrière la préposée, *do we have a problem?*

Le gérant, le corps long et maigre, était vêtu d'un complet gris avec une cravate bleue à pois blancs. Ses lunettes étaient si épaisses qu'il était impossible de déterminer où il posait ses yeux. En plus, il grinçait des dents, le monsieur.

— Votre employée refuse de nous parler en français, lui dit mon père. C'est ça, le *problem*.

Il se croisa les bras sur la poitrine et Philippe fit de même. Les deux hommes étaient impressionnants dans cette pose, mais le directeur ne semblait pas intimidé.

— At Franklin's Department Store, dit l'homme, lentement comme s'il s'adressait à deux débiles, *we speak English only*.

Et le voilà qui grinçait des dents à nouveau.

— Ça a pas de maudit bon sens ! lui dit mon père. Je suis Canadien français, comme mademoiselle Trudeau et vous aussi. Et vous me dites qu'entre nous trois faut qu'on se parle en anglais ? On est où, en Afrique du Sud ?

Le gérant sourit, dédaigneux. Puis, en français cette fois, derrière le rempart de ses lunettes, il dit : « Écoutez, ce sont les règlements du magasin et je peux rien y faire. En plus, je m'en contrefous de vos petites angoisses. Vous avez le choix : vous prenez cette fiche et vous vous rendez avec votre auto dans l'allée à l'arrière du magasin, à la porte des livraisons pour prendre vos achats, ou bien on vous rembourse et vous partez sans faire d'histoires. Si vous êtes pas contents, vous pouvez toujours aller magasiner chez Dupuis Frères – c'est plus à votre niveau de toute façon. »

Et le gérant d'agiter la fiche dans les airs.

Et comme mon père la lui arrachait des mains, Philippe s'empara du microphone et annonça, en français : « Mesdames et messieurs, au cours des quinze prochaines minutes, il va y avoir une vente SPEC-TA-CU-LAIRE sur TOUS les appareils électroménagers. TOUT est réduit de CINQUANTE POUR CENT ! »

Philippe déposa le micro et le gérant, affolé, ferma le contact et serra l'appareil dans ses mains. « Co… comment pouvez-vous f… faire une chose pareille ? » bredouilla-t-il avant de s'élancer en direction des appareils électroménagers. Déjà, plusieurs clients accouraient pour profiter de l'aubaine.

La préposée, elle, se passait les mains dans le visage, cherchant ainsi à effacer sa confusion.

Mon père et Philippe se tordaient.

— Super bon coup, Philippe ! dit mon père.

— Dépêchons-nous de récupérer les meubles avant d'avoir la sécurité aux fesses, dit Philippe.

Alors que nous approchions de la Lincoln, la portière, côté conducteur, était ouverte. Deux baskets émergeaient de la voiture.

Philippe fonça vers l'intrus, l'attrapa par le collet et le traîna violemment sur le trottoir. C'était un blanc-bec de seize ans environ. La panique se lisait dans ses yeux.

— Qu'est-ce que tu fous dans mon auto ?
— Rien, monsieur. Je pensais que c'était mon char.
— Ton char ? Tu penses quand même pas que je vais croire qu'un *bum* de ton espèce conduit une Lincoln ?

Le garçon bégayait, rien de cohérent ne sortait de sa bouche.

— Laisse-moi m'occuper de lui, dit mon père.

Il attrapa le garçon à la gorge, serra un peu et dit : « Arrête de faire le cave ou tu vas te retrouver en prison. » Puis, du revers de la main, il gifla le garçon sur le côté de la tête et le relâcha. Le garçon déguerpit comme s'il avait Lucifer lui-même au cul.

— Tu l'as laissé partir ! dit Philippe.
— C'est rien qu'un petit morveux, répondit mon père.
— T'aurais pas dû faire ça. On aurait dû appeler la police et, moi, j'aurais dû lui donner une bonne volée.
— Il avait besoin d'une leçon, pas de se ramasser à l'hôpital ou au poste.
— Facile à dire. S'agit pas de ton auto.
— Vivre et laisser vivre, mon vieux.

Philippe regarda mon père comme s'il le voyait pour la première fois.

— Depuis quand, toi, tu joues le rôle du Grand Humaniste ?
— Au moins, moi, je ruine pas l'existence des autres, au point qu'ils en meurent.
— Qu'est-ce que t'essaies de me dire ?
— Laisse faire...
— Explique-toi !
— J'ai rien à expliquer.

Philippe fixa mon père pendant quelques secondes.

— Bon, finit-il par dire, on va chercher tes meubles et on retourne à Outremont.

Au resto

Plusieurs voitures sont garées de biais devant Chez Gino. C'est un resto à l'ancienne, style *diner* des années 1950. Je trouve un espace de stationnement près de la porte.

Mon père et moi entrons et une serveuse nous accueille avec le sourire.

— Avez-vous une table avec vue sur la mer ? lui demande mon père.

La serveuse rit de bonne grâce, et à l'aide d'un menu elle nous indique une table près d'une fenêtre. Pas tout à fait la Méditerranée, comme vue…

— Est-ce que ça vous va, messieurs ?

— C'est parfait, lui répond mon père.

— Installez-vous, je reviens tout de suite.

J'enlève mon manteau.

— Tu t'en vas à des funérailles plus tard aujourd'hui ? plaisante mon père en reluquant mon costume-cravate.

Haha, très drôle…

Il enlève son parka et s'assoit dessus. Il porte un veston à carreaux.

— Ils m'ont donné des vêtements chics, tu trouves pas ? En tout cas, c'est toujours mieux que le viarge d'uniforme orange de détenu.

Je lui dis : « Et moi j'aime bien qu'on soit assis un en face de l'autre à une table de restaurant, comme ça, sans vitre grillagée qui nous sépare et un téléphone noir pour se parler. »

Mon père approuve et se met à rire, ce qui le fait tousser. Je ris avec lui.

Il s'allume une Craven A.

— Tu peux pas fumer ici, lui dis-je.

Il souffle sa fumée sous la table et laisse tomber sa cigarette à ses pieds en bougonnant. Il prend sa fourchette, l'examine et dit :

— Regarde-moi ça – une fourchette...

— Oui, et après...

— Pas de fourchette en dedans, mon *boy*. Des cuillers seulement, pis en plastique.

La serveuse revient. Elle dépose deux verres d'eau sur la table. Petite, mince, les yeux brillants et les cheveux blonds courts, les rides prononcées de chaque côté de sa bouche indiquent qu'elle n'est plus dans sa prime jeunesse.

— Voulez-vous un menu ou savez-vous ce que vous allez commander ?

— Avez-vous des légumes frais ? demande mon père.

— Ben sûr qu'on a des légumes frais. Tout ce qu'on sert ici est frais.

— Je veux rien qui vient d'une *can*.

— Tout ce que nous avons en *can*, c'est du Coke.

— Parfait. Je veux une sandwich au poulet avec de la laitue, des tomates, du concombre et des champignons. Et des carottes hachées finement. Toastée, la sandwich.

— C'est tout ?

— Je prendrais bien un café avec ça.

— Et vous, cher ? me demande la serveuse.

— Rien qu'un café, s'il vous plaît.

— Je reviens tout de suite.

Mon père observe la serveuse alors qu'elle se dirige vers le comptoir.

— Jésus-Marie, pouvoir parler à une femme comme ça, comme si c'était parfaitement normal. Ces dernières années, on a eu des femmes comme gardiennes, mais elles étaient aussi corrompues et chiennes que les *screws* mâles. Moi, je te le dis, je comprends pas que quelqu'un peut vouloir passer du temps dans une prison, même s'ils sont de l'autre côté des barreaux et qu'ils sont payés pour le faire.

— C'est une des raisons pourquoi je t'ai pas visité très souvent.

Mon père m'envoie un sourire énigmatique, du genre qui veut dire : « Tu me prends pour un épais, ou quoi ? »

Je ne sais trop ce qui m'a pris de lui dire une telle sottise, mais j'essaie quand même de le regarder dans les yeux. Ce que je veux absolument éviter, c'est de lui donner l'impression que je suis faible. De ce que je sais de la culture des prisons, rien n'est pire que de la faiblesse. C'est une question de respect, de survie.

— Il fait chaud ici, dit mon père.

Il retire son veston et roule ses manches de chemise au-dessus des coudes. Ses avant-bras sont encore musclés. Le gauche a une longue cicatrice rosâtre, que mon père caresse du doigt. « Tu te fais des ennemis en prison », dit-il sans élaborer. Il roule ses manches encore plus haut. « As-tu remarqué, par contre ? Pas de tatouages. Tous les autres détenus en dedans en ont au moins un : des toiles d'araignée, des femmes nues, des croix gammées, Bugs Bunny, Betty Boop, des stupidités. Sur les bras, dans le cou, dans le dos, sur le visage même... La plupart des gars se ramassent avec des infections épouvantables, à cause des aiguilles sales. C'est la seule chose dont je suis fier – pas de tatouage. Pas vargeux, hein, à la fin d'une longue crisse de vie ? »

Misère...

Je regarde par la fenêtre. Le ciel est encore gris. Mon père et moi restons sans rien dire.

— Tu connais le film *Luke la main froide* ? dis-je.

— Le film qui se passe en prison ?

— Oui, c'est ça. J'avais onze ans quand je l'ai vu la première fois, et je pensais que ta vie en prison était comme celle de Paul Newman, à travailler en plein soleil avec les chaînes aux chevilles et les gardiens cruels. Ça m'a traumatisé. Mais oncle Derby m'a expliqué qu'au Canada il y a pas de détenus qui travaillent sur le bord de la route avec les chaînes aux chevilles, et que ta vie à Bordeaux avait rien à voir avec celle de Luke... Il trouvait toujours le tour de me rassurer, Derby.

— Derby, dit mon père. Cet homme-là avait le cœur à la bonne place.

Ces mots me remplissent d'une bonne dose de tristesse.

Derby n'était pas un homme âgé quand il est mort au début de la soixantaine. Un soir de juin 1986, il revint du travail, embrassa sa femme et alla se changer dans la chambre à coucher, comme à la fin de chaque journée. Mais cette fois, assis au pied du lit, en retirant son soulier droit, il fut foudroyé par un infarctus. Je la vois, cette scène, tellement clairement dans ma tête, comme si je l'avais tournée moi-même.

Machination

Après la mort de Philippe, son ami Joe ne s'est pas éclipsé de nos vies. On aurait dit qu'il avait donné sa parole à Philippe, si bien qu'il venait à la maison régulièrement pour visiter Colette. Ma tante avait hérité d'une grosse somme d'argent à la mort de son mari et n'avait donc pas de soucis financiers. Malgré cela, Joe a continué de garder un œil sur elle, même après s'être marié, et jusqu'à ce que Colette se tape un anévrisme fatal en 1984.

Joe et moi causions parfois. J'apprenais l'anglais à l'école, si bien que nous pouvions communiquer. Souvent il s'est excusé de ne pas parler français.

— J'ai essayé de l'apprendre, me dit-il un jour, mais j'étais incapable. J'ai tout simplement pas l'oreille… Cette histoire de langue, ton père, ça le chicotait drôlement. Je veux pas dire du mal de ton père, mais c'était tout un pistolet…

Souvent je posais des questions à Joe au sujet de Philippe et des événements de l'été 1965. Et pourquoi Philippe et mon père se détestaient tant.

Joe aimait parler, surtout lorsqu'il s'était offert un scotch ou deux, ce qui arrivait souvent. Et donc ce n'était pas très difficile de lui tirer les vers du nez. Un jour qu'il était bien pompette, j'ai cuisiné Joe, si bien qu'il finit par tout me raconter :

— Quand t'as quelque chose dans la tête, toi, tu lâches-pas...

Son air jovial habituel disparut et il me dit que jamais il n'avait rapporté cette histoire à personne.

COMME UN INTRUS

Scène : Machination
EXT. SUR LA VÉRANDA DE LA MAISON DE PHILIPPE – JOUR

Joe pilote une Norton Dominator 88, 500 cc, un modèle 1955 en parfaite condition, un engin superbe. La moto fait partie de l'image qu'il aime projeter, ça et ses cheveux savamment placés pour se donner un air rebelle. Joe stationne la moto derrière la Lincoln de PHILIPPE.

Les deux amis prennent place sur la grande véranda blanche. Louis le chien dort sur le gros coussin aux pieds de son maître.

Joe défait son nœud de cravate, s'adosse sur sa chaise, les doigts croisés derrière la nuque. Philippe, lui, est assis devant lui, les coudes appuyés sur les genoux. Entre les deux hommes, sur une table en rotin, un pichet de limonade bien arrosée de vodka.

La scène se déroule surtout en anglais, avec sous-titres.

JOE
We're almost there. We're so close I can taste it.

[C'est presque dans le sac. On est à deux pas...]

Il tend son verre à Philippe pour qu'il le remplisse à nouveau.

Philippe brasse les glaçons dans son verre, silencieux.

JOE

What's up, buddy? We're about to close the biggest deal of our lives and you have a funeral face on.

[Qu'est-ce que t'as, Philippe? On est sur le point de signer le contrat d'une vie et t'as une tête d'enterrement.]

PHILIPPE

J'ai rien...

JOE

Come on, I know you like cheap novel.

[Arrête, je te connais comme si je t'avais tricoté.]

PHILIPPE

It's my brother-in-law... Bet you're sick and tired of me bitching about him.

[C'est mon beau-frère... Je gage que t'en as ta claque de m'entendre me plaindre de lui.]

JOE

What did the fucker do now?

[Qu'est-ce qu'il a fait encore, celui-là?]

PHILIPPE

Me and him we went downtown together yesterday. I did him a favor, right? And he… He's got a big fucking mouth. I know it's crazy, but yesterday he said something that made me think that he knows something about Florida and me.

[Lui et moi on est allés ensemble au centre-ville hier. Je lui ai rendu un petit service. Lui et sa grande gueule… Je sais pas si j'invente tout ça, mais il a dit quelque chose qui me fait croire qu'il est au courant de ce qui s'est passé entre Florida et moi.]

JOE

No shit… What did he say exactly?

[Pas vrai… Qu'est-ce qu'il a dit au juste?]

PHILIPPE

Something about me destroying someone's life to the point where she died from it. He had to have Florida in mind.

[Quelque chose comme le fait que j'ai détruit la vie de quelqu'un au point où elle en est morte. C'est sûr que c'est à Florida qu'il pensait.]

JOE

Fuck... What're you gonna do?

[Merde... Qu'est-ce que tu vas faire?]

PHILIPPE

I'm not sure there's anything I can do... It's driving me nuts...

[Je sais pas ce que je devrais faire, je t'avoue. Mais tout ça me rend fou...]

JOE

Why don't you get rid of him?

[Pourquoi tu te débarrasses pas de lui?]

PHILIPPE

Get rid of him... You've been watching too many gangster movies on TV, man.

[Me débarrasser de lui... Tu regardes trop de films de gangsters à la TV, mon vieux.]

JOE

No, I'm serious. This guy's been driving you crazy. And now he's making these insinuations about you and Florida. The bastard is threatening you. Think about it... You had an affair, sure. You fucked your sister-in-law and things turned out badly and then the bitch killed herself. It's sad, yes, but you have to accept it. You have to live with it. But you also have to protect yourself. Otherwise, the roof is gonna come crashing on your head. You don't want your brother-in-law to ruin your life.

[Non, je suis sérieux. Ce gars-là est en train de te rendre malade. Et maintenant il se met à te menacer à propos de toi et de Florida? Pense aux répercussions. Bon, tu as eu une aventure. Tu as sauté ta belle-sœur et les choses ont mal tourné et cette espèce de fêlée s'est suicidée. C'est triste mais c'est comme ça et tu dois vivre avec. Mais faut aussi que tu te protèges. Autrement, le ciel va te tomber sur la tête. Tu veux certainement pas que ton imbécile de beau-frère ruine ta vie.]

PHILIPPE

It'd be sweet if I could get rid of him, that's for sure.

[Évidemment que s'il disparaissait, ça m'arrangerait.]

JOE

Having him gone and keeping his family around...

[S'il disparaissait et que sa famille restait ici...]

PHILIPPE
(en français)

Situation i-dé-a-le.

JOE

You'd be like the head of your own clan.

[Tu serais le chef de ton propre clan.]

Joe et Philippe pouffent de rire.

Philippe redevient sérieux.

PHILIPPE

I just had an idea.

[Je viens d'avoir une idée.]

Philippe tire sa chaise près de celle de Joe. Sa tête d'enterrement n'est plus là.

JOE

What?

[Quoi?]

PHILIPPE

My brother-in-law, he works for Maliverne. As a repo man.

[Mon beau-frère travaille pour Maliverne. Il fait du recouvrement.]

JOE

Our old friend «Chinois»? I didn't know that.

[Ce bon vieux «Chinois»? Je savais pas ça.]

PHILIPPE

«Chinois» owes us a favor for that contract we set up for him with the city, right?

[«Chinois» nous en doit une, non? Tu te souviens quand on l'a aidé à obtenir une commande de la municipalité avec nos contacts?]

JOE

A little corruption goes a long way… «Chinois» owes us one, I agree.

[Un peu de corruption fait jamais de tort en affaires… «Chinois» nous en doit une, je suis d'accord.]

PHILIPPE

What if I gave «Chinois» a call asking if something could happen to Paul?

[Et si je l'appelais pour lui demander que quelque chose arrive à Paul?]

JOE
(avec un sourire)

Something? That's a bit vague… Something unpleasant? Something a little tragic?

[Quelque chose… C'est un peu vague, ça… Tu veux dire quelque chose de déplaisant? Quelque chose d'un peu tragique sur les bords?]

PHILIPPE

Something like that, yes. I could ask «Chinois» to make sure my brother-in-law has it very rough at work sometime soon.

[Quelque chose du genre, oui… Je pourrais demander à «Chinois» de s'organiser pour que Paul se retrouve dans une situation difficile un de ces quatre.]

JOE
(en riant)

No doubt «Chinois» could arrange that. He's got imagination.

[Certain que «Chinois» pourrait arranger ça. Il ne manque pas d'imagination.]

PHILIPPE

And resources…

[Ni de ressources…]

JOE

Desperate times call for desperate measures.

[Aux grands maux les grands remèdes.]

PHILIPPE

That's the kind of thing «Chinois» would say, except that he'd say it in Latin.

[C'est le genre de truc que «Chinois» dirait, sauf qu'il nous sortirait ça en latin.]

Une voiture s'arrête devant la maison et Colette en sort. Elle fait un au revoir de la main à la conductrice et se dirige vers la maison en empruntant l'allée.

Louis jappe, une fois.

Colette monte les escaliers.

JOE
(en français)

Bonjour Colette.

Colette dépose ses sacs d'épicerie avant d'embrasser Philippe sur la joue.

COLETTE

Et puis, mes deux voyous, qu'est-ce que vous manigancez encore ?

Un courant électrique parcourt le dos de Philippe.

JOE
(en français, avec un accent anglais prononcé)

Nous ? On *prépare* un hold-up de la Royal Bank. *That's all.*

COLETTE
(avec le sourire)

Quelle bonne idée, *darling*.

Joe lui renvoie son sourire.

COLETTE

Bon, faut que je range la commande. Continuez vos machinations sans moi.

Colette entre dans la maison, suivie de Louis.

Philippe remplit les deux verres.

PHILIPPE
(à voix basse)

Colette, she'd kill me if she knew.

[Si Colette apprenait ça, elle me tuerait.]

JOE

Knew what? About you and Florida, or that you're going to call «Chinois»?

[Si elle apprenait quoi? Ton aventure avec sa sœur ou le coup de téléphone que tu vas passer à «Chinois»?]

PHILIPPE
(en français)

Les deux...

Des nuages noirs s'amoncellent à l'horizon. Une averse est imminente.

Joe se lève.

JOE

Well, I better hit the road. Let me know how it turns out.

[Bon, vaut mieux que je parte. Tu me raconteras tout...]

INT. LE BUREAU DE «CHINOIS» – JOUR

Paul entre dans le bureau de «Chinois». La caméra nous fait voir ce que Paul remarque: les livres, les papillons dans leurs boîtes vitrées, «Chinois» derrière son bureau, une tasse de thé à la main.

«CHINOIS»

Le bonhomme que tu dois visiter, il me doit neuf mille dollars.

PAUL

Neuf mille. Jésus-Marie…

Il y a un grand cahier de comptes sur le bureau en acajou de «Chinois». Celui-ci tape du doigt sur le cahier alors qu'il parle à Paul.

«CHINOIS»

Eh oui. Notre homme est un joueur compulsif. Et il y a deux types de joueurs compulsifs. Un: ceux qui sont assez habiles ou chanceux pour gagner leur vie en jouant et, deux: les idiots, la majorité, ceux qui perdent tout. Celui qui me doit neuf mille balles, devine de quel type il est?

PAUL

Je pense que j'ai une idée.

«CHINOIS»

Et le seul truc qui compte pour notre bonhomme, excepté le jeu, ce n'est pas sa femme, ni ses enfants, ni son boulot - il n'a pas de boulot. C'est son automobile. Une Mustang jaune, décapotable. Une merveille, à ce qu'on me dit. Bon, le gars en question me doit neuf mille dollars qu'il ne peut pas me rembourser et il possède une flamboyante Mustang 1964. Qu'est-ce que tu penses qu'il me reste à faire?

PAUL

Vous allez saisir sa flamboyante Mustang 1964.

« CHINOIS »

Non, monsieur : *tu* vas saisir sa Mustang. Ce matin même. Tu vas prendre un taxi pour te rendre chez notre homme, tu vas lui expliquer la situation, prendre les clefs de sa Mustang, et me la ramener ici.

PAUL

Qui vient avec moi?

« CHINOIS »

Personne.

PAUL

Vous voulez que je saisisse le char par moi-même?

« CHINOIS »

On est à court de personnel ce matin.

PAUL

Je pensais que jamais on envoyait un gars tout seul sur une job...

« CHINOIS »

Habituellement, non, mais celle-là, tu peux t'en charger. C'est rien de difficile. Le bonhomme s'appelle Fred Gratton. Sois ferme et reviens avec l'auto.

Paul se lève.

« CHINOIS »

Alea jacta est.

PAUL

Ouais. C'est ce que j'allais dire…

Paul ferme la porte derrière lui.

« Chinois » attend deux secondes, puis attrape le téléphone et compose un numéro.

« CHINOIS »

Fred ? Fred Gratton ?

« Chinois » écoute la voix à l'autre bout du fil.

« CHINOIS »

C'est « Chinois » Maliverne… Non ! Raccroche pas ! T'es mieux de ne pas me raccrocher la ligne au nez, mon salaud !

« Chinois » écoute la voix à l'autre bout du fil.

« CHINOIS »

Ta gueule et écoute-moi ! Tu sais que j'ai la patience d'un saint. Mais dans ton cas, la patience, c'est fini. Comprends-tu ce que je te dis, tas de merde? As-tu du fric pour moi aujourd'hui? Pas grand-chose, une bagatelle, genre trois mille.

« Chinois » écoute la voix à l'autre bout du fil tout en examinant les ongles de sa main droite.

« CHINOIS »

Pas une cenne, dis-tu? Ça m'étonne, tiens... Écoute-moi bien, Gratton. Fini les excuses. Un de mes gars s'en va chez toi pour saisir ta Mustang. Tu me comprends?

« Chinois » écoute la voix à l'autre bout du fil, tout en se frottant les ongles sur le revers de son costume vert foncé.

« CHINOIS »

Je me contrefous de ce que tu penses... Tu es mieux de coopérer avec mon gars, ou alors il pourrait devenir méchant. Ta bagnole, que tu le veuilles ou non, elle est à moi.

« Chinois » raccroche et se verse une tasse de thé.

Un petit sourire mesquin se dessine sur son gros visage.

[décembre 1998]

Lettre no 147 (extrait, p. 2-3)

Comme je disais, j'étais dans le taxi, et avant de sortir j'ai regardé encore une fois l'avis de saisie que ce gros étron de Chinois m'avait refilé avant que je parte du magasin. Pour être certain d'avoir la bonne adresse. Puis j'ai vu la Mustang jaune. Tout de suite j'ai su que j'étais au bon endroit et tout de suite j'ai eu un mauvais pressentiment. Demande moi pas pourquoi. Je pouvais le sentir dans mes os, comme si la température venait de descendre de vingt degrés d'un coup. La maison avait rien de spécial, une maison bien ordinaire avec une porte rouge. Et il n'y avait personne dans la rue, pas un chat...

COMME UN INTRUS

Scène : fusil de chasse
EXT. DEVANT UNE MAISON AVEC UNE PORTE ROUGE – JOUR

Paul sort du taxi et se tient debout sur le trottoir. Il regarde tout autour de lui. Il semble inquiet. Il se décide à sonner à la porte rouge. Pas de réponse. Il sonne une nouvelle fois. Toujours rien. Paul met la main sur la poignée de la porte et tourne.

INT. DANS UNE CAGE D'ESCALIER – JOUR

Il y a peu de lumière dans la cage d'escalier, mais on peut tout de même arriver à voir qu'il y a une porte en haut de chaque côté du palier au deuxième étage. Paul monte les escaliers, lentement, prudemment. La cage est étroite.

PAUL
Monsieur Gratton ? Monsieur Gratton, êtes-vous là ?

À mi-chemin du palier, une ampoule s'allume au-dessus de la porte de gauche, qui projette une lumière aveuglante.

Puis un gros type en camisole sort de l'appartement et pointe un fusil de chasse vers Paul. Un énorme et épouvantable fusil à deux canons.

MONSIEUR GRATTON
(hurlant)

SACRE LE CAMP D'ICITTE! SI TU PENSES QUE TU VAS PARTIR AVEC MON CHAR, OSTIE D'CHIEN SALE, J'AI DES NOUVELLES POUR TOÉ! ESSAYE RIEN QUE POUR VOIR, MON SACRAMENT!

Paul ne dit rien. Il lève les mains – s'il vous plaît, ne tirez pas – et il descend les escaliers à reculons, lentement.

EXT. DE NOUVEAU DANS LA RUE – JOUR

Paul détale jusqu'au coin de la rue. Une fois rendu là, il doit s'asseoir sur le bord du trottoir tellement ses jambes tremblent.

[décembre 1998]

Suite de Lettre no 147 (extrait, p. 4)

Puis j'ai sauté dans un taxi et je suis retourné au magasin pour dire à Chinois qu'il pouvait se mettre sa job là où je pensais.

C'est seulement quelques jours plus tard, à la fête chez Philippe, que j'ai appris que tout ça avait été organisé par ton oncle et que c'était à cause de lui que tout ça était arrivé et que je pourris en prison depuis ce temps-là. J'ai eu plein de journées épouvantables dans ma vie mais celle-là est bien une des pires, celle de la bagarre. J'ai frappé Philippe pas mal fort cette journée-là, mais j'ai jamais voulu le tuer. Combien de fois faut que je le répète ?

COMME UN INTRUS

Scène : La bagarre
EXT. CHEZ PHILIPPE, COUR ARRIÈRE – JOUR

Non loin de la table bondée de nourriture, Philippe et Joe sont assis sur des chaises de jardin blanches. La rougeur du visage de Philippe démontre qu'il est déjà passablement soûl.

D'un geste de la main il invite Paul à s'amener. Malgré sa réticence évidente, Paul s'exécute.

Louis (bichon frisé) est aux pieds de Philippe. Il grogne comme s'il était un pit-bull.

Paul marmonne quelques mots, mais ne tend pas la main à Philippe et à Joe.

PHILIPPE

Pis, le beau-frère, paraît que t'as vécu une expérience particulière cette semaine.

Joe émet un rire.

PHILIPPE

Le face à face avec un fusil de chasse…

PAUL

Qui t'a parlé de ça?

PHILIPPE

Ta femme.

PAUL

Ma femme a une grande trappe.

PHILIPPE

Raconte-moi ce qui s'est passé.

PAUL

Laisse-moi seulement te dire que quand ce gros crisse en haut de l'escalier m'a pointé son douze en pleine face, c'est toute ma vie qui m'a *flashé* devant les yeux.

Joe rit de nouveau.

PAUL

C'est quoi, son problème?

PHILIPPE

Occupe-toi pas de Joe. Il a déjà trop bu.

PAUL

Dis à la tête carrée d'arrêter de rire de moi, O.K.?

Philippe remue sur sa chaise, qui émet un craquement.

PHILIPPE
(qui ne sourit plus)
Oui, bon… On s'énerve pas.

Joe produit un petit rire narquois.

PAUL

Fuck you. Tous les deux.

Joe essaie de se lever de sa chaise, mais Paul lui met la main sur le front et le repousse contre le dossier.

Philippe dépose son verre par terre et se lève.

PHILIPPE

Garde tes sales pattes pour toi, O.K.?

PAUL

Vous deux, vous êtes assis là comme des ostie de pachas, des *bigshots*. Mais ton *chum*, s'il essaye de se lever encore ou s'il rit de moi encore, je lui arrange le portrait. C'est-tu clair?

PHILIPPE

Tu sais, Paul, je trouve ça de valeur que le gros avec le douze t'ait pas tiré dessus l'autre jour. *Too bad* que Maliverne ait pas fait la job comme il faut.

PAUL

Qu'est-ce que tu racontes?

PHILIPPE

C'est à cause de moi, face de rat, que tu t'es retrouvé dans l'escalier avec un gun en pleine face l'autre jour. Le gars qui voulait te faire sauter la cervelle, il savait d'avance que tu t'en venais pour saisir son auto. Moi et «Chinois» Maliverne, on a monté le coup. «Chinois» a téléphoné au gars pour l'avertir que tu y allais pour saisir son char, tout en sachant très bien que le bonhomme était pas du genre à tolérer de voir quelqu'un partir avec sa belle Mustang.

Pouvant à peine croire ce qu'il vient d'entendre, Paul toise Philippe.

Dans un excès de fureur, il lui donne une violente poussée, et Philippe atterrit sur la table remplie de bouffe.

Philippe se retrouve étendu sur le gazon, recouvert de punch et de nourriture.

Tout ce qu'on peut entendre, c'est la respiration difficile de Philippe et la douceureuse musique de fond qui s'échappe des haut-parleurs.

Philippe arrive à se remettre sur pied. Il titube en direction de Paul.

PHILIPPE

T'es chanceux que je sois soûl, mon sacrament, sinon je t'en sacrerais toute une.

Paul se tourne vers les invités réunis dans la cour. Il pointe Philippe du doigt.

PAUL

Ce gars-là, ce visage à deux faces ici devant vous autres, la vedette, eh bien il a couché avec sa belle-sœur Florida, la sœur de sa propre femme, le chien, et il l'a mise enceinte. Saviez-vous ça?

Les mots s'échappent de la bouche de Paul comme des projectiles.

PAUL

Et là, aujourd'hui, il est là qui trône comme le roi d'Angleterre, comme si le monde entier était à lui tout seul... Mais il a essayé de me faire tuer. Ça non plus, vous le saviez pas, mais je vous l'apprends.

Enfin, il se trouve à court d'arguments et il se tait, devant les invités stupéfaits.

Cloué sur place jusque-là par la rage et le désarroi, Philippe pousse un rugissement de fauve et fonce vers Paul.

Mais ce dernier est prêt. Il fait face à la charge de son beau-frère en lui assénant un coup de poing en plein visage.

Philippe tombe à genoux.

Paul le frappe violemment à nouveau, cette fois sur le côté de la tête.

Philippe s'écroule au sol et se met à vomir. Puis est pris de convulsions, comme s'il était atteint d'une crise d'épilepsie.

[décembre 1998]

Fin de Lettre no 147 (extrait, p. 6)

Le reste est trouble dans mon esprit. Je me souviens que ta tante Colette me criait après, et puis ton oncle Derby m'a entraîné en avant de la maison. Il m'a parlé mais je ne me souviens pas de ce qu'il m'a dit, puis la police est arrivée et encore une fois c'était la folie. Et puis je me suis retrouvé en arrière d'une auto de police et ils m'ont amené au poste.

Fuite et fin

La serveuse revient avec le sandwich et les cafés.
— Dites-moi si c'est pas le meilleur sandwich au poulet-laitue-tomate-concombre-champignons-carottes-hachées-finement que vous avez jamais mangé, dit-elle avant de se diriger vers un autre table.

Mon père prend une gigantesque bouchée. Il se ferme les yeux et mastique.

— C'est un million de fois mieux que la bouffe à chien qui nous servent en dedans, dit-il. Et en plus ça sent la vraie nourriture.

La question me vient à l'esprit, celle que je ne dois pas poser : est-ce que je devrais l'inviter à venir à la maison ?

Mon père prend une autre bouchée.

Je me contente d'une gorgée de café, une espèce de concoction infecte.

Le couple derrière nous rit bruyamment.

— Et ta mère, dit mon père, comme ça, sans raison apparente. Parle-moi d'elle un peu.

— Comme je te l'ai dit tout à l'heure, elle est en bonne santé et tout semble bien aller pour elle.

— Elle s'en est sortie pas trop pire quand son deuxième mari est mort ?

— Il n'était pas riche, si c'est ça que tu veux dire.

— Elle vit encore en Floride ?
— Oui.
— Où en Floride ?
— Fort Lauderdale.
— Peut-être que je devrais lui donner un coup de fil... T'as son numéro ?
— Pas sur moi, non. Et je m'en rappelle pas par cœur...
La serveuse nous revient.
— Pis, elle est à votre goût, votre sandwich ?
— Voulez-vous m'épouser chère demoiselle ?
La serveuse éclate de rire et dit : « Si bonne que ça ? Le problème, c'est que c'est le *cook* qui l'a préparé, votre sandwich, pas moi. Pis il est déjà marié. Tant pis... »
La serveuse fait un clin d'œil à mon père et verse du café dans nos tasses sans nous le demander.
— Aimeriez-vous un dessert ? La tarte aux pommes est un dé-li-ce.
— Seulement si vous insistez, dit mon père.
Un autre clin d'œil de la serveuse et elle disparaît dans la cuisine.
Mon père continue à dévorer son sandwich.
Les gens derrière moi parlent d'un film qu'ils viennent de voir. Une comédie avec des moments de tristesse. Je n'ai pas saisi le titre.
— Qu'est-ce que tu vas faire maintenant ? que je demande à mon père.
— Je sais pas trop...
— As-tu besoin d'argent ?
— J'ai besoin de rien.
— Prends pas cette attitude.
— Je prends pas une attitude. Laisse-moi à une station de métro et je vais me débrouiller. Je connais du monde en ville. Des ex-détenus, comme moi. Ça va aller.
Il prend une dernière bouchée bien arrosée de café.
Est-ce que je devrais l'inviter à venir à la maison ?
Je retire mes lunettes et me masse les yeux. Des milliers de petites guillotines sont à l'œuvre dans mon cerveau.
Mon cellulaire sonne.
— Tu réponds pas ? dit mon père.
— C'est sûrement Justine. Je vais la rappeler tout à l'heure.
La sonnerie finit par s'arrêter.

Tout en sachant que je commets une gaffe, je n'arrive pas à m'empêcher de dire :
— Pourquoi tu viendrais pas à la maison avec moi ?
— Quoi ?
— Comme ça tu rencontrerais ma femme et mes enfants.
C'est bel et bien moi qui prononce ces paroles, et pourtant...
— Je sais pas, dit mon père. T'es certain que c'est une bonne idée ?
— Tu pourrais passer la soirée et la nuit avec nous. Et après... Demain on verra...
— Ben, honnêtement, c'est sûr que j'aimerais ça rencontrer ta famille...
— C'est décidé, donc.
Mon père affiche un énorme sourire.
— Mais avant d'y aller je veux qu'on fasse une chose, dit-il. J'aimerais qu'on arrête acheter une bonne grosse bouteille de scotch. Tu peux pas savoir comme j'ai hâte de me soûler la gueule avec quelque chose d'autre que de la robine de prison.
Une flaque d'acide se forme au creux de mon estomac.
Mon père s'essuie la bouche avec sa serviette de table. « Il faut que j'aille pisser », dit-il. Il se dresse et ajoute : « Je peux pas croire que je peux me lever comme ça, aller à la toilette et pisser en paix dans une toilette avec une porte qui se barre. C'est ça, la liberté, mon gars, pouvoir aller pisser en paix, dans l'intimité. »

Avant de s'éloigner, il se penche au-dessus de la table et me passe la main dans les cheveux. Comme si j'avais huit ans à nouveau. Comme si nous étions en 1965. Et mille pensées tourbillonnent dans mon cerveau – bouts de souvenirs, images éparses, fragments de conversations. Dans ma tête, me revoilà en cette journée du mois d'août 1965, avec l'ambulance qui arrive sur les lieux et les ambulanciers qui tentent de réanimer mon oncle. Ils lui massent la poitrine, lui font le bouche-à-bouche. Ils le conduisent de toute urgence à l'hôpital Saint-Luc.

Le rapport du médecin légiste : Cause du décès – chocs violents à la tête.

Philippe était un homme d'affaires prospère, une célébrité locale, et les médias ont sauté sur l'événement comme des vautours sur un cadavre encore chaud. Les journaux, la radio et même la télévision étaient présents au procès. À l'école, les enfants m'appelaient

« fils-de-meurtrier », mais à la longue ils se sont lassés de ce jeu et ont trouvé quelqu'un d'autre à martyriser.

S'il s'agissait ici d'un film, la caméra irait d'un plan serré du personnage appelé Marcel à un plan large de Marcel assis Chez Gino, seul à sa table, perdu dans ses pensées. Une musique de fond jouerait – une *Gymnopédie* de Satie, peut-être, comme dans *Le Feu follet*, le vieux film de Louis Malle –, laissant le spectateur imaginer ce qui se passe dans la tête de Marcel. Mais ce n'est pas un film, c'est la réalité, et je suis assis à cette table, seul. Je lorgne la tasse de mon père, les miettes de son sandwich au fond de l'assiette blanche, sa serviette de table froissée.

Et je me dis que c'est Justine qui avait raison. Si ça se trouve, mon père va vider sa bouteille de scotch ce soir, pisser dans ses pantalons et tout briser dans la baraque, traumatisant mes enfants et faisant capoter ma femme. Probablement que non, tout de même… Mais ce qui est certain, c'est que par sa seule présence dans la maison il va complètement chambouler l'harmonie qui y règne. Justine avait mille fois raison.

Tout, autour de moi, est plongé dans un silence parfait. Je respire à peine, vide comme le tronc d'un arbre mort. Je pense à COMME UN INTRUS, et il m'apparaît tellement évident, tout à coup, que jamais je ne devrais tourner ce film. Tous ces fantômes du passé, faut leur foutre la sainte paix.

Et puis, je ne sais trop… Quelque chose m'envahit, une sensation de calme, un sentiment de soulagement… Indéfinissable… C'est comme si quarante années d'anxiété se dissipaient en un instant, me laissant dans un endroit où jamais je n'ai été auparavant, un havre de béatitude. J'adore cet endroit et je veux que rien ne vienne m'en soustraire.

Je prends les clefs de ma voiture, mon manteau et laisse sur la table l'enveloppe pleine de dollars que j'avais prévu remettre en main propre à mon père. Je me glisse hors de la banquette.

— Où vas-tu, cher ? me demande la serveuse en me croisant. Dans l'assiette qu'elle transporte, une énorme pointe de tarte aux pommes.

Je la regarde droit dans les yeux et mets mon index sur mes lèvres.

— Chut, que je lui fais, tout doucement.

Puis je m'enfuis du restaurant.

REMERCIEMENTS

J'aimerais remercier mon amie Jenna Blum pour n'avoir jamais douté. *You're awesome*, Jenna !

Merci à ma super agente et amie Stéphanie Abou, de Foundry Literary + Media, pour son soutien indéfectible et ses précieux conseils au cours des dernières années.

Merci à Isabelle Longpré, alias Ms PPG, pour son enthousiasme sans borne et son acuité littéraire ; il n'y a pas meilleure éditrice.

Enfin, un million de mercis à René Charbonneau, mon père, et Claudette Poulin, sa conjointe, sans qui ce livre n'aurait jamais vu le jour.

 L'impression de cet ouvrage sur papier recyclé a permis de sauvegarder l'équivalent de 15 arbres de 15 à 20 cm de diamètre et de 12 m de hauteur.